PEQUEÑOS ROBOTS MALVADOS

DAMIEN LOVE

Traducción de Julio Hermoso

ALFAGUARA

Pequeños robots malvados
Monstrous Devices

Primera edición en España: junio de 2019
Primera edición en México: septiembre de 2019

D. R. © 2018, Damien Love

D. R. © 2019, derechos de edición mundiales en lengua castellana:
Penguin Random House Grupo Editorial, S. A. de C. V.
Blvd. Miguel de Cervantes Saavedra núm. 301, 1er piso,
colonia Granada, delegación Miguel Hidalgo, C. P. 11520,
Ciudad de México

www.megustaleer.mx

D. R. © 2019, Julio Hermoso Oliveras, por la traducción

ISBN: 978-607-318-381-9

Impreso en México – *Printed in Mexico*

El papel utilizado para la impresión de este libro ha sido fabricado a partir de madera
procedente de bosques y plantaciones gestionadas con los más altos estándares ambientales,
garantizando una explotación de los recursos sostenible con el medio ambiente y beneficiosa para las personas.

Penguin
Random House
Grupo Editorial

A Alison
Para Norah

Y en recuerdo de Drew

PRÓLOGO EN PRAGA

Cae la nieve sobre la ciudad de Praga.

Blanca y suave, resalta en contraste con la nítida línea negra de los edificios que se recortan en el horizonte, baila entre los chapiteles del castillo y se pasea menuda ante las pacientes estatuas de la iglesia de San Nicolás. Vuela en ráfagas sobre los letreros encendidos de los restaurantes de comida rápida, se posa sobre los adoquines, sobre el asfalto y los raíles del tranvía. Las señoras mayores tiritan con su pañuelo en la cabeza, y los vendedores de los puestos ambulantes de hot dogs dan zapatazos en la plaza de Venceslao. Los jóvenes turistas adormilados castañean los dientes en la puerta de los bares de la Ciudad Vieja.

Un hombre alto y una niña pequeña caminan con paso decidido por la nieve. El hombre lleva un abrigo negro y largo y un sombrero diplomático tipo *homburg*. Se agarra con fuerza a un bastón. El abrigo negro que luce la niña le llega por los tobillos, a la altura donde los calcetines de rayas violetas y negras le desaparecen en el interior de unas gruesas botas negras. Parece tener diez o nueve años, y tiene la cara redonda y pálida enmarcada por el pelo largo y negro.

Cruzan la plaza de la Ciudad Vieja con paso enérgico: pasan por delante de unos obreros que refunfuñan en sus esfuerzos por levantar un árbol de Navidad enorme, de unos veinticinco metros; después, por la casa en la que vivió infeliz, hace mucho tiempo, un escritor famoso; por un cementerio muy antiguo, con tantas tumbas que parece una boca que recibió un puñetazo y tiene los dientes rotos.

Por cada una de las largas zancadas del hombre, la niña tiene que dar tres, pero se las arregla para no perder ritmo con el paso furioso del hombre. La ciudad va envejeciendo a su alrededor mientras caminan. La luz es cada vez más tenue, y el día se oscurece bajo el cielo denso y plomizo. La nieve está empezando a cuajar, y hace mucho ruido cuando la aplastan sus pasos. Le escarcha el pelo a la niña como un glaseado de azúcar. Se mete por las rendijas y los huecos de las extrañas piezas metálicas que recubren los tacones de sus botas como si fueran unos soportes quirúrgicos muy pesados.

Por fin llegan a una calle estrecha, poco más que un callejón entre unos edificios avejentados, a oscuras, con la excepción de una sola luz amarillenta que arde en un escaparate que tiene un letrero pintado en un alegre color rojo:

JUGUETES BECKMAN

Detrás de aquellas palabras, unas cortinas rojas muy gruesas flanquean un mostrador polvoriento. Monos con un gorrito colorado y platillos en las manos. Muñecos de ventrílocuo que sonríen traviesos, y a escondidas, a unas muñecas victorianas que se sonrojan. Unos murciélagos negros que cuelgan de hilos oscuros al lado de unos patos que tienen una hélice en la cabeza, y unos policías de madera con la nariz roja. Metralletas y pistolas de rayos láser, cojines que se tiran pedos, arañas peludas y dedos ensangrentados de mentira.

Una hilera de robots desfila a través de aquel caos. Unos vaqueros minúsculos y unas tropas de caballería luchan con unos dinosaurios de goma al pie de las panzas de latón de unas naves espaciales.

El hombre del abrigo negro y largo empuja la puerta, la abre y le cede el paso a la niña para que entre delante de él. Cuando ponen el pie dentro, suena una campanilla de verdad, con el aire antiguo y agradable del latón pulido, en aquella penumbra que huele a viejo. A su alrededor, la tiendecilla es un universo rebosante de juguetes. Por el techo vuela un enjambre de globos aerostáticos con unos escuadrones de cazas. Por las estanterías patrullan unos barcos de vela y unos cohetes espaciales. En las esquinas se amontonan los ositos de peluche con unos balancines con forma de caballito y unos perros con ruedas. Objetos relucientes, nuevos y viejos, de plástico, de plomo y de madera, de peluche y de latón.

Cuando tienen la seguridad de que no hay nadie más en la tienda, la niña le da la vuelta al cartel, de abierto a cerrado. Echa el cierre, apoya la espalda contra la puerta y se cruza de brazos.

El hombre da unas zancadas hacia el mostrador, camino de la trastienda, de donde surge una silueta que atraviesa la cortina de bolitas con unas tijeras y un rollo de cinta adhesiva de color café. Un hombre bajito con el pelo gris exageradamente corto y unos lentes grandes redondos, unos lentes gruesos que reflejan la luz, mal vestido, salvo por un discordante pañuelo de seda de color amarillo chillón con lunares negros que lleva anudado en el cuello. Un trozo de cinta adhesiva le cuelga de la punta de la nariz.

—Cae la nieve —canturrea el pequeño Beckman en un gorjeo agudo, con el ceño fruncido y sin levantar la vista del rollo de cinta adhesiva que lleva en la mano—. Llega la Navidad…

Levanta la vista para pestañear alegre a sus clientes y se detiene en seco. El rollo de cinta adhesiva se le cae de las manos. Traga saliva con dificultad.

—Eh… —se humedece los labios—. ¿Ya lo tienen?

La niña, muy solemne, le dice que no con la cabeza. Imita el ceño fruncido de Beckman para burlarse de él, hace un mohín y retuerce los puños con los nudillos junto a la comisura de los ojos como si fuera una llorona, antes de volver a cruzarse de brazos.

Beckman traga otra vez saliva cuando el hombre alto se inclina sobre el mostrador.

—Lo tenías tú.

—No. Por favor. Puedo… puedo explicarlo —empieza a decir Beckman, que retrocede.

El hombre se le echa aún más encima y extiende una mano pálida y huesuda. Beckman da un respingo, se lleva la mano al pañuelo del cuello en un gesto de protección y suelta un grito de niña pequeña —quizá fuera la palabra "no"— cuando el hombre le arranca el trozo de cinta adhesiva de la nariz. Beckman se echa a reír, con una risita nerviosa, sensiblera y demasiado alta. Finge que se tranquiliza mientras el hombre alto hace una bola con la cinta adhesiva entre sus dedos finos y grisáceos y la deja caer.

—Cinta adhesiva —dice Beckman—. En la nariz. Siempre me la pongo ahí. Se me olvida. Estaba envolviendo un regalo. Un caballo. Para una niñita de Alemania. Cerca de donde yo vivía. Un caballito precioso. Para una niñita encantadora.

Prueba ofrecerle una amplia sonrisa a la niña, pero se le agría y se le apaga en cuanto ella lo mira fijamente. La niña toma un revólver de juguete de una estantería. Todavía sin sonreír, apunta hacia Beckman y aprieta el gatillo. Sin un solo ruido, una banderita sale del interior del cañón y se despliega con una sola palabra: bang.

—Vamos a ver —prosigue Beckman, más rápido, y se le traba la lengua—. Por favor. Puedo explicarlo. Sí, sólo tienen que creerme… —deja la frase a medias.

En el silencio de la juguetería, oye un leve y nítido clic.

Ahora es cuando la niña empieza a sonreír.

—Lo tenías tú —vuelve a decir el hombre alto de negro—, y lo dejaste escapar.

El hombre alto levanta otra vez el brazo, y en la mano tiene algo pequeño, metálico, laminado y afilado, que se abalanza en el aire cálido y rojizo ante la mirada de los ojos de cristal y pintados de todos aquellos monos, vaqueros, patos, perros y muñecas.

Acto seguido, durante unos pocos segundos, dentro de la tienda se oyen unos sonidos amortiguados, entrecortados, desesperados, viscosos y horribles.

Afuera, cae la nieve sobre la ciudad de Praga.

Las farolas parpadean y se encienden en las calles, en las plazas y allá arriba, en las misteriosas ventanas del castillo alto. Los globos blancos de unos faroles lucen a lo largo de unos puentes negros sobre el río, con el inquieto reflejo en el agua fría y oscura.

Cae la nieve.

La gente se apresura por las calles, y la nevada cubre sus huellas.

EL REGALO

—Este es especial —le había dicho su abuelo.

Y lo era.

Alex estaba sentado ante su escritorio, a solas en su cuarto, observando el viejo robot de juguete que tenía al lado de su laptop, cuando tendría que haber estado fijándose en la pantalla.

El cursor parpadeaba impaciente delante de él, sobre su ensayo —sin terminar— acerca del simbolismo de la novela que estaban leyendo en clase de Literatura. Había empezado a escribir sobre las caries en los dientes, pero lo había dejado. No sabía lo que se suponía que simbolizaban los dientes con caries, salvo unas caries, quizá. No se veía capaz de estirar eso hasta las ochocientas palabras.

El reloj de la computadora decía que eran las 23:34. Se inclinó y abrió la cortina. Afuera, la nieve caía desde aquel cielo británico, bajo y plomizo, de unas nubes grises teñidas de naranja por la escasa luz de las farolas del área residencial. Un zorro delgado y grisáceo entró corriendo en el pequeño jardín trasero, con algo blanco en la boca. El animal se detuvo y dejó caer lo que llevaba, levantó la cabeza y soltó su aullido, tan áspero y tan atroz.

Como siempre, cada vez que oía aquel grito, Alex sintió un escalofrío en la espalda y en el cuero cabelludo. Era el sonido más solitario del mundo.

El zorro siguió allí, con la cabeza ladeada. Volvió a aullar. A lo lejos, Alex oyó otro grito más agudo que le respondía. El zorro recogió su comida y se marchó trotando. Después de todo, aquel sonido tan poco amistoso sí que parecía tener algún amigo.

Sonó un aviso en la computadora y le vibró el celular. Ocho mensajes nuevos en cada uno. De ocho personas distintas. Todos diciendo lo mismo:

YA VERÁS, RARITO PATÉTICO

Los borró, se quedó mirando su ensayo, tecleó unas cuantas palabras y las borró. Se dejó caer de golpe contra el respaldo de la silla.

Sus ojos se posaron en la fotografía de su padre, en la pared, sobre el escritorio. La única fotografía que había visto de él en la vida. "Nunca le gustó que nadie le sacara fotos", decía siempre su madre cuando miraba esa foto, con el mismo tono triste y de disculpa.

Salían los dos en la fotografía, su padre y su madre, envueltos en una nube de fiesta, roja y negra. Su madre joven y feliz, despeinada. Su padre detrás, medio volteado, borroso entre las sombras. La figura poco nítida de un hombre alto de pelo negro peinado hacia atrás desde una frente amplia. Por millonésima vez, Alex se sorprendió mirando la foto con los ojos entornados, casi tratando de enfocarla con la fuerza de su voluntad. Por millonésima vez, el hombre se negaba a volverse menos borroso.

Su mirada regresó hacia el robot. Un pequeño ejército reluciente de aquellos cacharros formado en fila en los tres estantes sobre su escritorio, robots de juguete hechos de latón y de plástico, de todas las formas y tamaños, procedentes de todos los rincones del mundo. Con pilas y de cuerda, algunos nuevos, la mayoría con décadas de antigüedad. Muchos estaban aún metidos en sus cajas con decoración disparatada, o de pie al lado de su envoltorio, posando con orgullo.

Algunos los había encontrado él mismo, en tiendas de segunda mano y en subastas por internet. La mayoría, sin embargo, los más antiguos y los más raros, los más fantásticos, venía de manos de su abuelo, el padre de su padre, por quien había empezado su colección y su fascinación.

El anciano conseguía aquellos juguetes en sus viajes por el mundo, y este nuevo robot —el más viejo, mejor dicho, porque a Alex le daba la sensación de que era realmente antiguo— acababa de llegar por las buenas, unos días antes: un paquete por correo, con la forma de un ladrillo, en papel café atado con un cordel y con los garabatos delgados y temblorosos de su abuelo en la parte de adelante. El paquete llevaba unos sellos y matasellos de correos que Alex no reconoció al principio —*Praha, Česká Republika*—, y cuando lo abrió, descubrió dentro unos periódicos arrugados a modo de envoltorio, impresos en un idioma del que no entendía una palabra.

Había también una tarjeta postal totalmente blanca, con los garabatos de su abuelo, elegantes, aunque parecían precipitados:

> *¡Saludos desde la soleada Praga!*
> *¿Qué me dices de esto? Qué bicho tan feo, ¿eh?*
> *Este es especial. ¡Cuídalo bien!*
> *Nos vemos pronto.*
> *Espero.*

El juguete tenía unos trece centímetros de alto y era un esperpento maravilloso. Enojado y con un aspecto patético, estaba hecho de un latón fino y barato de color verde grisáceo, con un torso voluminoso que parecía una caldera antiquísima y sujeta con remaches. Llevaba pintados unos pequeños diales en el pecho, como si funcionara con vapor. Tenía una mueca en la boca, que parecía un buzón diminuto, con unos dientes de sierra, metálicos y feroces, de pesadilla. Los ojos eran dos agujeros huecos que enmarcaban el negro vacío del interior.

Alex lo agarró y lo puso bajo la luz de la lámpara de su escritorio. Inclinó la lámpara y giró el robot con cuidado.

No con el suficiente cuidado.

—Ay.

En algunas partes, los bordes desiguales del latón viejo estaban lo bastante afilados como para sacarte sangre. Una gota de color rojo oscuro le salió de una herida en el pulgar.

Dejó el juguete, resopló, se chupó la herida mientras buscaba unos pañuelos de papel y se envolvió con uno de ellos el dedo que le sangraba. Se percató de que había dejado una espesa mancha roja en el robot. Como si fuera una burbuja, la sangre formó una película sobre uno de los ojos del robot. Frotó la zona con otro pañuelo de papel, con la esperanza de que no se hubiera metido demasiada sangre.

—Ojalá tuvieras una llave —murmuró mientras lo restregaba para limpiarle más sangre del agujero donde iría la llave del mecanismo para darle cuerda. Era frecuente que la llave de un juguete viejo le sirviera a otro, pero en este caso no le había funcionado ninguna de las de su colección. Entornó los párpados y observó los orificios negros de los ojos del robot. En el espacio donde la cabeza iba soldada al cuerpo hueco, el reborde negro de algo pequeñísimo casi no se veía. Alguna pieza del mecanismo para darle cuerda, se imaginó, pero, cuando trató de fijarse bien en aquello, desapareció de su vista.

Al mirar más a fondo, se sintió invadido por un cosquilleo glacial, muy parecido a lo que había notado cuando oyó aullar al zorro. El aire de la habitación se volvió denso y frío. Los ojos vacíos del robot miraban al techo. Con el rabillo del ojo, Alex comenzó a tener la sensación de que su cuarto se oscurecía, que empezaba a parpadear, a cambiar, que se convertía en la habitación de una de esas películas viejas de color sepia que están llenas de arañazos.

Petrificado, con los ojos muy abiertos, ahora se veía a sí mismo como desde arriba, sentado en aquella extraña habitación que había cambiado, y veía cosas que se movían en las sombras. El mundo se envolvió en un aire de aturdimiento. Una figura borrosa, gigantesca y deforme, salió de un rincón oscuro allá abajo y se quedó inmóvil, imponente, justo detrás de él.

En los agujeros de los ojos del robot de juguete brilló entonces un resplandor blanco y frío, cada vez más deslumbrante conforme se iba desvaneciendo la luz a su alrededor, hasta que lo único que quedaron fueron la oscuridad y el brillo blanco de aquellos ojos.

Y entonces, todo se volvió negro.

UNA VISITA INESPERADA

—Alex.

Una voz, amable.

Un poco después, no tan amable.

—¡Alex!

Se despertó sobresaltado, levantó la cabeza demasiado rápido, se sentó aturdido y se sorprendió al verse aún delante de su escritorio, agarrotado, después de haber dormido toda la noche encorvado sobre el teclado de su computadora. Un charquito de saliva brillaba junto a la barra espaciadora.

Su madre estaba allí de pie, a su lado, tratando de alisarle el extraño copete que se le había formado en el pelo, justo donde había apoyado la cabeza. En la otra mano, traía un plato de cereal.

—Llevo media hora llamándote. Mira que te lo digo siempre: haz la tarea en cuanto llegues a casa, y entonces no tendrás que quedarte despierto toda la noche. Toma —le ofreció el plato—. Primero eso, y después la ducha. Te quedan unos diez minutos antes de que pase el autobús.

Cuando su madre se marchó, Alex se quedó sentado parpadeando, aún confundido por el sueño. De manera automática, comenzó a meterse las cucharadas de cereal en la boca, y entonces se detuvo y frunció el ceño cuando unos recuerdos muy difusos empezaron a juguetear en los límites de su mente. Lo trajo de vuelta la voz de su madre, desde el piso de abajo.

—¡Nueve minutos!

Alex sacudió la cabeza y aceleró las cucharadas.

Un grito de su madre lo hizo detenerse cuando ya había recorrido la mitad de la calle. Miró hacia atrás y la vio con su bata, apoyada en la puerta del jardín, mirándolo y agitando unas hojas de papel.

—Te quedas levantado la mitad de la noche escribiendo esto —dijo ella mientras él corría de vuelta— y después lo olvidas en la impresora.

—¿Qué? —resopló Alex, que alargó la mano para agarrar las hojas—. ¿Qué es esto?

—Alex, por favor —su madre tiritó, sujetándose la bata a la altura del cuello—. Estás a punto de cumplir los trece, y lo lógico sería que fueras capaz de preparar tú solo la mochila de la escuela. Y ahora, si no te importa, me meto antes de agarrar una pulmonía.

—Pero… —Alex se quedó mirando fijamente aquellas páginas—. Pero si no lo hice —intentó volver a decir mientras se cerraba la puerta de la casa.

Empezó a leer. Su ensayo para clase de Literatura. Terminado y con la ortografía revisada.

—Pero si yo no escribí esto. Al menos, creo que no…

Un fuerte golpeteo le hizo levantar la mirada. Su madre estaba en la ventana de la sala, tomándose un té en su taza de Johnny Cash. Arqueó las cejas, le hizo un gesto con la mano para echarlo de allí, y lo convirtió en una sonrisa y un gesto de despedida cuando Alex echó a correr.

Deslizándose sobre la nieve, Alex alcanzó la esquina justo a tiempo de ver que su autobús ponía la direccional para marcharse.

—¡No!

Corrió a toda velocidad hasta la parada, donde su pie derecho pisó una placa de hielo y se resbaló. Dio unas cuantas volteretas y aterrizó sentado, con un golpe fuerte; continuó moviéndose, deslizándose, y vio con horror y preocupación que las piernas, abiertas hacia delante, iban directo hacia la trayectoria de la enorme rueda trasera del autobús, que acababa de arrancar.

Notó que el aire de debajo del autobús era más caliente. Apestaba al desgaste del aceite y los neumáticos. Estaba a punto de ver cómo las piernas se le aplastaban, pensó con una extraña calma.

La rueda se detuvo. Oyó el resoplido de los frenos y el otro resoplido de la puerta del autobús. Se levantó como pudo, caminó tembloroso hacia la parte de adelante del vehículo y notó que la cara se le ponía roja como un tomate. El conductor le hizo un gesto negativo con la cabeza mientras Alex subía por la escalera.

—Por Dios, Alex. Pasará otro autobús dentro de siete minutos. No vale la pena, amigo, de verdad que no.

Las puertas soltaron otro resoplido cuando el autobús arrancó con una sacudida.

—Tarado —masculló una chica que se llamaba Alice Fenwick cuando Alex recorrió el pasillo.

—Tarado —repitió Patricia Babcock, amiga de Alice.

—Gracias por sus mensajes de anoche —respondió Alex alegremente al sacudirse la nieve de los pantalones—. Sus pensamientos siempre se agradecen.

—Tarado.

Se metió en un asiento vacío y sacó las páginas de su mochila. Era su trabajo, tal y como lo había empezado él y, según se dio cuenta al ir leyéndolo, estaba exactamente igual a como lo habría terminado él si hubiera sido capaz de poner en orden todas esas ideas tan vagas que tenía. Era bastante bueno.

Hizo memoria. Recordó haberse sentado delante de la computadora, vagamente, haber borrado y haber tecleado de nuevo las mismas frases. Recordó haber mirado el reloj. El zorro. El robot de juguete. Y entonces se despertó esta mañana, encorvado sobre su escritorio.

Tuvo que haberse despertado y haber terminado el ensayo durante la noche, sin que se acordara. O bien eso, o bien lo había tecleado mientras dormía. No era mala idea. Sería fantástico. Tarea automática. Quizá pudiera practicarlo y aprender a hacerlo.

Su ensimismamiento se vio interrumpido por su amigo David Anderson, que se deslizó en el asiento del al lado, masticando ya el mismo chicle que tendría en la boca durante el resto del día.

David se inclinó hacia él, hizo un globo verde y lo reventó antes de volver a metérselo en la boca.

—Oye, amigo, ¿conseguiste terminar eso? Yo no me acordé hasta esta misma mañana. Vamos a echarle un vistazo.

Le arrebató las páginas de la mano a Alex con suma facilidad y las leyó con el ceño fruncido mientras hacía sonar el chicle.

—Sí —empezó a decir Alex—. La verdad es que no estoy muy seguro de esto, verás…

—Cierra la boca —le dijo David—. Tus trabajos siempre son geniales. La señorita Johnson te adora —siguió leyendo y resopló, impresionado—. Te lo dije, amigo. Esto es espectacular. Le va a encantar de la primera a la última página. Yo no entiendo ni una palabra de lo que dice.

Alex iba a decirle algo, decidió no hacerlo y volvió a meter las hojas dentro de su mochila. Al hacerlo, sus dedos tropezaron con algo frío. Se asomó dentro y vio el robot de juguete, que miraba desde la oscuridad con sus ojos vacíos.

—Eh, ¿cómo te metiste ahí? —lo sacó y se lo ofreció a David para que lo inspeccionara—. Échale un vistazo a este amigo. Este es del que te hablaba.

Cuando se lo entregó, Alex notó que algo frío le corría por el cuero cabelludo. Durante medio segundo, recordó aquella extraña sensación de aturdimiento que había tenido la noche anterior. Esta, sin embargo, era una sensación mucho más conocida y mucho más terrenal.

Alzó la mirada y vio la cara de papa y los pelos de erizo de Kenzie Mitchell, que se asomaba desde el asiento de atrás, con

Alice Fenwick y Patricia Babcock en los hombros, con una risita. Kenzie estaba concentrado en el proceso de dejar caer un largo, lento y espeso pegote de saliva sobre el pelo de Alex. Al otro lado del pasillo, los otros cinco miembros de su grupito estaban sentados con una risita de burla, unos chicos de la misma pinta cuyos nombres Alex nunca se había molestado en aprender.

—Pero, bueno, ¿el niño de los juguetitos? —dijo Kenzie, mientras sorbía la saliva que le quedaba y se restregaba la boca—. ¿Otra vez tu novia y tú jugando a las muñecas?

Se abalanzó y le arrebató el robot a David de la mano. Acto seguido volvió a cruzar al otro lado del pasillo del autobús.

—Miren esto, chicos —dijo con el robot en alto—. El rarito se trajo a la escuela otro juguetito friki.

Alex salió al pasillo.

—Devuélvemelo.

—Ey, miren —se burló Kenzie—. Se está enojando. ¿Qué te pasa, juguetitos? ¿Es que papi no te enseñó a compartir tus cosas? Ah, espera, que tú no tienes papi, ¿verdad? Sólo a mami y a su novio.

—Dámelo.

—¿O qué…? ¡Mierda! —Kenzie se detuvo. La mano con la que sujetaba el robot se le estaba poniendo roja—. Esta basura es peligrosa —dijo—. Demasiado peligrosa para niños pequeños a los que les gustan los juguetitos, como tú. No es apta para niños menores de tres años. Me parece que lo voy a tener que poner fuera de tu alcance. Es más —prosiguió, se levantó y abrió de un tirón la ventanilla sobre su asiento—, lo mejor sería destruirlo por tu propia seguridad.

—No. No vas a hacer eso. Me lo vas a devolver —Alex tragó saliva, con un sabor a cobre en la boca seca, tratando de no tartamudear—. Ahora mismo.

—Ah, ¿sí? Y si no, ¿qué? —Kenzie sujetaba el robot por fuera de la ventanilla, suspendido sobre los coches que pasaban silbando por el aguanieve en sentido contrario, y disfrutaba con ello—. ¿Qué vas a hacer tú, feto?

Esa era la eterna pregunta de Kenzie. Alex llevaba años planteándosela.

Kenzie, un par de cursos mayor que él, ya había sido como una nube maliciosa en el horizonte desde primaria. Alex tenía grabado el vivo recuerdo de su primer encuentro, una burla en el patio de recreo, un dedo rechoncho que lo señalaba, hacia abajo:

—¡Miren! ¡Si es un niñito pequeño!

Cuando Alex entró en aquella escuela, era bajito y aparentaba menos edad de la que tenía, incluso a los cinco años. "Unos tres años, más bien", le había murmurado una profesora a otra por encima de él. Pues resulta que se equivocaba. En el mismo álbum del que había sacado la foto de sus padres, había otra que Alex odiaba especialmente: él a los tres años, con cara de perplejidad, en equilibrio sobre la rodilla de su madre, una criaturita frágil, pálida y poco desarrollada que miraba con ojos negros como los de un búho y una cabeza demasiado grande y pelona, salvo por algunas briznas de ese cabello aterciopelado que tienen los bebés.

Al final, sin embargo, se cumplieron todas las desconcertadas profecías de la infinidad de médicos a los que su madre lo había llevado durante aquellos años. Ninguno fue capaz de hallar ninguna enfermedad, y todos prometieron que todo iría bien con el tiempo: hacia los nueve años, su cuerpo dio un estirón repentino y alcanzó a sus compañeros de clase. La constante preocupación de su madre fue desapareciendo de forma gradual, y, cuando el niño mayor pasó de año, los dos últimos años de Alex en primaria fueron un coto de felicidad, sin Kenzies a la vista.

Sin embargo, cuando Alex pasó a secundaria, se encontró a Kenzie allí esperándolo. A estas alturas, las burlas —"¡Es el niñito de mamá!"— no significaban nada, pero aun así, la pandilla de Kenzie se tomaba sus palabras como si fueran la verdad absoluta: Alex era el rarito. Cada vez que Kenzie la agarraba contra él, a Alex le daba la sensación de que otra vez tenía delante aquella foto suya. O, más bien, que aún estaba atrapado en ella, mirando desde allí, sentía que todavía era aquella criaturita extraña e inmóvil.

"¿Qué vas a hacer tú?"

Los latidos del corazón le martilleaban en los oídos. Sintió que le ardía la cara y le temblaban las manos. Echó un vistazo al mar de caras rencorosas que tenía ante sí. La mano de Kenzie, que meneaba el robot por fuera de la ventanilla.

—No voy a hacer nada, Kenzie —le dijo con voz ronca—. Lo único que digo es que me gustaría que me devolvieras eso, por favor.

Mientras hablaba, Alex tuvo una sensación rara, muy leve, como si se produjera un ligero cambio en su mente. Y sucedió algo curioso. Kenzie guardó silencio. Su cara, de por sí pálida, perdió todo el color. De repente, fue como si tuviera muchos menos años y estuviera muy triste, incluso perdido. Volvió a meter el robot y, para asombro de su pandilla, se lo entregó a Alex en un gesto solemne antes de sentarse sin decir una palabra más, mirándose las rodillas.

Cuando se sentó, Alex sacó un pañuelo de papel y limpió la sangre de Kenzie del robot. Volvió a guardar el viejo juguete en la mochila y la cerró.

Los asientos a su alrededor permanecieron en silencio durante un rato mientras el autobús continuaba con un ruido sordo su camino hacia la escuela, y el habitual murmullo de la mañana volvió a surgir, pero los asientos de Kenzie continuaron apagados de una manera desacostumbrada. Un rato después, David se inclinó hacia Alex.

—¿Qué fue eso? ¿Magia mental de los Jedi?

—No lo sé —respondió Alex.

—Me quito el sombrero, amigo —silbó David—. Me tienes que enseñar a hacerlo.

—No lo sé —volvió a decir Alex, que miraba el blanco sucio de las calles que pasaban por su ventanilla.

—Te dije que le iba a encantar tu trabajo —David reventó triunfal un globo de chicle.

—Sí, bueno, ojalá no le hubiera encantado.

—¡Se puso como loca! Esta tarde, hizo que lo leyeran en clase los que van dos cursos por encima de nosotros.

—Y ojalá tampoco hubiera hecho eso.

Iban caminando por el sendero desgastado entre la hierba camino de la parada, para tomar el autobús de vuelta a casa.

—Esa parte de la "angustia corroída" —prosiguió David—. Alucinante, amigo. ¿Qué significa eso? Lo voy a utilizar. Cuando arme mi grupo de música, lo voy a llamar *Angustia Corroída* —y entonces dijo algo raro—: Cuidado.

Alex se quedó mirándolo, y en ese instante el mundo se tambaleó sobre su eje y se quedó a oscuras.

Alguien le había agarrado la chamarra por detrás y se la había puesto sobre la cabeza, a lo bestia. La mochila le apretaba en la cara. No veía nada. Respirar se volvía más difícil. Se caía de bruces, con las manos enmarañadas, incapaz de detener la caída. En el descenso, le llovió en la espalda lo que le parecieron unos puñetazos. Una voz amortiguada:

—… Si ya era malo tener que leer a Shakespeare, ¿ahora va la profesora y nos obliga a leerte a ti?

Despatarrado en la hierba, Alex sintió unas cuantas patadas poco certeras que le rebotaron en la pierna. Se preparó para recibir más, pero no cayó ninguna. Se puso de rodillas y se quitó la chamarra de la cabeza.

Lo primero que vio fue a Kenzie. A Kenzie tirado en el suelo. A Kenzie tirado en el suelo con todos sus amigos de pie a su alrededor. Los amigos del matón miraban hacia arriba, con aspecto de estar enojados pero sin saber qué hacer. Y allí, de pie sobre Kenzie, una figura alta y elegante, con un abrigo largo de color gris perla, una mano con un guante gris perla que sujetaba un largo bastón negro con la punta de plata. Y la punta de plata presionaba con fuerza en la garganta de Kenzie.

—Ay, Dios —se quejó Alex—. Abuelo.

—Hola, Alex —dijo el hombre mayor con aire alegre y sin prestar atención al quinceañero corpulento que jadeaba a sus pies—. Acabo de llegar a la ciudad y pasé a ver a tu mamá. Se me ocurrió venir a ver si te veía y, a lo mejor, comernos un pescado con papas y ponernos al día.

—¡Ggggsssss! —dijo Kenzie.

—¿Se te antoja eso? —continuó el abuelo de Alex—. ¿Pescado con papas? ¿Y platicar? ¿Con un puré de chícharos? Hace meses que no me como unas papas decentes.

—¡Jjjjjsssss!

—Abuelo, ¿te importaría soltarlo?

—¿Soltarlo…? Ah, ¿te refieres a esto? —dio un paso atrás y levantó el bastón—. Adelante, jovencito, arriba.

Kenzie se levantó con esfuerzo y se frotó el cuello enrojecido.

—Grave error, abuelo —dijo furioso, con la voz estrangulada. Sus amigos, a la expectativa, dieron un paso al frente para apantallar—. No vaya solo por la calle. Y tú —señaló a Alex—, a ti ya te veré después.

Se dio la vuelta y comenzó a alejarse, pero de repente estaba otra vez tirado en el suelo boca arriba después de haberse tropezado, de algún modo, con el bastón del anciano. El abuelo de Alex se inclinó sobre Kenzie y le apoyó el bastón con suavidad sobre el pecho. Eso sí, no con tanta suavidad, al parecer, como para que Kenzie pudiera moverlo.

—Esa no es manera de hablarle a nadie —le sonrió.

—¡Voy a denunciarlo a la policía! —farfulló Kenzie.

—Voy a contarte un secretillo, amiguete mío —el abuelo de Alex se inclinó un poco más, con una voz de repente muy fría—.

Yo soy la policía, hijo. Y me pasearé por donde quiera, solo o acompañado. Y más te vale que no te vuelva yo a ver a ti después, que ni siquiera oiga hablar de ti.

El abuelo retrocedió, permitió que Kenzie se levantara y observó con una complacida sonrisa hasta que sus amigos y él desaparecieron de su vista.

—Y ahora —dijo el abuelo—. ¿Pescado con papas?

—No para mí —dijo David con una sonrisa de oreja a oreja y empezando a correr de espaldas hacia la parada del autobús—. Me quito mucho el sombrero, amigo —le dijo al abuelo de Alex mientras se daba la vuelta.

—Muy agradecido —sonreía el anciano.

—¿Por qué le dijiste que eras policía? —le preguntó Alex mientras atravesaban la nieve con dificultad en dirección al local de pescado con papas.

—¿Eso dije?

—Sabes que sí.

—No tengo ni idea de por qué iba a decirlo —su abuelo frunció el ceño. Había empezado a caer una escasa nieve, copos blancos y suaves que se le mezclaban con el denso pelo blanco en la coronilla—. Qué extraño, decir una cosa así.

Caminaron en silencio durante un rato.

—Mmm —dijo por fin su abuelo—. Eso de antes. ¿Ha pasado muchas veces? ¿Lo sabe tu mamá?

—No es nada —dijo Alex, que apartaba la mirada—. No es más que un cretino. No hace falta preocupar a mi mamá con algo así.

—Ah, no te preocupes por Anne. Es la persona más valiente que conozco. Más dura que todos nosotros juntos.

Volvieron a caminar sin decir nada, pero Alex podía notar que al abuelo le costaba dejar aquel tema.

—¿Sabes una cosa? —dijo de repente su abuelo—. A la gente como esa, tienes que enfrentarla de verdad. A ver, ya sé que a ti te educaron para no empezar nunca una pelea, pero tampoco tiene nada de malo saber cómo ponerle fin.

—Abuelo —Alex se concentró en la nieve que tenía bajo los pies—. A un chico de mi año lo apuñalaron en una pelea el mes pasado. Todavía está en el hospital. Ya sé lo que me estás diciendo, pero las cosas han cambiado. Ya no son como cuando tú eras joven. Puedo manejarlo. Sólo intento no llamar la atención. Preferiría no verme mezclado en eso.

—Sí, bueno, pero a veces… —su abuelo se interrumpió—. No. Supongo que tienes razón. Los tiempos han cambiado —sonrió—. Tienes una cabecita sabia sobre esos jóvenes hombros, mientras que yo, más bien, soy al revés.

—Tampoco es una manera tan mala de ser —le sonrió Alex como respuesta, contento por cambiar de tema—. Mientras no me aleje mucho de ti y pueda evitar que te metas en líos.

En el restaurante, Alex masticaba una porción pequeña de papas fritas y observaba feliz cómo su abuelo se zampaba el plato más grande de bacalao rebozado con papas que la mesera le había podido traer; se desabrochó primero el saco y después el chaleco de su impecable traje para dejarle sitio al puré de chícharos y al pan con mantequilla, todo acompañado con varias tazas de té concentrado.

—Esto —masculló el abuelo con la boca llena mientras sostenía en la mano los restos de una rebanada de pan que había utilizado para limpiar el plato— es malísimo para ti. Pan blanco, y lo que es peor, con mantequilla. No deberías comerlo jamás de los jamases. Para mí ya es demasiado tarde, por supuesto. Cuando yo crecí, nadie sabía nada de esto, pero tú deberías cuidarte. Nunca lo pruebes —se lo metió en la boca, chorreando de jugo de chícharos y cátsup, e hizo un ruido que sonó de verdad como un "ñam"—. Es increíblemente malo para ti. Y bien, ¿cómo está tu mamá?

—Le va bien.

—Ajá. ¿Y el idiota?

—Carl no es tan malo —respondió Alex.

—¡Ja! ¡Si fuiste tú el que vino a mí para quejarte de él!

—Eso fue hace meses, cuando dijo eso de "¿No crees que ya eres mayorcito para jugar con robots de juguete?".

—¿Y qué fue lo que tú le dijiste? ¿Me lo puedes repetir? —su abuelo se inclinó con una sonrisa de complicidad y un gesto de expectación en la cara.

—Le dije que yo no jugaba con ellos. Y también le conté que alguien había pagado seiscientos dólares en eBay por un robot igual a otro que yo compré por cinco libras. Entonces fue como si cambiara de opinión sobre el tema.

—No, no. No fue eso —le dijo su abuelo enfurruñado—. No fue eso ni mucho menos. A ver, ¿qué fue lo que le dijiste cuando él te dijo eso de que ya eras mayorcito…?

Alex suspiró.

—Okey, le dije: "¿Y tú no crees que ya eres mayorcito para ponerte camisetas de grupos de música que son la mitad de jóvenes que tú?".

—¡Espléndido! —rugió su abuelo y aplaudió—. ¡Excelente!

—Lo digo en serio. Carl es agradable. Se porta bien conmigo, hace reír a mi mamá y le presta mucha atención. Deberías darle una oportunidad.

—Lo sé —dijo su abuelo, ahora en voz baja, con los ojos puestos en su plato vacío, aunque en realidad miraban mucho más allá. Volvió a levantar la cabeza con una sonrisa—. Cabecita sabia. Anda, vámonos a casa.

—¿Estás bien? —dijo Alex cuando se bajaron del autobús.

Su abuelo se había detenido a observar la calle a su alrededor.

—¿Mmm? —el abuelo miraba hacia atrás por encima del hombro, a lo lejos. Giró la cabeza y volvió a mirar al frente, puso una sonrisa y echó a andar—. Sí, perfectamente. Oye, cuéntame qué tal está ese robot nuevo…, bueno, ése tan antiguo que te envié.

—Puedes verlo tú mismo —Alex rebuscó en la mochila y sostuvo en alto el robot.

Su abuelo se detuvo, de repente serio y enojado.

—¿Lo sacaste de tu casa? ¿Te lo llevaste a clase?

—No. Bueno, sí, pero…

—Por lo que más quieras, Alex —saltó su abuelo—. No es un juguete. Bueno, por supuesto que es un juguete, pero ya sabes lo que quiero decir.

—No, escúchame. No lo saqué yo de la casa. Quiero decir que no tenía la intención de hacerlo. Se me debió caer dentro de la mochila. Me lo encontré ahí metido esta mañana.

—Ah —su abuelo se tiró del labio inferior al volver a caminar—. Ya veo. Lo siento. ¿Me permites? —le tendió una mano.

Alex le dio el robot y observó cómo lo inspeccionaba, cómo le daba la vuelta con cuidado y lo miraba con los ojos entornados mientras lo sostenía a la luz de las farolas.

—Ajá. Bueno, tampoco sufrió daños —le devolvió el juguete—. De todas formas, quizá sea una buena idea que mires bien dentro de la mochila antes de salir de tu casa.

—Claro —dijo Alex al empujar la puerta del jardín para abrirla—. Mi mamá me decía lo mismo.

—Una mujer inteligente, tu madre —asintió su abuelo, que, al abrir la puerta y ver a Carl peleándose con una bolsa enorme de reciclaje, añadió—: La mayoría de las veces.

Un rato después, estaban todos sentados ante la mesa de la cocina. Alex miraba cómo su abuelo diezmaba una bandeja de galletas y fingía estar interesado en lo que su madre y Carl le estaban contando sobre sus planes de ampliar la habitación otro metro y medio cuando consiguieran reunir el dinero. Se daba cuenta de que el anciano tenía algo en la cabeza. Cuando su abuelo se frotaba la barbilla, tamborileaba con los dedos y decía: "Bueno, vamos a ver, entonces", Alex sabía que por fin lo iba a soltar.

—Estaba pensando —sonrió a Alex de oreja a oreja— en ese viejo robot. Es una pieza bastante rara. No consigo ubicarla. Vamos a ver, tengo que hacer una visita a Francia, y allí tengo un amigo, un comerciante de París que podría identificar de dónde viene y de cuándo es. ¿Sería muy terrible para ti si me lo llevo para que él le eche un vistazo? Me aseguraré de cuidar de él, socio.

"Lo ideal, quiero decir —prosiguió el abuelo—, es que vinieras conmigo y vieras dónde trabaja. Tiene unas piezas maravillosas este Harry, unos juguetes y unos aparatos antiguos asombrosos. Pero, ya sabes, no puedo hacerte faltar a clase. Eso sí, la próxima vez, seguro que…

—Pero si sólo me quedan dos días de clase —lo interrumpió Alex—. Las vacaciones empiezan la semana que viene. Podría ir contigo. ¿Verdad que sí, mamá?

Miró a su madre, que a su vez miró al abuelo empezando a asentir con la cabeza, a sonreír y a decir que sí, todo lo cual desapareció cuando vio la cara de preocupación del abuelo y el ligerísimo movimiento negativo que hacía con la cabeza.

—Bueno, hijo, creo que no —dijo su madre, que volvía a mirarlo—. No puedes faltar unos días a clase. Y tu abuelo tampoco querrá que le estorbes; tendrá cosas que hacer.

—La próxima vez seguro —dijo el abuelo con una sonrisa triste.

—Sí. Seguro, okey —Alex sabía que no había podido ocultar su decepción—. Debería subir a hacer la tarea.

A las 23:34 según el reloj de su computadora, Alex por fin admitió para sus adentros que ya hacía un rato que se había rendido con los tres últimos ejercicios de matemáticas. Ya se los pediría a David mañana por la mañana en el autobús. A David se le daban mil veces mejor los números.

Sentado con la barbilla apoyada en las manos, mirando despreocupado al viejo robot, Alex se percató de que había una pequeña mancha negra al lado del agujero donde debía ir la llave. Se lamió el dedo, la frotó y se quedó mirando el restregón rojizo. Un poco de sangre seca. Utilizó la manga para limpiarla y dejarlo brillante.

Pensó en el autobús de mañana. Hizo una mueca de disgusto.

Las cosas se habían puesto mucho más serias con Kenzie en la última semana. El proyecto de Alex titulado *Mecanismos de cuerda: Historia ilustrada del robot de juguete, desde el latón de la época de posguerra hasta la tecnología del mañana* resultó vencedor en la votación de la exposición del final del trimestre y le ganó a la deslumbrante presentación multipantalla de Kenzie *Los coches deportivos de las estrellas del futbol*. El padre de Kenzie había pagado un montón de dinero para que un exjugador de futbol hiciera acto de presencia y se trajera su coche, pero a la gente le había parecido más interesante ponerse a dar cuerda a los viejos juguetes de Alex y verlos caminar.

Al día siguiente, en el pasillo, recibió un fuerte puñetazo en la parte de atrás de la cabeza: una promesa de que llegarían más. Después de su encontronazo con el abuelo de Alex, Kenzie buscaría una buena venganza. Quizá por eso tenía tantas ganas de largarse de viaje con su abuelo.

Alex suspiró y se giró hacia la ventana. Abrió las cortinas y se sorprendió al ver a su abuelo en la penumbra del jardín, allá abajo. Estaba solo y en silencio, de espaldas a la casa, apoyado en su bastón, observando la noche. Era casi como si estuviera de guardia. Una fina línea de humo se elevaba de un cigarrillo en su mano derecha.

Alex abrió la ventana y dejó entrar el aire cortante.

—Ojalá lo dejaras —le gritó, y el hombre mayor se dio la vuelta de golpe al oírlo.

—¿Eh? Ah —agitó el cigarrillo—. Toda la razón. Un hábito absolutamente asqueroso. Esto que estoy haciendo, Alex, es repugnante, estúpido e inimaginablemente malo para ti. En serio, tienes que prometerme que tú no lo harás jamás de los jamases. Para mí, por supuesto, ya es muy muy tarde. Cuando yo crecí, nadie sabía nada de esto. Pero tú no lo hagas nunca. O, si lo haces, espera hasta que tengas unos setenta y cuatro años antes de empezar. Y cuídate hasta entonces.

—Podrías dejarlo si de verdad quisieras.

—Ja. Bueno, vamos a verlo —le dio otra calada al cigarrillo, lo dejó caer a la nieve y lo aplastó con el bastón—. Oye, mira eso —sonrió—. Muy cierto. Ya lo dejé. Alex, no te importa que no te lleve conmigo, ¿verdad? Sabes que me encantaría que vinieras conmigo; ya va siendo hora de que hagamos otro viaje. Es sólo que va a haber un poco de ajetreo esta vez.

—No pasa nada —Alex forzó una sonrisa—. Ten cuidado y no te vayas a resfriar. Te veo por la mañana. Buenas noches, abuelo.

—Buenas noches, Alex.

III
UN DESPERTAR BRUSCO

Se dio cuenta de que estaba despierto.

Alex estaba acostado boca arriba en la cama, con la mirada fija en la tenue franja anaranjada del techo, con la luz de la calle colándose entre las cortinas.

Algo lo había despertado. Se quedó escuchando, tratando de averiguar qué podría haber sido.

La habitación estaba oscura, en silencio. El resto de la casa estaba también oscura y en silencio, salvo por el lento tictac del reloj en la sala, en el piso de abajo. Los párpados se le querían cerrar. Dejó que lo hicieran.

Siete tictacs más tarde, los ojos se le abrieron de golpe. Había oído algo, con toda seguridad. Un pequeño clic. Seguido de un sonido mecánico más leve aún, rrrrr. Frunció el ceño, completamente despierto ya, y aguzó el oído para percibirlo de nuevo.

Clic. Rrrrrrr. Clic. Rrrrrrrrrrr.

Alex se incorporó en la cama como un resorte, mirando en dirección al ruido. Dejó de sonar. Sacó la mano y pulsó el interruptor de la lámpara de lectura que tenía sobre la cama.

Clic. Rrrrrr.

El sonido venía de algún lugar cerca de su mesa. No se imaginaba qué podría estar haciéndolo. Sus ojos recorrieron la pila de libros de matemáticas, la lámpara apagada en la mesa, su laptop, el viejo robot de juguete a su lado.

Su chamarra colgaba del respaldo de la silla, con la mochila encima. Pensó en su celular, en su chamarra, pero sabía que lo tenía apagado: los habituales mensajes de texto nocturnos de Kenzie y su pandilla estarían ahí esperándolo por la mañana. De todas formas, no era ese tipo de sonido.

Alex se humedeció los labios. Kenzie. Quizá su abuelo había hecho que el matón perdiera la cabeza. En vez de dedicarse al acoso digital, quizás hubiera venido en persona esta noche, para acabar con él.

Alarmado, Alex volteó hacia la ventana. Nada. Miró de nuevo hacia la puerta, el escritorio, la silla.

Allí estaba.

Apenas visible, detrás de la pata de la silla, el borde de… algo. Algo que no debía estar detrás de la pata de su silla.

Inclinó la lámpara para iluminar aquella zona y proyectó unas largas sombras que se desplazaron por su cuarto. Miró fijamente aquel objeto y trató de identificarlo. La pequeña silueta seguía siendo un misterio, y, cuanto más tiempo la miraba bajo aquella tenue luz amarillenta, se volvía cada vez más amenazadora, aunque no sabía muy bien por qué.

Clic. Rrrrrr.

Lo que sea que fuera retrocedió y se escondió.

Perplejo, Alex sacó un pie de la cama. Entonces se produjo una tanda acelerada de clics y rrrrrs, y aquello salió de detrás de la silla con un movimiento rápido, por el suelo, hasta el centro de la habitación, donde se detuvo.

Sorprendido, Alex volvió a meter enseguida la pierna debajo de las sábanas y se quedó pestañeando ante aquel objeto que estaba en la alfombra.

Un robot de juguete.

Un robot que no había visto nunca. Parecía antiguo, como de cuerda. De latón con un moteado rojo. De líneas rectas y cuadradas, con una rejilla diminuta en el pecho y una carita triste pintada en una cabeza cúbica, rematada con un aro endeble de alambre, como una antena de televisión antigua. La cabeza giró con un ¡rrrrrrrr!, hasta que la cara se orientó hacia él, como si lo estuviera mirando.

Alex se quedó paralizado.

Rrrrrr. Clic.

Esta vez, el robot del suelo no se había movido. Aquel sonido venía de otro lugar distinto.

Alex alzó la mirada con esfuerzo y miró detrás del robot.

Había dos.

Éste tenía un diseño prácticamente igual, pero era azul plateado. Era como si estuviera escalando por la pata de la silla, como si quisiera llegar hasta el escritorio.

El robot rojo continuaba quieto, con aquella mirada desconcertante, como si lo estuviera vigilando. El robot azul escaló más alto y alcanzó el asiento de la silla con unos pequeños y torpes movimientos, que habrían resultado graciosos de no haber sido tan inauditos.

Sin apartar la mirada del robot rojo, y sin tener claro un plan en aquella mente que de pronto se le había quedado en blanco, Alex se movió muy despacio y empezó a apartar las sábanas con mucha cautela.

Un rápido y repentino clic-clic-clic-clic-clic le hizo quedarse de piedra. Sonó muy irritado, y muy cerca.

Alex giró la cabeza hacia los pies de su cama, donde ahora había un robot pequeño y delgado de color blanco, con la cabeza como un huevo alargado y unos brazos afilados de color metálico. La cara de éste tenía el ceño fruncido.

Alex permaneció inmóvil, con los ojos como platos, observando cómo aquella cosa ascendía sin parar hacia él por la cama. Abrió la boca para gritar, pero se encontró con que no se acordaba de cómo hacerlo.

Clic, clic, clic, clic, clic.

Sintió los clics del robot, que le subían por la pierna.

Clic, clic, clic, clic, clic.

Por la barriga.

Clic, clic, clic.

Por el pecho.

Clic, clic.

Por fin se detuvo donde Alex tenía las manos, una sobre la otra, encima del edredón. Allí, con otro clic, ladeó la cabeza con su ceño fruncido y pintado.

Ninguno de los dos se movió durante lo que pareció una eternidad.

Clic.

Aquella cosa giró la cabeza de un lado a otro.

Clic.

Levantó un brazo muy pequeño. Alex vio que terminaba en una punta tan afilada como una aguja. Y de esa punta goteaba un líquido café aguado.

Clic.

Hasta que el robot bajó el brazo con un violento movimiento descendente, Alex no se dio cuenta de que estaba intentando clavárselo.

Varias cosas sucedieron prácticamente a la vez. La aguja del brazo del robot se hundió en la manga de la piyama de Alex, no se le clavó en la piel por muy poco y llegó hasta el grueso edredón de debajo. Alex, que por fin consiguió dar un grito, aunque ni mucho menos tan fuerte como a él le hubiera gustado, apartó el brazo con violencia y lanzó al robot blanco volando hacia atrás, por los aires.

Más allá de los pies de la cama, la puerta se abrió de golpe e irrumpió su abuelo. Con un movimiento fluido, el anciano levantó el bastón, enganchó de lleno al robot con la punta en el aire y redirigió la inercia de su movimiento hacia el suelo. Allí mantuvo la punta del bastón sobre la panza del robot y lo sujetó mientras éste giraba los brazos puntiagudos.

—Alex, la ventana —dijo el abuelo.

—Pero… —pudo decir Alex.

—Alex —le dijo su abuelo con un gesto de la barbilla firme aunque amable—. Abre la ventana, hazme el favor.

Alex saltó de la cama, separó las cortinas de un tirón y abrió la ventana tanto como pudo.

—Ahora apártate, si no te importa.

Su abuelo levantó el bastón como si fuera un golfista que va a golpear la bola en la hierba alta y lanzó el robot blanco en un arco perfecto, volando y haciendo clic-clic-clic-clic en la oscuridad de la noche.

—Pero… —volvió a decir Alex.

Señaló como un loco al robot rojo, que se dirigía con un zumbido mecánico hacia los pies de su abuelo, y también señaló hacia su escritorio, donde el robot azul hacía clics a una sorprendente velocidad.

—Sí —dijo el anciano—. Bien visto.

El abuelo se metió la mano en el bolsillo y esparció una especie de polvo blanco por la mesa de Alex. Cuando aquello cayó alrededor del robot azul, el juguete dejó de moverse.

Con el robot rojo casi a la altura de su pie, el abuelo de Alex le propinó un puntapié y lo envió volando hacia la ventana, pero no acertó en el blanco. Rebotó en el marco y cayó retorciéndose a los pies de Alex. Movido de forma repentina por el pánico, Alex se dejó caer de rodillas, levantó la pata de la cama y la arrastró. En el momento justo en que el abuelo le decía algo como "¡Alex, no!", él dejó caer la pata de la cama con todo su peso sobre el pecho del pequeño robot, lo aplastó y lo reventó mientras los brazos y las piernas hacían clic y rrrr.

Sobre su escritorio, el robot azul intentaba caminar de nuevo, pero sus movimientos eran erráticos, se tambaleaba en círculos irregulares cada vez más cerca del borde de la mesa y, al final, se cayó. En ese instante, el abuelo de Alex blandió el bastón, mientras el robot aún estaba en el aire, y, por supuesto, lo bateó por la ventana.

El abuelo se arrodilló, levantó la pata de la cama de Alex y recogió el robot rojo machacado, que había dejado de moverse.

—Está… —empezó a decir Alex.

Su abuelo sacó un pañuelo blanco grande y lo extendió en el suelo. Con delicadeza, comenzó a poner sobre él los restos irregulares y brillantes del robot rojo.

—Está… —repitió Alex, señalando con el dedo—. Está húmedo. Por dentro… está húmedo.

—Sí —murmuró su abuelo, que anudaba el pañuelo en un fardo desordenado y no muy tenso—. Esperaba que hubiéramos podido evitar esa parte. No me gusta nada matarlos si lo puedo evitar.

—¿Qué…? —empezó a decir Alex con un gesto de la mano hacia su escritorio mientras intentaba aferrarse al menos a uno de los pensamientos embarullados que se le pasaban a toda velocidad por la cabeza—. ¿Y eso blanco? Esa cosa blanca. La que echaste.

—¿Eh? Ah, sal. Sólo es sal —su abuelo se levantó con el pañuelo colgando tristemente de su mano, que parecía empapado, de color rosáceo—. Me abastecí de unos sobrecitos en el restaurante de las papas. No les gusta. Los confunde.

—¿Qué…? —intentó decir Alex otra vez.

—Olvídate de eso ahora. Tengo que ir a ver qué pasó.

Se dio la vuelta, pero se detuvo y se giró de nuevo, se quedó estudiando a Alex. Agarró a su nieto por los hombros, temblorosos, lo llevó con delicadeza hacia la cama y lo sentó. Se dejó caer sobre una rodilla y esperó hasta que los ojos pardos de Alex miraron los suyos, también cafés.

—Alex —le dijo en voz baja—. ¿Sabes que te pareces mucho a tu padre cuando tenía tu edad? Ahora, escúchame. Voy a salir a echar un vistazo. Después, vamos a escribirle una nota a tu madre para decirle que cambiamos de opinión, que al final te vas conmigo a París y que nos marchamos temprano para tomar la primera conexión. Creo que ahora no debes quedarte aquí. Podemos llamarle por teléfono más tarde. Ahora, prepara una mochila. No te lleves demasiado. ¿Tienes una mochila?

Alex asintió.

—Buen muchacho.

Su abuelo le dio unas palmadas en el hombro y se marchó, dejando a Alex sentado y boquiabierto.

Tenía la mirada fija en los granos de sal que brillaban desperdigados sobre su escritorio. Sintió un escalofrío por el roce del aire helado del exterior. Se fijó en la ventana, y en su imaginación volvió a ver el robot blanco volando al atravesarla, sin dejar de hacer sus clics. Sintió otro escalofrío.

Su abuelo volvió a asomar la cabeza por la puerta.

—Vamos, rapidito. Hay que tomar un tren. Y que no se te olvide empacar eso.

Señaló con el bastón hacia el viejo robot de juguete que estaba sobre el escritorio de Alex.

IV
DE UNA ESTACIÓN A OTRA

Después de haberla preparado con prisas, Alex dejó caer su mochila en el suelo de la cocina, junto a aquel maletín gris del abuelo, como el de un médico antiguo, y se encontró al anciano en el jardín trasero, encorvado sobre su bastón, estudiando el suelo.

Había dos marcas pequeñas en la nieve debajo de la ventana del dormitorio de Alex. Dos minúsculas hileras blancas de huellas cuadradas se alejaban vacilantes hacia el tablón que faltaba en la valla de separación del jardín del vecino, y la cruzaban sobre otro conjunto de huellas nuevas de zorro.

—¿Se fueron? ¡¿Se fueron?! ¿Adónde...? ¿Los has...? —Alex miró frenético a su alrededor. De un modo extraño, le vino a la cabeza el fogonazo de una imagen de unos antiguos dibujos de *Tom y Jerry*: las piernas de una mujer subida en un taburete y gritando porque el ratón andaba suelto. Hizo un esfuerzo para dominar sus pensamientos, mantener la calma—. ¿Adónde fueron?

—No muy lejos, creo yo.

Aún encorvado, el abuelo se acercó a la valla con grandes zancadas, con Alex pisándole los talones. Se asomaron y pudieron ver que las huellas terminaban justo un poco más allá, junto a dos parejas de huellas humanas que se alejaban por donde habían venido, en la oscuridad. Unas huellas eran de unos zapatos un poco más grandes que los de Alex. Las otras eran más pequeñas, de los pies de un niño.

Su abuelo se enderezó y miró al cielo, ya sin nubes, de un color añil oscuro salpicado con los puntitos de las estrellas y sin rastro de la luna. Echó la cabeza hacia atrás, se llenó los pulmones con el aire cortante y lo expulsó con un suspiro de vaho largo y satisfecho, mientras se daba unos leves golpes en el pecho con ambos puños.

—Veamos. ¿Tienes el… mmm, robot?

Alex asintió con la cabeza.

—Espléndido. El taxi viene de camino. Escribí una nota para tu mamá. Deberías añadirle algo. Y dile que le llamarás por teléfono más tarde. Y un beso.

—Pero…

—Vamos. El tiempo vuela.

Mientras Alex se sentaba a garabatear en la mesa de la cocina, el abuelo salió con paso firme por la puerta principal de la casa y se asomó a la calle.

—Creo que ese es nuestro taxi —le dijo en voz baja desde allí—. Vamos a ver, ¿estás seguro de que tienes todo lo que te quieres llevar?

Alex asintió. Entonces le dijo:

—No, espera.

Agarró su mochila y volvió corriendo a su habitación tan silencioso como pudo, tomó la foto de sus padres de la pared y la metió en el fondo de la mochila.

Alex vaciló ante la puerta del cuarto, donde su madre estaba durmiendo y Carl estaba roncando. Levantó una mano hacia la puerta. La dejó caer. Rápidamente, bajó las escaleras sin hacer ruido.

Su abuelo esperaba impaciente en el escalón de la puerta. Un taxi negro ronroneaba con el motor encendido ante la valla del jardín, envuelto en el humo del tubo de escape, que se quedaba suspendido en el aire como si fuera una corona.

—¿Ya estamos listos, entonces?

Mientras se deslizaban por las calles vacías y oscuras, a Alex se le calmó el pulso. Su estado de ánimo pasó de un torbellino de confusión a una especie de fastidio cuando su abuelo se negó a responder ninguna pregunta y, en cambio, prefirió entablar una extensa conversación con el taxista acerca del gobierno.

—Un individuo interesante —le dijo a Alex cuando el taxi los dejó en la entrada principal de la estación local—. Más loco que una regadera.

En la desierta sala de espera, las tuberías de la calefacción hacían unos suaves ruidos, mientras el abuelo de Alex volvía a esquivar todas sus preguntas y prefería pasarse el rato peleándose con una máquina de bebidas llena de manchas. Por fin apareció con dos vasos de papel y le ofreció uno a Alex.

—Chocolate caliente. Se supone. Lo más probable es que esté espantoso, pero tómatelo; el azúcar te vendrá bien —dio un sorbo cauteloso de su vaso—. Cielo santo.

En el tren prácticamente vacío hacia Londres, su abuelo siguió empeñado en negarse a responder a cualquier pregunta de su nieto.

—Tenemos unas dos horas —le dijo a Alex cuando se acomodó enfrente de él—. Deberías dormir un poco.

—¡¿Dormir?! No puedo…

El abuelo lo hizo callar.

—Creo que vas a descubrir que tienes mucho sueño. Seguro, mucho sueño.

El hombre hablaba con más ligereza que nunca, pero era como si le ardieran los ojos, como si su mirada perforara el aire entre los dos. Alex lo miraba allí sentado con el ceño fruncido, en un gesto tenso de enfado, pero, tras unos breves instantes, sintió que le empezaban a pesar los párpados.

Durmió profundamente, y tuvo un sueño muy real y embarullado que se intercalaba a ratos: volvía a ser un niño muy pequeño, y su abuelo los llevaba a su madre y a él otra vez de viaje, a ver a otro médico más. Pasillos y habitaciones de hospital. Máquinas para pesarte y cintas métricas para medirte, agujas y cables. Muestras de sangre y unos dedos extraños que le palpaban la piel. El abuelo observaba con mirada seria desde una esquina, con una grave preocupación en los ojos. Su madre trataba de ocultar la ansiedad allí sentada e inclinada hacia delante, escuchando aquellos resultados que no resolvían nada, apretando la mano de Alex.

Sólo se despertó una vez antes de llegar a Londres y abrió los ojos apenas un segundo, para ver a su abuelo sentado muy recto y muy despierto, mirando con expresión sombría por la ventanilla, hacia un mundo en penumbra que se alejaba de él y se desvanecía.

Cuando recorrían a pie la estación londinense de St. Pancras en busca de su andén, Alex ya casi había empezado a dudar de que todo lo de la noche antes hubiera sucedido de verdad.

Ya había ajetreo en la estación a primera hora de la mañana: gente con cara de agobio que daba empujones al pasar en cualquier dirección. Los anuncios y los noticieros resplandecían en unas pantallas brillantes. Un grupo de empleados de una guardería se afanaba con tal de mantener unida una pequeña fila de niños alborotados. Había una niña de unos diez años con la cara redonda y pálida que sujetaba un globo rojo junto a un hombre bajito que llevaba un llamativo pañuelo amarillo con lunares negros. Tenía la mirada perdida detrás del reflejo de los cristales de sus lentes grandes y redondos. Cuando Alex vio a la niña, ella le devolvió la mirada con el ceño fruncido y, con toda la calma del mundo, soltó el globo, que se elevó directo entre las franjas de luz clara que entraban a raudales a través del alto techo de cristal.

Los nombres de los lugares y unos números parpadeaban y aparecían fugaces en las pantallas informativas. La megafonía hacía resonar el eco de unos mensajes indescifrables. Su abuelo se desplazaba a su lado con paso alegre. El día, el planeta, todo parecía absolutamente normal.

Cuando arrancó el tren a París, el abuelo de Alex descorchó una pequeña botella de champán.

—Beber alcohol por la mañana es una idea malísima —dijo mientras se servía un vaso de plástico, bien lleno, y empujaba hacia Alex su jugo de naranja sobre la mesita—. En realidad, es una mala idea beber alcohol a cualquier hora del día. Tú no deberías hacerlo nunca. En serio. Pero sobre todo por la mañana. Pero bueno, tomar el tren a París tampoco es algo que uno haga todos los días. Y hay una corriente de pensamiento que dice que el champán no cuenta.

Alzó el vaso en un gesto de brindis, le dio un traguito, chasqueó los labios y suspiró de satisfacción.

—Espléndido. Y ahora, veamos. Preguntas. De una en una.

Alex plantó ambos codos sobre la mesa y apoyó la frente en las palmas de las manos, jugueteando con los dedos sobre el cuero cabelludo mientras intentaba pensar por dónde empezar. Se echó el pelo hacia atrás y respiró hondo.

—Okey. Muy bien: ¿me atacaron tres robots anoche, en mi cuarto?

—Mmm. Más o menos. Sí.

—¿De dónde salieron? ¿Por qué venían por mí? ¿Cómo…?

—Un momento. De una en una, dije. Aunque esas dos las podemos unir. No iban por ti, en realidad. Iban por… Bueno, estoy seguro de que a estas alturas ya te imaginas por qué iban. Y en realidad, tampoco es que fueran ellos quienes fueran por eso; los envió alguien que sí va detrás de eso. Así que, ah, de ahí es de donde salieron.

—¿Detrás de él? —de repente, los sucesos de la noche previa se le pasaron otra vez dando tumbos por la cabeza, y Alex se dio cuenta de que había levantado la voz, indignado, pero no le importó. Abrió la mochila, sacó el viejo robot de juguete y lo agitó delante de la cara de su abuelo—. ¿Detrás de esto?

—Eso es. No lo sacudas por ahí de ese modo, hazme el favor. Es más... —bajó el maletín antiguo del portaequipajes superior y se puso a rebuscar en su interior—. Sí, aquí la tenemos.

Sacó una sólida caja de cartón, de la mitad del tamaño de una caja de zapatos, levantó la tapa y la empujó hacia Alex. Dentro había otra caja más pequeña, de un cartón más fino. Alex la sacó y se percató de que tenía los bordes un poco desgastados, pero aún seguía en excelentes condiciones. En los cuatro lados tenía impreso el mismo y llamativo diseño: como si fuera un cómic, el dibujo del robot que sostenía en la otra mano, que bajaba furioso por una calle oscura con la silueta dentada de los edificios recortados. De las tuberías oxidadas de los oídos le salía un vapor azulado que formaba una nube que contenía una única palabra con gruesas letras rojas: ROBOT.

—La caja —dijo Alex, y las circunstancias tan absolutamente singulares en las que se encontraba se le desvanecieron unos instantes del pensamiento cuando recuperó los reflejos—. Wow. ¿Dónde la encontraste?

—Ajá. Es maravillosa, ¿verdad? Por fin conseguí dar con ella en una tiendecita de Austria, y resulta que está justo al lado de la pastelería más increíble del mundo entero. La mujer de esa tienda, qué pan hace, y, ah, vaya pasteles. Bueno, en realidad no son pasteles, sino una especie de cuernos de masa azucarada rellenos de raspaduras de manzana y...

—No. Deja eso. Espera —Alex le dijo que no con la cabeza, como si intentara aclararse o sacudirse algo que andaba suelto: no estaba llegando a ninguna parte.

En el exterior, pasaba por delante de la ventanilla en silencio la mancha borrosa de color café y blanco de los campos ingleses, las llanuras moteadas de nieve. Su abuelo se sirvió un segundo vaso de champán y sujetó la botellita boca abajo para vaciar las últimas gotas que quedaban.

—¿Quién va detrás del robot? —le preguntó Alex, que intentaba concentrarse y conservar la calma.

—¿Mmm? Ah, bueno. A ver, no estoy seguro de eso.

—¿No estás seguro?

—No, no del todo.

—Pero es alguien que… —Alex dejó la frase a medias al sentirse ridículo—. Alguien que envía… robots de juguete… a hacer cosas.

—Eso parece, sí.

—Y tú ya habías visto antes esos… robots.

—Bueno —su abuelo hizo una pausa con el vaso en los labios fruncidos—. Sí, ahora no serviría de nada negar eso.

—Okey, espera un minuto, déjame pensar.

La sola idea de preguntarle a su abuelo dónde había visto antes aquellas cosas le pareció interesante, pero no podía desviarse del tema.

—Bien. Entonces, las otras veces que los viste, ¿sabías de quién eran?

—Ah… sí. Me hice una buena idea al respecto.

—¡¿Y no se te ocurrió que podría ser la misma persona que los envió anoche?! —le gritó su nieto.

—Cálmate, Alex.

El abuelo levantó el vaso para saludar a una pareja de hombres corpulentos al otro lado del pasillo, que miraban a Alex con el gesto arrugado en la nariz afilada, como si el chico oliera mal.

—¡La adolescencia! —elevó la mirada al techo—. ¡Hormonas! Lo recuerdan ustedes, ¿verdad?

Los dos hombres giraron la nariz hacia el abuelo antes de apartar la mirada y levantar unos enormes periódicos de color salmón. El abuelo se giró hacia Alex.

—Muy bien, sí, podría haber sido la misma persona, pero no lo puedo decir con certeza, ¿o sí?

—Pues no, supongo que no —Alex estaba que echaba humo, en voz más baja—. No puedes, porque, claro, debe de haber cientos de personas por ahí que tienen… —se volvió a callar al toparse de bruces con lo absurdo de lo que estaba diciendo— pandillas de… robots… Okey, ya entendí. No vas a decirme quién es, ¿verdad? —Alex se cruzó de brazos y se dejó caer contra el respaldo del asiento.

—¿Y de qué iba a servir, socio? Su nombre tampoco te diría nada. Todo lo que tienes que saber es que se trata de alguien que quiere eso —su abuelo señaló al viejo robot—. Y lo quiere con ganas. Y que es alguien, como tú ya sabes, que tiene unos métodos peculiares.

—¿Métodos peculiares? Esa… cosa intentó matarme anoche.

—Ah, no —su abuelo se bebió el vaso de golpe y se quedó mirándolo con una media sonrisa de melancolía—. No, yo no diría que estuviera intentando matarte. Aunque, por supuesto, tampoco tuve la oportunidad de averiguar qué era lo que había en las agujas. Yo, sin embargo, diría que es más probable que fuera algo para dormirte.

—Ah —Alex se tragó el grito que estaba a punto de soltar y se inclinó hacia delante, hablando en un razonable susurro de furia—. Ah, entonces bien. Eso es distinto. Si no era más que un robot de juguete que estaba ahí para dejarme fuera de combate mientras sus dos amiguitos de juguete me robaban otro robot del dormitorio, entonces tenemos una situación muy distinta. Tienes razón, no sé por qué estoy haciendo todo este alboroto.

—El sarcasmo, Alex —le dijo su abuelo con el ceño fruncido—, es la forma más mezquina del ingenio.

—Pero ¿cómo…? —Alex rebuscaba ahora entre todas aquellas preguntas que se peleaban entre sí por ocupar el primer lugar en su mente—. ¿Cómo funcionaban? ¿Qué eran… como por control remoto?

—Bueno, algo parecido.

—Espera. Ahora lo recuerdo: ese robot estaba húmedo por dentro.

—Ah —su abuelo forzó una sonrisa y volteó a mirar por la ventana—. Sí.

—Y dijiste que no te gustaba matarlos… No estaban vivos, ¿no?

—Alex —chasqueó la lengua el abuelo en señal de desaprobación—. Eso sería ridículo. Pero, bueno, por otro lado, planteas una cuestión filosófica muy interesante: ¿cómo definimos la vida? ¿Tenemos siquiera el derecho de hacerlo? Dime, ¿llegaste a ver alguna vez aquella película que te compré, *2001: Una odisea del espacio*?

—¡¿Qué?! No. Me quedé dormido. Era aburridísima.

—Alex, deberías tratar de ampliar un poco más tus horizontes en lo que al cine se refiere. Quiero decir que, sí, que ya lees todo tipo de libros, y, bueno, qué más da. Verás, en esa película hay una computadora que se llama HAL. En realidad, hay una historia muy interesante sobre por qué se llama HAL…

—No. Por favor. Para ya. Muy bien. El robot de anoche. Estaba húmedo por dentro. ¿Qué era eso… ácido de una batería o… algún tipo de aceite… como un líquido hidráulico?

Su abuelo estaba sentado mirando por la ventanilla, a nada en particular. Se dio unos golpecitos con el dedo en el labio inferior, se lo pasó por la barbilla en un gesto pensativo, bajó la mirada a la mesa y después la alzó hacia los ojos de Alex.

—Como te dije, tenía la esperanza de no llegar a nada de esto, Alex, socio. Pero aquí estamos, me estás preguntando, y no veo la manera de evitarlo. Pues bien. No, no es un líquido hidráulico. Son fragmentos de… bueno…

—¿Fragmentos de qué?

—De personas, Alex. Fragmentos de personas.

El tren se adentró a toda velocidad en el túnel que pasaba por debajo del mar.

Alex estaba acostado en la cama. Si abría los ojos, allí estaba el techo. Allí estaba colgada la pantalla de papel anaranjado de aquella lámpara que tanto odiaba, llena de polvo. Si giraba la cabeza hacia la derecha, vería sus pósters. Si giraba la cabeza hacia la izquierda, vería la montaña de tarea sin terminar sobre su escritorio.

Todo había sido un sueño. En cualquier momento, su madre iba a entrar y le iba a decir que llegaba tarde a clase. Tenía que acordarse de pedirle a David los ejercicios de mate. Y después. de alguna forma, había que esquivar a Kenzie. Aquí llega mamá. Llaman a la puerta. Aquí está, inclinada sobre él. Abre la boca una vez, la vuelve a abrir, la abre una vez más, y entonces dice:

—Me preguntaba si sería usted capaz de conseguirme una taza de café decente con unos cruasanes. ¿Y para ti, Alex?

Alex abrió los ojos y se quedó mirando a su abuelo, sentado enfrente de él, girado hacia el hombre que empujaba el carrito por el pasillo del tren. Había estado tratando de despertarse de aquel sueño con todas sus fuerzas, pero, al parecer, ya estaba despierto, y aquella era la realidad en la que estaba atrapado.

—¿Alex?

No sabía cuánto tiempo llevaba allí sentado de aquel modo, pero tenía la cara petrificada en una mueca dolorida.

—Alex —el abuelo se inclinó hacia delante y le dio un toque con el dedo en la manga.

—¿Eh?

—¿Quieres algo de comer?

Alex se quedó mirándolo con el ceño aún más fruncido.

—Sólo mi café con los cruasanes —dijo su abuelo de nuevo hacia el carrito—. Ah, y un poco de esa mermelada. Y voy a querer también unos cuantos de esos, si no le importa —se inclinó hacia el carro y sacó la mano con un puñado enorme de sobrecitos de sal.

El hombre que le servía el café arqueó una ceja con cierta cara de asco.

—La sal nunca está de más —le dijo el abuelo con una sonrisa de oreja a oreja.

—Okey —dijo Alex mientras veía cómo se alejaba lentamente el carrito por el vagón. De nuevo se incorporó en el asiento, se frotó la frente e intentó respirar hondo—. Muy bien. Fragmentos de… personas —observó cómo su abuelo untaba la mermelada en un cuerno de cruasán que había arrancado—. ¿Te refieres a personas muertas?

—Puaj —dijo su abuelo, que le puso mala cara.

Se metió el trozo de cruasán en la boca. Un pegote de mermelada goteó y aterrizó espeso, húmedo y rojo a los pies del robot de juguete, sobre la mesa entre los dos.

—Por Dios, Alex. ¿Es así como te funciona la cabeza? Eso sería espantoso. No, personas vivas. Ya sabes: un solo donante para cada robot. Sólo unos trozos de piel, un poco de sangre y… cosas así. Pelo, quizás. Un poco de saliva y, a lo mejor, si es que van muy en serio, unas pequeñas raspaduras de dentro de… Bueno, ya te haces una idea.

—Un solo donante —repitió Alex, que asentía complacido, como si estuvieran comentando su tarea de clase de Biología—. ¿Y esa sería la persona que me quiere robar mi robot de juguete?

—No —su abuelo sorbió con ruido su café e hizo un gesto de desagrado—. Qué porquería. No, yo no diría eso. Anoche nos libramos de esas cosas con demasiada facilidad. Sólo eran dos robots observadores y un *inyectador*. No, si fueran de él, lo habríamos sabido perfectamente. Es más probable que fueran de alguien que trabaja para él.

Alex volvió a asentir, y reparó en ese "él". Al menos sabía que se trataba de un hombre. Abrió la boca, la cerró. Tratando de pensar, levantó la mirada más allá de su abuelo.

En los otros asientos, la gente charlaba y leía, tecleaba en sus laptops, toqueteaba con el dedo en sus tabletas, miraba el celular y movía la cabeza al ritmo de los auriculares. El hombre que empujaba el carrito del cáterin ya casi había llegado al final del vagón. Mientras Alex miraba, la puerta de aquel extremo se deslizó y se abrió. Una silueta pequeña y oscura se abrió paso más allá del carrito: una niña vestida de negro. Venía caminando muy despacio por el vagón, girando aquel rostro redondo y blanquecino de derecha a izquierda, buscando por los asientos. Llevaba puesta una camiseta negra de tirantes, con unos largos calentadores de rayas negras y violetas en los brazos, desde las muñecas hasta los pálidos codos.

No parecía que hubiera nadie pensando en unos robots que funcionaran con carne humana y que vinieran de noche por ellos. El propio peso de la normalidad a su alrededor le llamaba poderosamente la atención.

—Muy bien —dijo al volver a mirar a su abuelo—. Ya tuve bastante.

Alzó la mirada hacia la niña, que ya se encontraba hacia la mitad del vagón. Sus ojos dejaron atrás a Alex, regresaron sobre él y se quedaron fijos. Se detuvo y se quedó mirándolo. Había algo en la cara de aquella niña. Reconoció en ella a la pequeña del globo rojo en la estación. Debía de ser eso. Se preguntó si se habría perdido. De forma automática, empezó a buscar por allí al hombre bajito al que había visto con ella, pero, cuando volvió a dirigir la mirada hacia la niña, vio que se había dado media vuelta y había salido del vagón por donde había venido.

—Todo esto —prosiguió Alex— no es más que un disparate. Gente que tiene unos robots pequeños que llevan dentro unos trozos de piel y que pueden controlarlos de alguna manera. Es un disparate.

Su abuelo se había dado la vuelta para seguir la dirección de la mirada de Alex, hacia el fondo del vagón. Volvió a mirar a Alex y frunció el ceño como si le doliera. Entonces sonrió.

—Magnífico, Alex. De eso se trata. Una mente escéptica. Tienes toda la razón. Todo lo que te conté es absolutamente ridículo. Está claro que eso no puede ser lo que está pasando. Tiene que haber alguna otra explicación más razonable. Y algún día, muy pronto, espero que tú y yo nos podamos sentar delante de una buena y copiosa comida y tener una conversación en condiciones sobre el tema, para ver si somos capaces de resolverlo.

Se inclinó hacia delante, tomó el robot de la mesa y lo metió con destreza en la caja antigua, que volvió a guardar dentro de la otra caja y cerró la tapa.

—Sin embargo, por el momento —prosiguió el abuelo, que se puso en pie—, el disparate es lo único que tenemos. Hay veces en que uno no dispone de tiempo para pensar las cosas con detenimiento. Tienes que aceptar lo que está sucediendo, seguir adelante y afrontarlo.

Alargó el brazo, agarró la mochila de Alex, metió en ella la caja y la cerró bien. Permaneció de pie y le ofreció la mochila a su nieto.

—Vamos. Llegó el momento de que te lleve al baño.

—¡¿Qué?! —Alex estaba verdaderamente indignado, otra vez—. ¡No soy un niño pequeño! Y no tengo que ir ahora mismo al baño.

—Sí. Sí que tienes que ir —el abuelo tenía una mano metida por debajo de la axila de Alex, tiró de él para levantarlo y le puso la mochila al hombro—. Ahora mismo. Y rápido.

Recogió su maletín antiguo, hizo caso omiso de las quejas de Alex, cada vez más ruidosas, y comenzó a empujar de espaldas a su nieto para sacarlo del vagón.

Alex inició otra ronda de protestas, pero al mirar más allá del codo de su abuelo, las palabras se le apagaron en la garganta.

En el otro extremo del vagón, dos hombres grandes de traje negro y la cabeza tan calva como una bola de billar estaban cruzando la puerta, con paso muy rápido y la cara muy seria.

Y, sin la más mínima duda, iban directo hacia ellos.

—Sigue avanzando —le dijo su abuelo.

—¿Quiénes…? —empezó a decir Alex.

—Sigue, Alex, tan rápido como puedas.

Echó a correr más rápido, mirando aquí y allá al pasar a las caras desconocidas y difuminadas de los asientos. Ya habían atravesado dos vagones. Cuando llegaron ante la siguiente puerta,

Alex echó la vista atrás y vio que los hombres ya estaban entrando en el vagón a su espalda. Se apresuró.

Llegaron a un tipo distinto de vagón, sin asientos, más bien como un pasillo. Había unos baños metidos en una pared curva a la izquierda. El ruido del tren allí, al pasar veloz sobre las vías, sonaba mucho más fuerte. Su abuelo abrió la puerta del baño, empujó a Alex dentro y lanzó su maletín antiguo al lavabo.

—Muy bien. Cierra con seguro cuando yo salga. No abras hasta que yo llame a la puerta. Llamaré así —dio un nítido golpeteo con el bastón, tres toques rápidos, otros dos más largos, volvió a salir enseguida, tiró de la puerta para cerrarla y dejó a Alex a solas dentro de aquel espacio gris tan reducido.

Alex volvió a abrir la puerta.

—Pero…

—¡Alex! —exclamó su abuelo. A su espalda, los dos hombres estaban entrando en el pasillo—. ¡Ciérrala con seguro!

Alex sintió un empujón que lo hizo retroceder. Un tirón le arrebató la puerta de la mano y la cerró de un portazo. Se abalanzó sobre el pestillo y lo giró. Se quedó mirando sus propias manos en el cerrojo.

Aquel sabor a cobre en la boca. En el espejo sobre el lavabo se reflejaba una versión más pequeña y más pálida de sí mismo. El ruido de las ruedas de acero del tren traqueteaba con furia.

Retrocedió y estudió la puerta en busca de algún modo de ver lo que pasaba afuera. Nada. Se apoyó en ella, escuchando.

Lo único que oía era el ruido del tren.

Apretó hasta que la oreja se le quedó dolorida, prestó tanta atención como pudo. Los segundos transcurrían a paso de tortuga, amortiguados. De repente, la puerta dio una fuerte sacudida contra su mejilla, cuando algo se estampó contra ella al otro lado. Aquello lo hizo retroceder de un salto, atemorizado.

Toc-toc-toc. Toc… toc.

Corrió a abrir la puerta. Algo grande y negro entró allí dando tumbos y cayó al suelo con un buen golpe por delante de él.

—¡Cierra!

Era la voz de su abuelo. Alex cerró de un portazo y volvió a poner el seguro a la puerta.

Se cruzó de brazos, como si se estuviera abrazando él solo, y retrocedió a un rincón. Se fijó en el hombre calvo y corpulento que yacía a sus pies, tirado en una postura que parecía incómoda.

El sonido de la velocidad del tren le rugía en la cabeza. Probó a darle un toque al hombre con la punta del zapato. Nada. Miró hacia la puerta. Volvió a mirar al hombre corpulento. Otra vez miró hacia la puerta.

El rugido del tren cambió de tono, como un aullido. A Alex se le pasó brevemente por la cabeza que ahora sí le gustaría ir al baño, pero aquel hombre tenía la cara apretada de bruces contra el retrete. El tren chillaba "clac-cataclac", una y otra vez.

—Arrrrg.

Alex sintió literalmente cómo le daba un vuelco el corazón en el pecho, contra la boca del estómago. Un escalofrío.

—Orrrg —volvió a gruñir el hombre.

El párpado que Alex podía ver estaba temblando. Se abrió aquel ojo, giró para mirar al suelo y se cerró.

Entonces se abrió.

—Uuuuufffff.

Se movieron los dedos de una mano enorme, como una ristra de salchichas. La mano se abrió y se apoyó plana en el suelo de goma, empezó a empujar y a levantar aquel peso tan increíble hasta ponerlo de rodillas. Mantuvo aquella postura por un momento, con un leve balanceo sobre el retrete, los ojos cerrados, como si se estuviera planteando la posibilidad de vomitar en la taza del retrete.

Sin quitarle los ojos de encima, Alex se fue acercando a la puerta.

Muy despacio, el hombre levantó aquella cabeza enorme de aspecto cuadrado y parpadeó. Se giró hacia Alex y lo miró con cara de confusión. Alzó una mano y lo señaló.

Alex buscó el pestillo de la puerta a la desesperada. El cerrojo se le escapaba de entre las manos sudorosas como si lo hubieran untado de mantequilla.

El hombre estaba de pie, con un ligero balanceo por el movimiento del tren.

Toc-toc-toc. Toc… toc.

Alex intentó girar el pestillo, sin éxito.

Toc-toc-toc. Toc… toc.

Sintió en el hombro una mano pesada que tiraba de él.

Toc-toc-toc. Toc… toc.

Alex lanzó una patada hacia atrás, con el talón. Se soltó la mano del hombro. Bastó para que se pudiera abalanzar hacia delante. Con el último roce de las yemas de los dedos estirados a la desesperada, el pestillo hizo clic. La puerta se abrió de sopetón.

—Cielo santo, Alex, ¿por qué tardaste…? Ah, hola.

Su abuelo pasó por delante de él y entró haciendo girar el bastón como un borrón negro y plateado. Alex vio al otro hombre calvo tirado boca abajo en el pasillo. Oyó el ruido de un golpe seco a su espalda, muy cerca, y se dio la vuelta para ver al hombre que estaba en el baño que volvía a caer de rodillas.

—Échame una mano, ¿te importa, socio?

Su abuelo había vuelto a salir al pasillo y estaba levantando al hombre del suelo.

—Voy a ver si soy capaz de meterlo a rastras —hizo un gesto con la barbilla para señalar hacia el siguiente vagón—. ¿Te importaría vigilar?

Alex se le quedó mirando, pasmado.

—¿Alex? ¿Vigilas?

Alex pasó por encima y se situó cerca de la entrada del vagón. Sin darse cuenta, cambiaba el peso del cuerpo de un pie al otro, nervioso. Sentía la mente en blanco.

Detrás de él, entre muchos jadeos y gruñidos, su abuelo maniobraba para meter el cuerpo voluminoso en el pequeño espacio del aseo, y lo dejó caer sobre su compañero.

A través de los paneles de cristal de las puertas deslizantes, Alex vio a una chica de unos dieciséis años con un suéter gris y pantalones de mezclilla que se levantaba de su asiento a mitad del siguiente vagón. Cuando la chica comenzó a caminar hacia él, a Alex se le pasó por la cabeza que aquella era la chica más guapa que había visto en su vida. Aun desde allí, sus ojos, que ahora miraban al frente y se cruzaron con los de Alex, eran de un verde asombroso. El pelo largo y castaño.

Se dirigía hacia él.

—Pues muy bien —gruñó su abuelo con satisfacción.

Estaba de pie en la puerta del baño, valorando su obra, los dos hombres tirados en el suelo, y se frotaba el labio con la uña del pulgar. Se quedó quieto cuando Alex retrocedió de un salto, farfullando.

—¡Alguien! ¡Viene!

Su abuelo lo agarró y lo metió al baño con aquellos dos hombres.

—Echa el cerrojo —le susurró con urgencia, salió de allí y tiró de la puerta para cerrarla.

—¿Qué? ¡No!

—Que pongas el seguro, te digo.

Con un temblor en los dedos, Alex giró el cerrojo.

Se percató de que ahora estaba de pie encima de los hombres, literalmente, con los pies apoyados sobre el gigantesco pecho del que estaba más arriba. Con una sombría fascinación, se dio cuenta de que subía y bajaba ligeramente al tiempo que roncaba silencioso el hombre que tenía debajo.

Afuera, su abuelo se había puesto a silbar alegremente una melodía florida y ruidosa.

—¡Buenas tardes! —canturreó de repente la voz del abuelo—. Un viaje encantador, ¿verdad?

Alex se quedó escuchando, mirando hacia abajo, al hombre inconsciente sobre el que estaba subido.

—Mi nieto acaba de volver a entrar —seguía diciendo la voz entusiasmada de su abuelo—. Esta vez no debería tardar mucho. O eso creo yo, al menos. Quiero decir que lleva ya unos veinte minutos entrando y saliendo de ahí constantemente. Qué diarrea tan tremenda. No creo que le quede mucho por echar ya. Y mira que le advertí.

Los párpados del hombre que Alex tenía debajo de los pies comenzaron a temblar. Bajo aquellos párpados finos, los ojos se movían con rapidez, de izquierda a derecha.

—Una ración de anguilas en gelatina que tenía mala pinta. Y le dije: "Eso de ahí no huele nada bien". Pero, bueno, es que nunca se le puede decir nada a nadie, ¿verdad? Eso es algo que he aprendido. ¿Mmm? ¿Cómo dice? Ah, sí, veamos, creo que hay otro, sí. Sólo hay que seguir atravesando los vagones hacia el otro extremo del tren. No tiene pierde. Bueno, ¡pues que tenga usted un viaje maravilloso, señorita! ¡Un placer hablar con usted! ¡Y tenga cuidado con esas anguilas!

Otra vez comenzó a sonar el silbido, que se fue desvaneciendo poco a poco hasta quedar en silencio.

Toc-toc-toc. Toc… toc.

Alex abrió la puerta tanto como le permitían las piernas de los dos hombres sobre los que estaba de pie.

—¿Una diarrea tremenda?

—Cuidado —dijo su abuelo, que se inclinó por delante de él blandiendo el bastón con brío.

Se oyó otro porrazo, otro quejido con un suspiro.

—Muy bien —dijo el abuelo, que entró al baño y cerró la puerta—. Vamos a ver qué podemos hacer aquí.

Con los cuatro allí metidos, apenas había espacio para moverse. Con los pies a horcajadas sobre los hombres del suelo y los codos a la altura de la cara de Alex, el abuelo se balanceaba de un lado a otro con el tren mientras rebuscaba en su maletín sobre el lavabo, carraspeando y tarareando con la boca cerrada. Cuando se dio la vuelta, tenía varias cuerdas colgadas del brazo.

—Hechas a mano. Es una lástima tremenda malgastarlas, pero parece inevitable. Ahora, Alex, ayúdame a ponerlos de lado, el uno frente al otro.

Entre gruñidos, en el calor de aquel espacio tan reducido, el abuelo de Alex se inclinó sobre los dos hombres y, con un trabajo veloz, les ató las manos a cada uno detrás de la espalda con unos nudos muy complicados, les sujetó los tobillos, y después unió las ataduras de las manos y los pies. Alex se acordó de una película que había visto, de unos vaqueros atando las reses en un rodeo.

El abuelo se dio unos golpecitos en los bolsillos y sacó cuatro pañuelos de algodón. Arrugó dos de ellos para formar otras dos bolas más o menos sueltas y se las metió a los hombres en la boca con toda la naturalidad del mundo. Rizó los otros dos para formar dos tiras gruesas y se las ató bien firmes en la cabeza para amordazarlos.

—Te prometo que están limpios —dijo al tiempo que le daba unas palmaditas en la mejilla a uno de los hombres dormidos.

—¿Ese es…? —Alex tragó saliva—. ¿Él?

—¿Él? ¿Qué "él"? Ah, ya veo. No, no. Estos sólo son dos de sus perritos falderos. Muy bien, veamos —el anciano abrió una rendija en la puerta y se asomó al pasillo—. Todo despejado, sal tú primero.

Alex salió encantado de aquel cuartito tan sofocante, observando nervioso la puerta del siguiente vagón. Tenía a su abuelo detrás de él, inclinado, toqueteando el cerrojo. Salió entonces al pasillo de un salto, retorció el picaporte hacia arriba y cerró de un portazo. Probó el picaporte y se dio la vuelta con una sonrisa triunfal.

—*Et voilà* —dijo alegremente y señaló el cerrojo con una floritura. El letrero había cambiado a rojo: OCUPADO—. Un truco muy útil —dijo el abuelo—. Algún día te lo enseñaré. Pero, bueno, ¡mira eso! —exclamó señalando hacia la ventana a la espalda de Alex—. París. ¿No es una ciudad encantadora?

UN PROBLEMA CON HARRY

El tren está detenido y descansa en la estación parisina de Gare du Nord. Hace ya un buen rato que la mayoría de los pasajeros que llegaban de Londres se marchó, pero, en un vagón hacia el final, el hombre bajito y la niña de la cara redonda aguardan junto a la puerta del baño. No hablan. Durante un rato parece como si no sucediera nada.

Se oye un aporreo detrás de la puerta. Retiembla. Finalmente, con una explosión de astillas, la puerta revienta, arrancada de cuajo de las bisagras.

Los dos hombres calvos están de pie apretujados en la entrada del baño, jadeando, magullados y abochornados. La niña hace un gesto negativo con la cabeza. A su lado, Beckman deja escapar una risita vacía y carente de humor. Suspira. Muy reacio, comienza a quitarse el pañuelo llamativo que lleva en el cuello.

—Pues bien —dice con voz frágil.

Bajo el pañuelo, el cuello parece una horrible maraña de heridas rojas y dolorosas, algunas todavía sin cicatrizar. Se saca de un bolsillo un papelito blanco, grueso y ceroso, y lo desenvuelve para mostrar una cuchilla de afeitar nueva y reluciente. Se lleva la cuchilla a la garganta.

—No.

La voz hace que se detenga. Perfilado en la luz grisácea que entra por la ventana, el hombre alto del abrigo largo y negro accede al vagón. Pone la mano en el brazo de Beckman y aparta la cuchilla.

—Algo más que eso, diría yo.

Se da la vuelta hacia la niña. Con una sonrisa de entusiasmo, la pequeña se lleva la mano al interior del abrigo y saca una bolsita de cuero vieja y maltrecha que contiene una jeringa vacía, un torniquete de goma, unos algodoncillos y una botella pequeña de alcohol transparente. El hombre alto saca un brazo del abrigo, se lo remanga y localiza un punto entre un caos de arañazos y cicatrices antiguas que le motean la piel desde la muñeca hasta el codo. Inserta la aguja y comienza él mismo a sacarse sangre.

Un hombre que está limpiando el tren tiene la mala fortuna de entrar en ese preciso momento. Masculla algo al ver rota la puerta del baño.

—Pero ¿qué…?

Se detiene, y sus palabras se pierden cuando se percata de lo que está haciendo el hombre alto.

La niña se gira de golpe y lo fulmina con la mirada. Algo se mueve de forma extraña dentro de su abrigo. Cuando la niña lo abre, el hombre del servicio de limpieza capta la imagen de algo: un borrón de color metálico que sale disparado por el aire.

Y ya no vuelve a ver nada más.

Durante casi dos horas, entre los comentarios que refunfuñaba y suspiraba aquel taxista que no dejaba de encogerse de hombros, el abuelo de Alex hizo que el taxi se metiera callejeando por aquí y por allá entre la llovizna y el ajetreo mientras él iba sentado estudiando el tráfico que los seguía a través de la luna trasera salpicada de lluvia. A su lado, Alex se preguntaba si el aturdimiento que sentía en la cabeza se debía a un estado de shock.

Cuando el abuelo le dio al taxista una dirección específica, ya era media tarde. El día ya se había oscurecido. Las farolas brillaban tenues a lo largo de los bulevares en penumbra cuando se detuvieron a las puertas de un hotel que conseguía tener un aspecto al tiempo grandioso y agradablemente destartalado.

El botones dejó escapar una maldición silenciosa mientras trataba de montar una cama plegable para Alex en un rincón de la suite del piso más alto. Su abuelo se había sentado ante una mesa junto a las puertas que daban a un pequeño balcón, ojeando los mapas de las calles en una guía de viaje.

—Nosotros estamos aquí —señaló para que lo viera Alex—. Con la estación de metro justo a la vuelta de la esquina, ¿lo ves? Muy práctico. Y la oficina de mi amigo Harry está justo… —su dedo trazó un breve recorrido ondulado por la página—. Aquí.

Entregó el mapa a Alex, cruzó la suite y marcó el número del servicio de habitaciones: emocionado, pidió un enorme almuerzo tardío.

—¿La cama bien? —le preguntó a Alex cuando se marchó el botones después de guardarse una propina en el bolsillo.

—¿Eh? —los ojos de Alex apuntaban más o menos hacia los pies. Se fijó en la cama, se sentó en ella y dio unas palmaditas con desgana sobre el colchón—. Sí, perfecta.

—Es muy importante una cama en condiciones —dijo el abuelo girando la cabeza por encima del hombro al desaparecer en su propia habitación. Se produjo una pausa, seguida del repentino chirrido de queja de los muelles de un colchón—. Ay, sí. Justo lo que necesitaba.

Alex suspiró y se acercó a echar un vistazo. Su abuelo estaba tirado boca arriba en una cama blanca y enorme, con las piernas y los brazos abiertos, con toda la pinta de haberse dejado caer de espaldas desde la puerta de la habitación. Rebotaba feliz, arriba y abajo, toqueteando con una mano un control remoto que apuntaba a una televisión grande en la pared.

—Dos mil canales —dijo mientras cambiaba de uno a otro a gran velocidad—. Que no ponen nada, por supuesto.

—¿Es verdaderamente valioso, entonces? —preguntó Alex.

—¿Mmm? —su abuelo se había detenido en un canal con un programa de entrevistas. Dos chicas adolescentes de gran tamaño estaban sentadas una a cada lado de una mujer más grande aún—. "Hermanita, deja de mirar al novio de mi mamá con esos ojos de lagartona" —leyó el abuelo el letrero que salía en la pantalla tertulia—. Cielo santo.

—Nuestro robot —Alex volvió a intentarlo y se preguntó de forma vaga si es que ahora tenía más paciencia, si estaba aturdido o quizá demasiado cansado para alterarse—. Debe de ser realmente valioso, ¿no?

—Ah —dijo su abuelo. Se incorporó en la cama y pulsó el control para apagar la televisión—. Sí, es bastante posible. Y también es posible que sea todavía más valioso si cabe. Podría decirse que no tiene precio.

Llamaron a la puerta con cortesía.

—Excelente —dijo el abuelo, que se puso en pie de un salto de entusiasmo, como un resorte—. Nuestro ágape.

Se sentaron a la mesa junto al balcón. Alex se sintió un tanto sorprendido al verse en condiciones de dejar sus preguntas a un lado por un momento y concentrarse en tomarse a cucharadas una maravillosa sopa caliente y espesa de color café.

—Crema de champiñones —su abuelo la sorbía ruidoso y feliz—. Tan sólo la crema de tomate le disputa el título de reina de la sopas. No te creas lo que dice la gente. Aunque también hay quien tira más hacia la crema de pollo. Y tampoco hay que despreciar nunca la de poro y papa.

Una vez limpios los platos, Alex picoteó del resto de la comilona y se hizo un sándwich de distintos quesos y ensaladas. Su abuelo hizo lo mismo, pero con una ambición considerablemente mayor, después se puso con una fuente de panecillos con paté, y mientras tanto liquidó otra botella pequeña de champán.

—Veamos —dijo el abuelo sin quitar ojo al mostrador de pasteles—. Me siento un poco acalorado después de esto. El café, creo yo, mejor en el balcón. ¿Me acompañas?

Afuera hacía un frío tonificante. Había dejado de llover. Su abuelo estaba de pie balanceando la taza de café sobre la barandilla de hierro mientras se metía en la boca los restos de algo azucarado y se abrochaba los botones del abrigo.

—En condiciones normales, llegados a este punto —dijo—, me fumaría un cigarrillo, pero lo dejé, por supuesto.

—Fúmate uno si de verdad quieres —dijo Alex sin levantar los ojos, con la mirada perdida en aquella ciudad suave y misteriosa, en el oscuro tráfico que pasaba por el resplandor naranja dorado de la calle siete pisos más abajo.

Su abuelo se metió una mano ansiosa en el interior del abrigo, vaciló y la sacó vacía.

—No, Alex, tienes razón —le dio un sorbo a su café y suspiró—. Qué bonito. ¿Sabes una cosa? Justo a la vuelta de esa esquina —señaló hacia el final del edificio— se puede ver la torre Eiffel. Las habitaciones de la otra fachada del hotel tienen una vista impresionante por la noche, pero, no sé. Pensé que, en cierto modo, quizás eso sería propio de unos turistas. Aunque ahora pienso que ojalá hubiera tomado una de esas. Creo que va a empezar a nevar.

Se giró hacia Alex y lo observó con detenimiento por encima de la taza de café, mientras bebía.

—Muy bien. Nuestro robot. Sí, si es lo que yo creo que podría ser, entonces es muy valioso. Valiosísimo. Alex, ¿te acuerdas de lo que te conté sobre los primeros y los mejores robots de juguete, de dónde venía la mayor parte de ellos?

—De Japón —respondió su nieto de forma automática. Era un conocimiento básico en un coleccionista, algo que se metió en la cabeza hace ya mucho tiempo—. Después de la Segunda Guerra Mundial, cuando los japoneses trataban de volver a poner en marcha su industria. Utilizaron el latón que le sobraba a la industria conservera.

—Muy bien. Y estamos hablando de la época de…

—De los años cuarenta, finales de la década.

—Excelente —sonrió su abuelo de oreja a oreja—. Ahora bien, ¿y si te dijera que nuestro robot podría datar de antes de esa fecha, incluso de los primeros años de la década de los veinte, quizás? ¿Y si te dijera que no viene de Japón, sino de Europa? De lo que antes llamábamos Checoslovaquia. De Praga, para ser exactos. Dime, Alex, ¿sabes de dónde procede la palabra "robot"?

—Mmm —Alex frunció el ceño. Aquella pregunta era nueva—. No. Pensé que sería… ya sabes… una palabra.

Hizo un gesto de dolor ante lo pobre que sonaba su respuesta.

—De verdad, Alex —su abuelo chasqueó la lengua—. Todas las palabras tienen un origen. Muy bien. "Robot" viene de una obra de teatro, *Robots universales Rossum*, que escribió un hombre llamado Karel Čapek, un autor checo. La escribió en Praga allá por 1920. Verás, hay una palabra en checo, *robota*, que significa "trabajo pesado y sin importancia", y la obra de teatro trataba sobre una fábrica donde se producía a esta gente artificial, los "robots", para que hicieran todo el trabajo aburrido de los seres humanos. Sin embargo, los robots comenzaron a pensar por sí mismos, ya ves, y… bueno, eso es otra conversación. Aunque, en realidad, está vinculado con aquello que te decía sobre esa película de la computadora…

—Okey —lo interrumpió Alex cuando se sintió peligrosamente cerca de estar ante una de esas interminables y cenagosas charlas de su abuelo y con unas ganas tremendas de evitarla—. Muy bien, nuestro robot de juguete.

—Ah, sí. Veamos, había un hombre en Praga, un relojero que fabricaba juguetes en sus ratos libres que se llamaba Benjamin Loewy. Poco después de la obra de Čapek, tuvo la inspiración de hacer su propio robot de juguete con mecanismo de cuerda, probablemente el primero del mundo. Una curiosidad: en la obra de teatro, los robots de Čapek tenían un aspecto más parecido al de los seres humanos, así que quizá tengamos que agradecerle a Loewy que se le ocurriera darles un aspecto más similar al de unas máquinas de metal. Aunque tampoco es descabellado, quiero decir…

—Y entonces fabricó estos robots de juguete —suspiró Alex.

—Ah. Sí, bueno. Se dice que sólo hizo tres. Se sabe que dos de ellos están en manos de unos coleccionistas privados: unos tipos bastante raros, la verdad, que se odian el uno al otro y jamás le muestran a nadie nada de lo que tienen. Y resulta que esos dos robots se encuentran bastante deteriorados. El tercero, sin embargo, nunca apareció. La mayoría de la gente cree que se destruyó hace mucho tiempo, pero últimamente ha habido ciertos rumores de un gran hallazgo: un lote de juguetes viejos descubierto en el sótano de una anciana en Praga. La mujer había muerto, su familia lo estaba vendiendo todo, y…

Arqueó las cejas en un gesto muy significativo.

—¿Y tú crees que es éste? —le preguntó Alex.

—Bueno, es complicado. Con el paso de los años se hicieron copias, pero sí. He pasado mucho tiempo buscando y creo, sinceramente, que podríamos haber encontrado el robot de Loewy.

Y por eso estamos aquí: el único hombre cuya segunda opinión me parece de confianza es mi amigo Harry. Lo cual me recuerda que tengo que llamarlo.

El abuelo volvió al interior y se quedó de pie con el teléfono de la habitación en la oreja.

—No contesta —se dijo mientras se tiraba del labio inferior—. Bueno, tampoco está muy lejos; podemos acercarnos a ver si damos con él —le hizo un gesto con la barbilla a su nieto—. Pero antes deberías llamar a tu mamá, para que sepa que estás bien.

—Okey —respondió Alex enseguida con aire inocente—. ¿Le cuento que nos atacaron en el tren y que me encerraste en un baño con los hombres que nos estaban atacando?

—Sí, claro, muy gracioso.

Alex sacó su celular. Se dio cuenta de que lo había tenido apagado desde la noche anterior. Le vibró en la mano. Diecinueve mensajes nuevos.

—A ver, no uses eso —se quejó el abuelo—. Es la lacra de tu generación, Alex. Quiero decir, que se pasan todo el día hablando de la personalidad tan "individual" que tienen, pero están todo el rato encadenados, todos ustedes, adictos a esos aparatos, toqueteándolos y mirando hacia abajo a esas pantallitas, como en una secta de ciencia ficción. Leyendo en directo las actualizaciones de los pensamientos de los unos y los otros, antes de que cualquiera de ustedes haya tenido tiempo siquiera de pensar en nada. Utiliza un teléfono en condiciones, hombre, uno de esos que se diseñaron para que habláramos como seres humanos civilizados.

Alex puso los ojos en blanco mientras pasaba los mensajes a toda velocidad. El horror diario de Kenzie y sus secuaces.

Tres de David: DÓNDE ESTÁS? TODO BIEN? RECUÉRDAME OTRA VEZ LA DIFE ENTRE SÍMIL Y METÁFORA. Y QUÉ ES UNA ALEGORÍA?

Ocho de su madre. Cada vez más escuetos: LLÁMAME. AHORA. MISMO.

Dejó su celular a un lado. Tomó el receptor de aquel trasto viejo que le ofrecía su abuelo.

—Marca el nueve para que te dé línea al exterior. Sí, mete ahí el dedo y gíralo… Eso es. Pero, bueno, ¿qué pasa ahora?

—No me acuerdo del número —dijo Alex—. ¿Puedo mirarlo en mi celular?

—Increíble.

—Ah, hola, señorito desconocido —la voz de su madre sonaba seria pero aliviada entre los crujidos de la línea—. Llevo todo el día dejándote mensajes.

—Sí, mamá, lo siento.

—¿Le pasa algo a tu celular?

—No, funciona perfectamente. Es que… se me olvidó encenderlo.

—¿Te importaría asegurarte de que está encendido a partir de ahora, por favor, para que puedas oír si te llamo?

Alex jugueteaba con una mano en los ajustes, mientras su madre continuaba hablando por aquel viejo teléfono que tenía en la oreja.

—¿Tu abuelo está contigo?

—Ajá.

—Muy bien, pues me gustaría cruzar unas palabras con él —su tono de voz se suavizó—. ¿Estás bien? ¿Dónde están?

—Estamos en París, mamá. En un hotel. Estamos perfectamente, sólo un poco cansados. El viaje… Tardamos un poco más de lo que esperábamos.

—¿Ya comiste algo?

—Sí, mamá.

—Entonces, okey. ¿La estás pasando bien?

—Eh, sí. Claro que sí, está… bien. Es que acabamos de llegar.

—¿Y qué van a hacer ahora?

—Vamos a ir a ver al amigo del abuelo, ése del que nos habló.

—¿Y sabes cuándo podemos esperar que vuelvas? Ya sabes a lo que me refiero, para tener tu piyama recién planchada y calientita, agasajarte con manjares y desempolvar la alfombra roja.

—Eh…

—¿Puedes ponerme a tu abuelo al teléfono, por favor?

—Claro, mamá. Mmm… te quiero. Hasta luego.

Le pasó el teléfono y se tumbó en la cama plegable mirando al techo, escuchando la voz cada vez más intimidada de su abuelo.

—Hola, Anne, ¿cómo est…? Perdona, ¿cómo dices…? Eh… Pues no. Sí, ya lo veo. Sí. Sí. Bueno, pero te dejamos una nota, querid… No, tienes toda la razón… No, desde luego que no. Por supuesto que podrías, pero en mi defensa… No… Claro que no. No, tienes toda la razón del mundo. Sí, pero Anne…

El abuelo arrastró una silla de la mesa y se sentó con un inesperado aspecto de cansancio. Se pasó la mano por los ojos y continuó por el pelo. La habitación quedó en silencio, salvo por el zumbido airado de la voz de la madre de Alex en el receptor del teléfono, que el abuelo sostenía ahora ligeramente separado de la cabeza. Miró a Alex e hizo una mueca de dolor.

—Sí, Anne… desde luego, y acepta mis disculpas… Bueno, unos días. Una semana como máximo… Sí. Por supuesto que lo haré. Sí, se lo diré… Sí, Anne. Sí. Adiós, querida, ad…

El abuelo dejó la palabra a medias, se quedó sentado mirando el auricular del teléfono con cara de humildad y lo volvió a dejar en su soporte. Dio una palmada con brío y sonrió a Alex.

—Bueno, pues muy bien. Todo eso quedó solucionado. Pero, Alex, en serio, deberías ponerte en contacto con tu madre con un poco más de frecuencia. Me refiero a algún mensaje de texto de vez en cuando, que tampoco es mucho pedir, ¿verdad que no? Sólo para que sepa que estás bien y contarle dónde estamos, ¿te parece? ¿De qué sirve tener un celular si no lo vas a utilizar?

Tomaron un taxi hasta una imponente hilera de casas que daba al río. Los edificios se alzaban pálidos en la noche, atrapados en el balanceo de la red de sombras que proyectaban los árboles a lo largo de la calle. El abuelo de Alex se detuvo delante de una puerta negra de madera que había detrás de una reja de hierro forjado, miró con atención a su alrededor y pulsó un timbre. En la pequeña placa que había sobre el botón simplemente decía: H. MORECAMBE.

—Harry es un comerciante —dijo el abuelo—. Sólo material de primera. No tiene ni que anunciarse. Sólo con cita previa, ese tipo de cosas.

Volvió a pulsar el timbre.

—Ah —dijo después de varios segundos de silencio—. Debe de haber salido. Bueno, tampoco es para preocuparse.

El abuelo escarbó en su bolsillo y sacó un juego de llaves, utilizó una con la reja y otra con la puerta.

—Adelante —le hizo un gesto a Alex para que pasara—. Su piso es el tercero.

Había una pequeña lámpara de color metálico, con una pantalla de cristal con hendiduras sobre una mesa de madera en el descansillo del tercer piso. Al otro lado de la puerta había un armario alto. La mitad superior era de cristal. Atrapada en el interior se veía la seria figura de cera de un hombre con una mirada inquietante, vestido con un una corbata de moño blanca y un frac. Una mano huesuda y venosa reposaba sobre una bola grande con un brillo blanco amarillento. La otra la tenía extendida, con la palma hacia arriba, como si esperara a que le pusieran algo allí. En la parte superior del armario se desplegaba un letrero decorativo:

Asombroso • Conozca su futuro
¡¡¡Verídico!!!

—Eso —dijo Alex— pone los pelos de punta.

—Ah —dijo su abuelo, a su espalda—. Te presento a Marvastro. "Marvastro, el oráculo misterioso: ¡sus ojos son capaces de ver a través de la neblina del tiempo!". Es de 1904, más o menos. Te dirá la buenaventura. Toma —alargó la mano sobre el hombro de Alex hasta un reborde metálico con aspecto de cuenco que sobresalía de la máquina y cogió una moneda grande y ennegrecida—. Harry la deja aquí para las visitas. Prueba. Una curiosidad: ahí dentro tiene cientos de predicciones, pero, una vez que lo pruebas, siempre te dirá lo mismo. Nunca he conseguido saber cómo lo hace.

Alex vaciló al fijarse en la mirada vacía de los ojos de Marvastro. Metió la moneda en la ranura y la oyó rodar y caer dentro.

Unos engranajes ocultos comenzaron a girar, se oyó un tictac y el sonido de un arrastre. Tintinearon unas campanillas. De repente, Marvastro se sacudió y cobró vida. Se le abrieron los orificios nasales. Giró la cabeza de un lado a otro ligeramente, de un modo horrible. La camisa comenzó a moverse hacia dentro y hacia fuera a la altura del pecho, como si estuviera respirando. Se le agrandaron los ojos, con una apariencia más brillante, dieron vueltas en sus órbitas y descendieron sobre Alex con mirada fiera.

Con un chirrido distante y doloroso, la mano extendida del autómata se dio la vuelta, con la palma hacia abajo, y golpeó contra el mostrador de madera que había dentro de la vitrina. Cuando la levantó y volvió a girarla, en ella apareció una tarjetita blanca. La mano se inclinó hacia delante, y la tarjetita se deslizó y desapareció por una ranura en el mostrador. Acto seguido, apareció disparada en una bandeja en la parte frontal de la máquina.

Alex la agarró. La tarjeta era gruesa, de un blanco perlado. Le dio la vuelta. Una sola palabra, escrita en letras negras y sencillas.

PODER

—Ah, no está nada mal —su abuelo sonaba distraído.

Alex metió la mano a ciegas en el cuenco del cambio y le ofreció una moneda a su abuelo.

—¿Vas a probar tú?

—¿Mmm? Ah, no. Marvastro ya me dijo mi futuro montones de veces. Como te decía, siempre lo mismo.

Su abuelo no le quitaba ojo a la puerta, con la llave en la mano, pero no parecía tener intención de usarla.

—¿Y qué decía? —le preguntó Alex.

—¿Mmmmmm?

—Tu futuro.

—Vamos a ver… No me acuerdo. "Larga vida y felicidad", ¿no? Algo así. Muy bien —frunció el ceño de forma categórica—. No me gusta nada la pinta que tiene esto.

Levantó el bastón y empujó la puerta con suavidad. Se abrió sin oponer resistencia. Habían arrancado el cerrojo del marco.

Dentro, Alex contempló lo que había sido un conjunto muy elegante de oficinas, lleno de una gran cantidad de objetos que habían sido maravillosos, juguetes y aparatos mecánicos, grandes y pequeños. Autómatas del tamaño de Marvastro y pequeños conejillos blancos con tambores. Osos que fumaban y monos metálicos que bebían cerveza. Acróbatas, payasos y unas cajas de música muy intrincadas, con unos pájaros diminutos en lo alto. Pistolas de rayos y coches con motores a reacción, robots y figuras de la Parca.

Todo roto y destrozado, esparcido por doquier como si hubiera estallado la guerra en aquella habitación.

Cuando su abuelo entró y se abrió paso entre los restos de aquel desastre, Alex vio varias líneas de un polvillo blanco pisoteadas aquí y allá por la alfombra. Sintió un cosquilleo debajo del pelo.

No le hacía falta examinarlas para saber que eran de sal.

VI
UNA ESCENA JUNTO AL SENA

—Creí que intentaría seguirnos a nosotros —dijo el abuelo, más para sus adentros que para Alex—. No se me ocurrió que iría directo por Harry. No me estoy concentrando. Lo siento, Alex. Lo siento, Harry —añadió en un murmullo.

Ya se habían marchado de aquellas oficinas destrozadas, y se apresuraban por aquel laberinto negro de calles oscuras y mojadas. Su abuelo iba delante, escogiendo un recorrido lleno de giros, difícil de seguir, sólo por los callejones más pequeños y desiertos, mirando hacia atrás por encima del hombro a cada pocos pasos, deteniéndose en cada esquina para pegarse a la pared y asomarse hacia delante antes de continuar avanzando. Alex nunca lo había visto tan preocupado. Quizá fuera eso, más que otra cosa, lo que le aceleraba los latidos del corazón.

—Este hombre —dijo Alex—. El hombre que va detrás del robot. ¿No podríamos… dárselo y ya?

—¿Cómo dices?

—¿No podríamos dárselo y ya?

Su abuelo se detuvo. Un letrero con la cabeza de un caballo colgaba de una carnicería a su espalda, triste y siniestro. Caían algunos copos de nieve dispersos.

—¿Dárselo a él?

—Sí, claro. Quiero decir que todo esto es muy peligroso. No me gusta. No vale la pena. Sólo quiero que las cosas vuelvan otra vez a ser normales. A ver, mira lo que le pasó a tu amigo. ¿Crees que… que está…?

—No sabemos qué le pasó a Harry —le dijo bruscamente su abuelo, que se dio media vuelta y echó a andar con paso decidido—. Harry sabe cuidar de sí mismo; tú no te preocupes por eso. Y te diré aún más, jovencito —otra vez se detuvo, levantó el bastón y señaló en la dirección de la que venían—. Sea lo que sea lo que pasó ahí dentro, hace, si cabe, que me sienta más decidido a asegurarme de que ese hombre nunca le ponga las manos encima al robot.

De pronto, se le derrumbaron los hombros y suspiró, mirándose los pies en silencio.

—Mira, Alex, lo siento —prosiguió un momento después—. Todo esto, no es sólo cuestión de dinero. Nunca debí haberte traído conmigo. Pensé que sería más seguro que dejarte en casa, después de lo de anoche, pero fue un error. Quizá lo mejor sea meterte en un tren de vuelta mañana por la mañana. Yo te llevaré al tren, se lo contaremos a tu mamá, que irá con el idio…, que irá con Carl a recogerte en tu destino. Pero ahora mismo tenemos que volver al hotel.

Salió con unas grandes zancadas e hizo un gesto a Alex para que no se quedara rezagado. Alex se quedó allí dándole vueltas a la idea de tomar un tren de vuelta a casa, a salvo. No era capaz de decidir si se sentía aliviado o decepcionado. Un poco ambas cosas. Se le ocurrió otra idea:

—Pero ¿y tú? —dijo a voces a la espalda de su abuelo, sin respuesta.

Echó a correr detrás de él y lo volvió a intentar.

—Okey. ¿De qué más?

—¿De qué más?

—Dijiste que no es sólo cuestión de dinero. ¿De qué más?

—Te lo explicaré, Alex, pero más adelante. Ahora mismo tenemos que… Shhh.

Se detuvo en seco, se dio la vuelta, escuchó con atención, tiró de Alex para sacarlo de la acera y lo metió en la entrada oscura de una tienda de artículos para fumadores.

—Ahora, silencio absoluto —le susurró su abuelo.

Trascurrieron unos segundos muy lentos en los que no pasaba nada, marcados por los ligeros copos de una nieve que cada vez era más intensa.

Su abuelo levantó una mano enguantada, señaló hacia el final de la calle, la esquina hacia la que ellos se dirigían.

Allí parpadeaba una solitaria farola de hierro. Mientras Alex observaba, una figura corpulenta se detuvo debajo de la farola: la luz rebotaba en aquella cabeza afeitada y formaba una aureola helada. El hombre permanecía inmóvil, con los ojos clavados en la estrecha calle, hacia donde estaban ellos.

Alex sintió que la mano de su abuelo lo apretaba con más fuerza en el hombro y tiraba más de él hacia atrás, hacia las sombras. Se encontró mirando un mostrador de pipas negras de fumar en el escaparate oscuro del estanco. Su abuelo le dio unas palmadas tranquilizadoras en el hombro.

—No nos vio —dijo en un susurro que Alex apenas pudo oír—. Sólo tenemos que esperar a que se marche.

Oyeron unos pasos procedentes de la otra dirección, por donde ellos habían llegado. Alex contuvo el aliento. Los pasos se oían cada vez más fuerte.

El otro hombre calvo surgió de la penumbra al otro lado de la calle, caminando hacia su compañero mientras le decía que no con la cabeza.

—Ahora esperemos aquí quietos —susurró el abuelo—. Ni un solo sonido.

El segundo hombre pasaba justo enfrente de ellos, con los brazos levantados en un gesto con los hombros encogidos. Alex sintió que la mano de su abuelo lo apretaba con menos fuerza.

En aquel preciso instante, a muchos kilómetros al noroeste de allí, Kenzie Mitchell estaba tumbado boca abajo con el olor a sudor de su cuarto, tecleando en el celular con los gruesos pulgares. Con un resoplido de satisfacción, pulsó ENVIAR con su uña mordisqueada y mugrienta.

En el callejón de París, el silencio nevado se quebró cuando le vibró el celular a Alex, y en su bolsillo empezó a atronar cada vez más fuerte una versión reducida de la sintonía del *Star Trek* de los años sesenta.

—Increíble —masculló el abuelo mientras Alex toqueteaba a ciegas el teléfono para hacer que se callara—. Quédate detrás de mí, Alex.

El hombre calvo que tenían más cerca había girado la cabeza para mirar hacia ellos. Estaba en medio de la calle, fijándose en la puerta del comercio a oscuras. Cuando el abuelo de Alex salió de allí, el otro calvo echó a correr.

—¡Qué pequeño es el mundo! —dijo el abuelo.

Levantó el bastón y lo puso en guardia. El hombre que tenía más cerca se abalanzó. En la mano llevaba el brillo apagado de una hoja metálica.

El abuelo de Alex se colocó en la trayectoria del golpe y giró el pecho como si nada, en el último momento. Al encontrarse solo con el aire en el lugar donde antes estaba su objetivo, el hombre acabó rodando por el suelo a causa del impulso. Allí de pie, justo detrás de la espalda de su abuelo, Alex pudo ver con perfecta claridad un cuchillo que se lanzaba veloz hacia él, directo a la cara.

Un borrón plateado le pasó por delante de los ojos, y tanto el cuchillo como el hombre desaparecieron de su vista. Al mirar hacia abajo, Alex lo vio hecho un ovillo en una alcantarilla. La mano del cuchillo estaba vacía y se sacudía con un espasmo inútil.

—Detrás de mí, Alex.

Su abuelo le dio un puntapié al cuchillo, lo envió a la otra punta de la calle y retrocedió varios pasos. Se irguió en el centro de la calle, con el bastón relajado, junto a él, observando con curiosidad mientras el otro calvo venía corriendo. Cuando ya estaba apenas a unos pasos, el abuelo se agachó en un movimiento grácil y lo barrió con el bastón como si fuera una guadaña. No se oyó nada cuando el bastón impactó en las rodillas del hombre que venía a la carga, que tampoco hizo ningún ruido cuando no pudo evitar salir volando por los aires, lo que hizo que aterrizara con un fuerte golpe, de bruces, a escasos metros detrás de Alex.

Ondeando el abrigo a su espalda, el abuelo de Alex dio un salto muy ágil. El mango de plata de su bastón centelleó en un fogonazo y le cruzó la cara a la altura del mentón al primero de aquellos hombres, que había conseguido ponerse de pie y ahora regresaba a trompicones hacia la alcantarilla.

El abuelo aterrizó con suavidad entre aquellas dos siluetas quejumbrosas y miró primero a un hombre y luego al otro con una expresión burlona, como si estudiara los posibles daños que podría infligirles ahora. El sonido de unos pasos acelerados le hizo levantar la cabeza de golpe.

Tres personas doblaron la esquina al final de la calle, el eco tembloroso de tres siluetas a la luz de la farola que echaban el aliento como si fuera humo en el aire frío. Una era alta, otra más bajita, la otra pequeña.

La silueta más alta se detuvo de forma brusca, todavía a una cierta distancia. Las otras dos siguieron avanzando. Desconcertado, Alex reconoció a la niña del tren y al hombre bajito de los lentes. Detrás de ellos, otro hombre se estaba agachando en el suelo, preparándose de un modo extraño.

Su abuelo lo agarró del brazo, y de repente se habían echado a correr. Alex escuchó un extraño chirrido metálico a su espalda. Miró hacia atrás y vio cómo saltaba la silueta agazapada.

Aquel hombre alto se lanzó de manera espeluznante, desde los adoquines, muy alto en el aire, tan alto que las farolas casi dejaron de iluminarlo. Acto seguido descendió en una curva, rápido, y surgió de la noche justo hacia ellos. Abrió los brazos en cruz mientras caía. La luz de las farolas brilló en algo afilado que llevaba en una mano.

Cuando su abuelo lo llevó a rastras a la vuelta de la esquina, Alex oyó que el hombre aterrizaba justo detrás de ellos con el temblor de un estruendo metálico.

El abuelo siguió tirando de él por un callejón estrecho y oscuro que discurría a lo largo de una manzana sinuosa. Corriendo a más no poder, salieron a una calle desierta, la cruzaron disparados y se metieron por otro callejón. A medio camino, su abuelo le hizo un gesto a Alex para que se detuviera y guardara silencio. Permanecieron a la escucha. Los copos de nieve se arremolinaban. Pasaron los segundos. El corazón de Alex latía con fuerza. Entonces, unos pasos a la carrera. Y se aproximaban.

La nevada cobró fuerza y se intensificó aún más cuando volvieron a arrancar y se echaron a correr todavía más rápido, cambiando de dirección y perdiéndose en la oscuridad de unos callejones que por fin terminaban en la luz baja y resplandeciente de una vía de mayor tamaño. Irrumpieron en un amplio bulevar de tiendas y restaurantes, hicieron que se apartaran los paseantes de aquellas horas de la noche y siguieron corriendo, directos a una calzada con mucho tráfico.

Los coches tocaban el claxon y daban volantazos a su alrededor. Alex vio congelada la vívida imagen del interior de un autobús que le pasó disparado a un par de centímetros de la nariz, las caras adormiladas, azuladas y oscuras en aquella luz que parecía la de un acuario.

Había perdido cualquier sentido de la orientación, pero mientras su abuelo tiraba de él y esquivaban el tráfico, vio que habían regresado a la orilla del río sin saber muy bien cómo. Cuando terminaron de cruzar la calle, descendieron a toda velocidad por un tramo empinado de escaleras de piedra hasta el paseo junto al río: el abuelo los bajaba de dos en dos, mientras Alex iba dando tumbos para seguir su ritmo.

La acera en penumbra estaba desierta. Se echaron a correr por la orilla. Un barco de turistas flotaba tranquilo en aquellas aguas negras y espejadas, iluminado como si fuera un adorno de Navidad.

—Ya no estamos muy lejos —dijo el abuelo. Ralentizó el paso, miró hacia atrás y se detuvo—. ¿Sabes lo que te digo? Creo que los despistamos.

Alex se detuvo tambaleándose. Se dio la vuelta y siguió la dirección de la mirada de su abuelo. Nadie. Las escaleras desiertas por las que habían bajado se alzaban en la noche como un mal presagio.

—Subiremos por aquellas escaleras de allí delante —dijo su abuelo, que señalaba en la distancia con el bastón—, y estamos a unas pocas calles del hotel.

—Okey —dijo Alex sin aliento. Los pulmones le ardían. Las piernas le temblaban. Se inclinó hacia delante, con las manos en las rodillas, y pensó que a lo mejor vomitaba—. Dame un segundo —se incorporó entre jadeos, alzó la mirada a su abuelo, que no parecía tener alterada la respiración siquiera.

—¿Quién... —resolló Alex— era ése? Aquel hombre. Saltó...

—Sí —dijo su abuelo entre dientes, vigilando a su espalda—. Hace esas cosas.

Por encima del sonido de su respiración entrecortada, Alex oyó un zumbido agudo similar al de un mosquito. Algo se le estrelló contra la oreja.

El golpe lo lanzó dando tumbos hacia el río al fallarle las piernas. Salió despedido hacia delante. El reflejo de todas las luces de París en el río se aproximaba veloz a su encuentro, mientras el resto del mundo se ralentizaba y quedaba en silencio.

Su abuelo lo agarró antes de que cayera al agua y lo sujetó por los hombros. Lo miró a los ojos con una expresión de urgencia.

—Alex, ¿puedes oírme?

Alex sacudió la cabeza en un intento por despejársela. Le pitaban los oídos, sentía un dolor que le quemaba y le escocía.

—Estoy bien. ¿Qué pasó? ¿Qué me golpeó?

Su abuelo soltó un gruñido, dio un paso atrás, miró con cautela a su alrededor, hacia arriba.

—Un volador —dijo.

—¡¿Qué...?! —empezó a decir Alex justo cuando volvió a oír el zumbido mecánico.

—Agacha la cabeza —el abuelo metió a Alex detrás de él con un empujón brusco y blandió el bastón en la oscuridad. El ruido pasó como una centella por delante de ellos, muy cerca—. ¡Tipejos inmundos! —gruñó el abuelo—. Intentan alcanzarte con las palas afiladas de las hélices. Van por los ojos. Muy bien, vamos. Mantén la cabeza baja.

Se metió a Alex debajo del brazo y salieron corriendo encorvados hacia las escaleras que tenían más adelante.

El ruido venía otra vez disparado hacia ellos. El abuelo lanzó a Alex hacia un lateral, se giró desaforado y barrió a ciegas la oscuridad de la noche con su bastón.

Agazapado en el sitio donde había ido a parar, contra la pared, Alex oyó cómo retumbaba aquel sonido agudo y vio que el abuelo lanzaba la cabeza hacia atrás como si hubiera recibido un golpe invisible. La sangre le salió a chorros de un profundo corte en la frente, justo sobre el ojo. El zumbido se apartó.

—¡Abuelo!

—Estoy bien —el abuelo se llevó un pañuelo a la frente—. Sigue agachado.

El abuelo se agachó en posición de alerta en el paseo del río, estudiando el aire de la noche. Se quitó el abrigo con prisa. Alex oyó que el chirrido agudo se acercaba otra vez, en algún lugar sobre el río.

—Alex, levántate —le dijo su abuelo, aún en cuclillas—. Pero no te muevas.

Alex se puso en pie y oyó el sonido cada vez más fuerte.

—¿Abuelo?

—Shhh.

El silbido de ira aulló más cerca.

Alex miraba desesperadamente hacia el río, con los ojos medio cerrados. El barco de turistas seguía allí, cabeceando tan tranquilo.

—Ahora, Alex, quédate quieto.

Veía a la gente que se movía en la cubierta del barco. Parecían felices. Por encima de ellos, en la otra orilla, se alzaba una iglesia grandiosa, iluminada con unos focos que la hacían parecer una majestuosa porción de pastel de color blanco. El zumbido se intensificó hasta alcanzar un nivel furibundo.

Lo sintió llegar, como una flecha entre los ojos. Algo surcaba la oscuridad en un movimiento oscilante. Un minúsculo brillo anaranjado.

—¿Abuelo?

No supo cómo, pero se obligó a seguir allí de pie. Percibió el soplo de una corriente de aire que le acarició el flequillo. Un fogonazo metálico inundó su campo de visión. Después, sólo quedó el río silencioso, aquel barco que flotaba tan feliz.

El abuelo se arrodilló delante de él con algunos mechones de pelo blanco pegados en la sangre que tenía en la frente. Forcejeaba de un modo muy raro con su propio abrigo. Alex creyó que algo olía a quemado.

—Lo cacé —gruñó el viejo—. Échame una mano. Sujeta esa parte contra el suelo.

Alex se lanzó hacia el abrigo y ayudó a su abuelo a sujetarlo contra las piedras del pavimento. La tela se hinchaba y empezaba a rajarse conforme se peleaba con ella algo que había debajo.

—En el bolsillo que tienes más cerca —le dijo el abuelo.

—¿Eh? —jadeó Alex, que definitivamente olía a quemado.

—La sal.

Alex metió la mano y sacó un puñado de sobrecitos de sal que su abuelo había tomado en el tren. El anciano los abrió con los dientes, metió la mano por la manga vacía del abrigo, pero la volvió a sacar enseguida y se chupó las yemas de los dedos.

—Ay.

Entre ellos, el abrigo se agitaba con tal violencia que Alex apenas era capaz de sujetarlo. Sin embargo, poco a poco fue sintiendo que la fuerza de la vibración iba cediendo, hasta que, por fin, fue como si lo que hubiera allí dentro se quedara rodando en un pequeño círculo.

—Muy bien —dijo el abuelo. Se sentó sobre los talones, pero siguió sujetando el abrigo con fuerza—. Con eso debería bastar. Suelta tu extremo, Alex, y después apártate.

Alex hizo lo que le decía.

Su abuelo esperó y lo vigiló, y después levantó las manos del abrigo y se rascó el cuello. El bultito de debajo seguía rodando por aquí y por allá.

—Perfecto —levantó el abrigo de golpe, igual que un mago retira la tela que cubre una mesa. Allí, delante de él en el paseo de piedra, un robot gris de juguete caminaba desorientado en círculos diminutos.

De la espalda le colgaban abatidas dos alas de metal con una forma parecida a las de una mosca común, pero con el borde afilado como dos cuchillas de afeitar. En la cabeza tenía cuatro hélices igualmente afiladas, como un sombrero, hecho con unas hojas que habrían destrozado un huracán. Una mano era un garfio sanguinario, la otra era un bisturí. Por ojos tenía dos bombillas minúsculas que lucían con un tenue color naranja.

—Mira esto —el abuelo estaba inspeccionando su abrigo. Alex pudo ver un hoyo con una quemadura en el interior, en el lugar por donde el robot había tratado de abrirse paso con las cuchillas—. El forro está hecho trizas.

—¿Qué vamos a hacer con… eso? —dijo Alex señalando al robot, que ahora se tambaleaba como un borracho hacia la orilla del río.

—¿Mmmmm? Ah, vaya —el abuelo se acercó corriendo, recogió el robot con cuidado por la cabeza y lo volvió a dejar en el suelo, para que se tropezara contra la pared, a salvo—. Pues lo dejaremos donde está. Ya te lo dije: no me gusta matarlos. Se marchará y desaparecerá por ahí.

—¿Y no volverá otra vez por nosotros?

—Ah, no servirá de mucho durante un par de días. Es muy difícil atrapar un volador, pero si lo consigues, la verdad es que no les gusta nada la sal.

—Pero ¿cómo funcionan? ¿Cómo los controlan?

—Una simple inversión de los principios básicos del vudú, en realidad… —el abuelo se detuvo con una mueca en la cara. Estudió el ceño fruncido y perplejo de Alex y se encogió de hombros—. ¿Has oído alguna vez esas historias sobre la gente que hace muñecos de cera para controlar a otras personas? ¿Los que les clavan alfileres y todo eso? Pues lo mismo. Más o menos. Sólo que al revés. Pero con algunas modificaciones. Muy bien —dijo, se puso el abrigo e hizo un gesto con la cabeza hacia la espalda de Alex—. Es hora de marcharse.

Alex se dio la vuelta. Detrás, allá arriba, en lo alto de las escaleras por las que ellos habían bajado, apareció en la penumbra la figura de la niña. Esta extendió el brazo de forma brusca, señalando. Un pequeño fragmento de la oscuridad se desprendió de la noche a la altura de su hombro y vino disparado hacia ellos.

El hombre alto y los dos calvos ya habían bajado la mitad de las escaleras. Mientras Alex lo observaba, el hombre alto se acurrucó en aquella postura agazapada suya, tan curiosa. El crujido viajó por el aire glacial cuando el hombre brincó en otro salto altísimo y asombroso, volando por los aires.

—¿Quién es…? —fue todo lo que consiguió decir Alex, cuando su abuelo tiró de él a todo correr camino de los escalones que había más adelante. Alex los subió de dos en dos. Su abuelo pudo hacerlo de tres en tres. Cuando llegaron a lo más alto, el abuelo ya tenía el bastón levantado para llamar a un taxi, al tiempo que apartaba a trompicones a más transeúntes distraídos.

Un taxi les dio una ráfaga con las luces largas cuando se abalanzaron corriendo sobre la calzada. Alex se metió de golpe en el taxi detrás de su abuelo y oyó el agudo chirrido que se aproximaba. Cerró de un portazo. Algo se estampó contra el lateral del coche. Su abuelo le enseñó un fajo de billetes al taxista y le dijo que acelerara cuanto pudiera.

Al girarse hacia el cristal de atrás, Alex dio un respingo cuando vio al hombre alto, que completaba otro brinco que lo hizo aterrizar en lo alto de las escaleras, detrás de ellos. El hombre se irguió y se quedó mirándolos entre la nieve, mientras el taxi aceleraba en el tráfico.

Alex sacó su celular. Soltó un bufido y una risa deprimente al ver el mensaje.

ESTÁS MUERTO

Lo apagó y lo revisó dos veces antes de volver a guardárselo en el bolsillo.

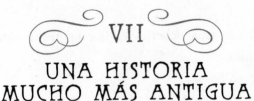

VII
UNA HISTORIA
MUCHO MÁS ANTIGUA

Cuando entraron en tromba en el vestíbulo del hotel, el recepcionista los llamó al tiempo que agitaba un sobrecito azul.

El abuelo de Alex lo rasgó para abrirlo en el ascensor, sacó una hoja de papel con el membrete del hotel y frunció el ceño. Entonces sonrió e hizo un gesto florido con el papel.

—¡Un mensaje de Harry! ¡Se encuentra bien!

Le entregó la nota a Alex y se frotó las manos.

Está aquí.
Conseguí escapar. No me quedo por allí.
Me vine a mi casa en el campo. Ven cuando puedas.
Si puedes.
H.

—Excelente. Harry tiene una casita preciosa justo a las afueras de Fontainebleau. No muy lejos. Buen cocinero, este Harry. Tiene un acuerdo con la mujer que lleva la granja que hay un poco más abajo por la carretera. Huevos gratis. Hace unos suflés maravillosos.

Tarareaba contento mientras abría la puerta de su habitación.

—¿No crees que deberías ir a que alguien te viera eso? —le preguntó Alex.

—¿Cómo dices?

Alex se pasó un dedo por la frente.

—Ah. Ya —el abuelo entró al baño, encendió la luz sobre el lavabo y se presionó con cautela en el corte que tenía en la frente—. No es tan grave. Profundo, pero dejó de sangrar. Parece bastante limpio. ¿Te importaría traerme mi maletín, socio?

Cuando regresó Alex, su abuelo ya se había quitado el abrigo y el saco, y estaba de pie con la camisa remangada y ensangrentada en un brazo que tenía bajo el agua del grifo. En el antebrazo tenía otro corte grande.

—Nuestro amigo del cuchillo. Sólo es un rasguño.

El abuelo rebuscó en su antiguo maletín y sacó varios pañuelos, una botella de loción de afeitado y un tubito blanco. Mostró su botín en alto.

—Otra cosa más de la que se ha olvidado tu generación: a un hombre nunca le sobran los pañuelos.

Humedeció uno con la loción de afeitado y se puso a limpiarse y vendarse el brazo con gestos de dolor y resoplidos. Después de frotarse la frente con delicadeza, apretó el tubito, se aplicó una línea de crema con aspecto de masilla y se la extendió sobre la herida.

—Piel de plástico —sonrió—. Por supuesto, todo cuanto acabas de ver de lo que he hecho, tú jamás deberías hacerlo. Si te haces un corte como ése, tienes que ir a que te lo curen como es debido. Y jamás te lances entre el tráfico como lo hicimos antes. Eso fue una estupidez. Veamos… —el abuelo tamborileó con las yemas de los dedos sobre el lavabo, pasó por delante de Alex hacia la mesa donde aún estaban los restos de su almuerzo—. Deberíamos ponernos en marcha. Esta noche. Ahora mismo.

Untó un panecillo con paté.

—¿Tienes hecho el equipaje?

—Si apenas lo deshice —Alex señaló hacia el montón de ropa que había volcado sobre la cama plegable.

—Buen muchacho —masculló su abuelo con la boca llena de migajas—. Prepárate. Y eso me recuerda algo.

Sacó un puñado de billetes y monedas y se lo entregó a Alex.

—¿Para qué es esto?

—Ah, sólo para que lo tengas. Dinero suelto. Así no tienes que molestarme si ves algo que quieras comprar. No sé, un cómic. Postales, quizá. Bueno, yo tengo que cambiarme de camisa.

Entró al baño con paso firme, rebuscó en su maletín y sacó una camisa blanca impoluta, todavía en su envoltorio.

—Dijiste que me ibas a contar qué está pasando —dijo Alex mientras se guardaba el dinero en el bolsillo. Las ideas se le agolpaban en la cabeza—. ¿Quién es esa gente? El hombre bajito y la niña estaban en el tren. Y ese hombre alt…

—Mira esto. El traje está casi para tirarlo —dijo entre dientes el abuelo al sacudirse el polvo de los pantalones a la altura de las rodillas. Se incorporó para inspeccionar el saco, colgado de la puerta del baño. Chasqueó la lengua, volteó hacia el espejo y se deshizo el nudo de la corbata—. Pero dejé algo de ropa en casa de Harry la última vez que vine a verlo, y me dijo que se encargaría de tenerla limpia.

—Abuelo.

El viejo suspiró. Bajó la mirada al lavabo, con los hombros caídos. Entonces se puso derecho y se dio la vuelta.

—Muy bien, Alex. Qué está pasando. Bueno, vamos a ver —se pasó una mano por el rostro, claramente reacio a continuar—. Okey: ¿notaste que pasara algo raro?

—¿Que si noté que pasara algo raro? ¿Lo dices en broma?

—¿Qué? No, no... me refiero a antes de que yo llegara. ¿Notaste algo raro?

—Mmm, no. A ver... ¿a qué te refieres?

—Con el robot, hombre, con el robot. Mira, ¿recuerdas que lo tenías en la mochila cuando fui a buscarte? Pero me dijiste que tú no lo habías metido ahí. ¿Algo más de ese estilo?

Alex frunció el ceño.

—Pues...

—¿Sí?

—Hubo un momento —hizo memoria y se sorprendió muchísimo de que sólo hubiera sido dos noches antes—. Estaba en mi cuarto; lo estaba mirando y...

—¿Sí?

—No sé, empecé a sentirme raro.

—¿Sentirte raro?

—Estaba mirando al robot… a los ojos, y empecé a tener una sensación rara, una especie de mareo.

—Muy bien —el abuelo había salido del cuarto de baño y se volvía a hacer el nudo de la corbata, escuchando atentamente—. ¿Qué más?

La frente de Alex se frunció más todavía al tratar de recordar. Habían pasado tantas cosas extrañas desde aquella noche, que casi se le habían olvidado.

—Pues estaba intentando escribir un ensayo, mi tarea de Literatura, ¿okey? Pero no conseguía llegar a ninguna parte ¿no? Lo tenía empezado, pero era incapaz de terminarlo… no lo terminé.

—Unas revelaciones fascinantes sobre tu vida como escritor, Alex —le dijo el abuelo con el ceño fruncido mientras se abotonaba el chaleco del traje—. Pero ¿te importaría ir al grano?

—Mira quién habla.

El abuelo arqueó las cejas y se puso el saco.

—Haremos como si no lo hubieras dicho. Mira esto —le enseñó la manga que le habían rajado con el cuchillo—. Qué bárbaros. Así que, allí estabas tú, peleándote con tu ensayo, ¿no?

—Olvídalo. Es una estupidez.

—No —su abuelo se acercó y le puso la mano en el hombro—. Lo siento, Alex. Créeme, sea lo que sea lo que me cuentes, no pensaré que es una estupidez. Continúa. Por favor.

—Bueno, pues al día siguiente… estaba terminado.

—¿Estaba terminado?

—Mi ensayo. Alguien lo había terminado. Pensé que a lo mejor lo había hecho yo durante la noche y no me acordaba, pero sé que no lo hice. Al menos, eso creo…

—Ah.

Su abuelo se apartó y se dio la vuelta, mirando a través de las puertas del balcón. La oscura ciudad vibraba en tonos azulados.

—Veamos, eso es interesante —se dio la vuelta de nuevo y señaló a Alex—. Eso es muy interesante.

Le brillaban los ojos. Era como si estuviera intentando contener una sonrisa. Acto seguido, se le borró cualquier rastro de aquella sonrisa.

—Sí, interesante —repitió con mucha seriedad—, y algo más que un poco preocupante. Haz la mochila, Alex.

—¡Abuelo, tienes que decirme qué está pasando!

—Lo haré. Eres capaz de hacer la mochila y escuchar al mismo tiempo, ¿verdad? Tenemos que darnos prisa.

Alex fue hasta su cama dando pisotones, sacó de la mochila el robot de dentro de sus cajas y empezó a meter de nuevo la ropa. Su abuelo se acercó con el brazo extendido, como si fuera a agarrar el juguete, pero apartó la mano de golpe. Se quedó mirando cómo Alex hacía el equipaje.

—¿Qué es eso?

Alex hizo una pausa. La vieja foto de sus padres. Se la entregó.

—Ah, sí —dijo el abuelo en voz baja. Se quedó mirándola, ausente por unos momentos—. Siento no haber tenido una foto mejor de tu padre que poder darte, Alex. Nunca le gustó que le tomaran fotos. Eso lo heredó de mí. Yo soy igual.

Observó la fotografía borrosa durante unos pocos segundos más y se la devolvió a Alex. Se dirigió distraído hacia la mesa junto a la ventana, sacudió la botella de champán vacía como si tuviera la esperanza de hacer que apareciera más y se puso a pelar un plátano.

—Bien. ¿Por dónde íbamos? Ya te hablé de *Robots universales Rossum*, la obra de teatro. ¿Te acuerdas?

—Ajá.

—Bueno, pues verás, hay otra historia sobre Praga. Es una historia mucho más antigua. En realidad, quizá fuera de donde Čapek sacara la idea desde el principio, porque también trata de una gente que hacía... bueno, unas criaturas artificiales que trabajaban para ellos.

—Ah, ¿sí? —Alex seguía ocupado con su mochila y contenía la extensión de sus preguntas con la esperanza de que su abuelo fuera al grano.

—Sí. Vamos a ver, Alex, dime: ¿has oído hablar alguna vez de un gólem?

Alex arrugó la frente y se dio la vuelta.

—¿El de *El señor de los anillos*?

—¿Mmm? No, no, no. Ese es G-O-L-L-U-M. Gólem. G-Ó-L-E-M.

—Ah, no. Espera, había un pokemon que se llamaba Gólem. Tenía la estampa cuando era pequeño.

—¿Un qué?

—Ya sabes, del videojuego, ¿no?

El abuelo frunció el ceño.

—Alex, de verdad, estoy intentando enseñarte algo con esto. Escucha. Gólem. Es una palabra que procede de la Biblia, del

Antiguo Testamento, la Biblia hebrea. Significa… una criatura sin terminar. Una criatura hecha de arcilla. Verás, había unas historias que contaban que los hombres muy sabios, o los muy santos, podían crear aquellas cosas: unos hombres de barro muy toscos, y darles vida como sus siervos.

—¿Como con magia? —a Alex le vino de repente a la cabeza la imagen del pequeño robot volador con las cuchillas desplegadas.

—Bueno, eso depende de cómo definas la magia —dijo el abuelo—, y de cómo definas la santidad. La idea, básicamente, era que aquellas personas habían estudiado tanto para acercarse a Dios, que habían obtenido parte de su sabiduría y su poder, de forma que eran capaces de crear una especie de vida. Pero sí, llamémoslo magia. Eso valdrá tanto como cualquier otra cosa. Cuenta la leyenda que hubo un santo que vivió en Praga en algún momento del siglo XVI. El rabino Loew. Era una época en la que los judíos de Praga estaban sometidos a unas amenazas terribles. Sufrían ataques, y cosas peores que se avecinaban, así que, el rabino Loew bajó al río y utilizó el barro de la orilla para crear un gólem enorme y poderoso que protegiera a su pueblo. El Gólem de Praga. Y sí que defendió el gueto, al menos al principio…

—Espera —dijo Alex—. ¿Eso pasó de verdad?

El abuelo respiró hondo.

—Todo lo que te estoy contando, Alex, es lo que dice la historia. Y es una historia. Todas las historias vienen de alguna parte, y a veces se distorsionan con el paso de los años. Pero esa es la historia.

—Okey, pero ¿qué tiene todo eso que ver con esto? —sostuvo en alto el robot y lo agitó antes de meterlo en su mochila—. Y con ese... hombre alto.

—Bueno, si me lo permites, iba a llegar a eso ahora. Veamos...

Llamaron a la puerta.

Se miraron el uno al otro. El abuelo se llevó un dedo a los labios, cruzó la habitación de puntitas, levantó la mochila de Alex y empujó el robot bien adentro antes de cerrarla. Abrió la puerta del balcón, salió, desapareció de la vista de Alex, regresó con las manos vacías y cerró la puerta a su espalda, sin hacer ruido.

—¿Quién es? —dijo en voz alta.

Llamaron otra vez.

—¿Qué hacemos? —susurró Alex.

El abuelo se puso el abrigo y agarró el bastón.

—Abrir la puerta, claro —dijo alegremente.

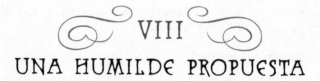

VIII
UNA HUMILDE PROPUESTA

En el pasillo se encontraba el hombre bajito, con sus ojos grandes que flotaban casi invisibles detrás de aquellos lentes tan gruesos. El abrigo tan raído hacía que su llamativo pañuelo resultara más discordante aún. Alex no pudo evitar fijarse en ello. Al observarlo, se percató de que tenía unas heridas que asomaban por debajo del vivo color amarillo de la tela, y algunas parecían abiertas. El hombre desprendía un olor dulzón.

—Ajá —dijo el abuelo de Alex.

Con el bastón en ristre, el anciano se asomó más allá del hombre bajito y echó un vistazo al pasillo vacío.

—¿Sólo usted, entonces?

—Por favor —dijo el hombre bajito con un gemido empalagoso—. Disculpe la molestia, si me permite pasar un momento.

—Mmm… ajá —el abuelo volvió a pasar por delante del hombre, entró en la habitación, la cruzó hasta la mesa, se sentó y le hizo un gesto para que se acercara—. Cómo no. Póngase cómodo.

Alex se apartó, y el hombre cruzó el umbral de la puerta; acto seguido, apoyó la espalda en la puerta cerrada. Metió la mano en el interior del saco y sacó una pequeña pistola negra. Alex se quedó petrificado.

—Vamos, será una broma —gruñó el abuelo de Alex, que amontonaba el paté sobre otro panecillo. Lo sostuvo en alto—. Tome. Aparte eso y pruebe un poco de esto. No se lo va a creer.

—Por favor —dijo el hombre bajito con una sonrisita de disculpa. Casi entristecido, le hizo un gesto a Alex con la pistola, moviéndola en dirección al abuelo—. Si no te importa, ponte tú también allí, por favor.

Alex hizo lo que le pedía, sin apartar los ojos del cañón de la pistola, que seguía sus movimientos. El único sonido era el del crujido del panecillo entre los dientes del abuelo.

—Les dije que no era necesario nada de esto —el hombre gesticuló con una frágil expresión de arrepentimiento—. Les dije que podíamos evitar una situación tan desagradable; que podíamos hablar, usted y yo; que usted entraría en razón ahora…, ahora que tiene que pensar en el niño.

Volteó a ver a Alex. Era como si la luz formara un reflejo perpetuo en los cristales de aquellos lentes redondos, de tal manera que resultara imposible descifrar su expresión. Aun así, Alex tenía la escalofriante sensación de hallarse sometido a un intenso estudio.

—Un gran parecido —dijo por fin el hombre.

La sonrisa del abuelo se desvaneció.

—Suelte de una vez lo que sea que haya venido a decir.

—Les conté —prosiguió el hombre— que a usted se le puede persuadir. Así que, devuélvamelo, ahora mismo. Entonces se lo podré dar a él, y usted se podrá llevar al chico de vuelta a casa, a salvo. Al fin y al cabo, fui yo quien lo encontró. Después de tantos años. Y usted me lo robó.

—Bueno, bueno —dijo el abuelo de Alex con un gesto negativo con el dedo—. Yo lo compré, mi buen amigo. Lo compré. Todo justo y limpio… prácticamente. Y sólo por dejar las cosas claras: no lo encontró usted. Después de tantos años, apareció en el sótano de esa mujer de la que ninguno de nosotros había oído hablar nunca.

”Alex —continuó el abuelo, que hizo una floritura con la mano a modo de presentación—, te presento a Hans Beckman. Es el dueño de una bonita juguetería. En Praga, da la casualidad. Un poco polvorienta, pero muy bonita.

”Verás, en cuanto el señor Beckman se enteró del descubrimiento de todos aquellos juguetes en ese sótano, porque se lo dijo un pajarito, tuvo una idea muy astuta. Telefoneó a la familia, antes de la subasta, y les hizo una oferta por el robot que ellos no podían rechazar. No es que hubieran cerrado el trato, pero sí accedieron a vendérselo a él. Sin embargo, la cuestión fue que, casi al mismo tiempo, a mí se me ocurrió la misma idea, pero yo me acerqué en persona a hacerles la oferta. Cuando aparecí por allí y les dije que iba por el robot de juguete, bueno, pues ya te lo imaginas, es posible que ellos dieran por sentado que yo era *herr* Beckman, aquel señor alemán con el que habían hablado por teléfono, y también es posible que a mí se me olvidara sacarlos de su error y entonces me pusiera a hablar con acento alemán. Pero, bueno, fuera como fuera, me lo vendieron a mí, y por menos dinero del que yo les iba a ofrecer, por cierto. Ya lo tenían empaquetado y todo, esperando. ¡Incluso me dieron un recibo!

"El problema fue —se encogió de hombros el abuelo de Alex— que justo cuando me marchaba de su casa, me tropecé con Hans, aquí presente, que venía a recoger el robot con muchas prisas, y con ese par de cabezas rapadas a los que ya conociste. La cosa se puso un poco peliaguda. Después hubo una persecución de lo más indecorosa y, cuando llegué al centro de la ciudad, ajá, también participaron nuestro amigo el saltarín y la niña.

"Tengo que reconocer que empezó a preocuparme que me pudieran atrapar, así que decidí que, si me atrapaban a mí, lo único que podía hacer era asegurarme de que no consiguieran el robot. Me dirigí hacia la oficina de correos… un edificio maravilloso, Alex, la verdad, deberíamos ir a verlo algún día… Bueno, y entonces te lo envié a ti por correo. Es un viejo truco. El correo es como la caja fuerte de los pobres, o de quien está en peligro y tiene mucha prisa. Y resulta que al final conseguí escaparme. Había mucha gente en la oficina de correos, por la Navidad, y ellos tampoco quisieron llamar mucho la atención para que nadie llamara a la policía, así que conseguí perderlos. O pensé que lo había conseguido. Pero, como ya sabes, resulta que nunca llegué a sacarles mucha distancia.

"Eso sí, Beckman —el abuelo se giró hacia el hombre bajito sin prestar atención a la pistola—, mi querido amigo: menos hablar de "robar", si no le importa. No puede echarme a mí la culpa de que usted no llegara allí a tiempo. Usted es un coleccionista. Son las reglas del juego. De todas formas, ¿quién dice que es siquiera el juguete que pensamos que es?"

—Yo lo digo —gimió Beckman—. Sé que lo es. Y no haga eso, por favor.

El abuelo de Alex había alargado la mano hacia el cuchillo del paté.

—¿No? —dijo con un mohín—. No, supongo que tiene usted razón. Es muy indigesto: Alex, no es nada bueno para ti.

—¿Tendría la amabilidad de entregármelo? —casi le suplicó el hombre bajito.

El abuelo se inclinó hacia delante con los codos sobre la mesa, formó un triángulo con los dedos y se tocó la punta de la nariz con las yemas.

—No —dijo después de considerarlo durante un momento—. No creo que vaya a hacerlo.

—Entonces, por favor; tendré que registrar estas habitaciones. Tú —la pistola apuntó primero a Alex y luego hacia la puerta del baño—, trae ese maletín. Por favor.

Alex miró a su abuelo, que se encogió de hombros. Trajo el maletín antiguo de cuero del baño.

—Ahora, por favor, vacíalo sobre esa cama de ahí. Despacio, por favor.

Beckman retrocedió varios pasos para poder ver tanto a Alex como a su abuelo, pero la cama y la mesa estaban demasiado separadas como para seguir viéndolos a los dos a la vez. Detrás del reflejo de aquellos lentes, Alex podía atisbar el desplazamiento veloz y nervioso de sus ojos, de un lado a otro.

El maletín pesaba de un modo sorprendente, y, cuando Alex lo volcó, había una asombrosa cantidad de cosas dentro. Camisetas, calzoncillos y calcetines. Muchas bolsitas y saquitos misteriosos. Libros antiguos, mapas, una lata de caramelos, sobrecitos de sal. Varios carretes de cable eléctrico. Un trozo enrollado de cuerda con un garfio en un extremo. Muchas cuerdas.

Mientras revolvía en aquel montón, Alex vio por el rabillo del ojo que Beckman observaba cada vez con más atención aquella pila de cosas que había sobre la cama, cada vez más alta, y se movía inquieto en el sitio.

—Un momento. ¿Qué es eso? Ábrelo, por favor.

Alex tenía en la mano una bolsa gruesa de cuero café que tenía más o menos el tamaño y la forma de un ladrillo, cerrada con un cierre. Dentro había un conjunto antiquísimo de afeitado, completo, con sus brochas, su jabón de afeitar, unas cuchillas de aspecto amenazador y un tarro grisáceo de polvos de talco. Cuando lo sostuvo abierto para que Beckman lo viera, Alex creyó ver un movimiento veloz de la mano de su abuelo, que iba hacia delante y hacia atrás desde la mesa.

—Aj —se quejó Beckman, que cruzó la habitación hacia él y se giró con torpeza sobre los talones para no perder de vista al abuelo.

Agarró el maletín y lo sostuvo boca abajo. Sobre la cama cayó una lluvia con los pocos objetos que quedaban dentro. Una baraja de cartas fue lo último que salió.

—¡Mira, las estaba buscando! —dijo tan feliz el abuelo de Alex.

—Aj —volvió a decir Beckman.

Echó un vistazo rápido entre los objetos sobre la cama y cogió la nota de Harry, que allí estaba, donde Alex la había dejado tirada. Beckman la leyó, puso una sonrisa burlona, la dobló y se la guardó en el bolsillo. Hizo un gesto hacia el dormitorio principal.

—Ahora, por favor —el arma apuntó al abuelo de Alex—. Ahí dentro. Las manos arriba, por favor.

El abuelo se puso en pie y, con un suspiro, apenas levantó las manos. Echó a andar hacia el dormitorio.

—No. Espere. Por favor.

Beckman estaba sonriendo. En el bolsillo interior del abrigo del abuelo había algo que formaba un bulto bastante notable.

—Por favor, ¿tendría la amabilidad de mostrarme que lleva ahí?

—¿Mmm? ¿Qué? —el abuelo bajó la mirada en un gesto vago—. Ah, eso —sonrió—. No es nada, mi querido amigo. No es más que un abrigo con un corte desastroso. El forro está mal, la caída es terrible. Tenía la intención de cruzar un par de palabras con mi sastre, la verdad. No sé si lo conocerá, un comercio pequeño en un sótano justo al lado de Savile Road...

—Por favor. Tenga la amabilidad de mostrarme qué es lo que lleva ahí.

—Pero... Bueno, okey. No hay manera de engañarlo, ya me doy cuenta.

El abuelo de Alex se metió la mano en el bolsillo con rapidez. Alarmado, Beckman levantó la pistola de golpe.

—Basta. Por favor. Manos arriba.

El abuelo volvió a levantar las manos.

—Usted cree que no soy muy listo —le dijo Beckman con una risita contenida—. Me parece perfecto. Nadie considera listo a Beckman. Y ese es uno de mis puntos fuertes. Así que, por favor, si no le importa darse la vuelta, yo mismo lo agarraré.

El abuelo se dio media vuelta en el sitio, lentamente, y le dio la espalda con las manos aún en alto. Los ojos de Alex recorrían disparados la pila de objetos sobre la cama, en busca de algo utilizable.

—Quédese quieto, por favor.

Beckman atravesó la habitación y se situó muy cerca, detrás del abuelo. Sostuvo el arma con la mano derecha, apuntando al omóplato del abuelo, y lo rodeó con la izquierda para buscar a ciegas dentro del abrigo.

Con un movimiento enérgico, aunque extrañamente perezoso, el abuelo de Alex bajó el brazo derecho en un latigazo hacia atrás y se dio la vuelta. El codo impactó en la sien de Beckman y lo dejó tambaleándose. Al mismo tiempo, el abuelo le dio un fuerte pisotón a Beckman y lo clavó al suelo. Incapaz de mantener el equilibrio, Beckman empezó a caerse de espaldas y a levantar la mano de la pistola, que se encontró de golpe con el brazo derecho del abuelo, que ahora lo tenía extendido.

El arma salió volando de la mano de Beckman, dando vueltas. El abuelo de Alex la atrapó en el aire como si nada, al tiempo que levantaba el pie y dejaba que Beckman terminara de desplomarse retorcido en el suelo.

Alex se abalanzó y le echó a Beckman en la cara el contenido del tarro de polvos de talco. El hombre bajito comenzó a estornudar y a despedir unas nubes perfumadas con un aroma delicado.

El abuelo volteó a ver a Alex con cara de desconcierto.

—¿Para qué diantre hiciste eso?

—¡Te estaba ayudando! —gritó Alex.

—Pues eso es muy caro —el abuelo frunció el ceño. Acto seguido, al ver la furia que surgía en el rostro de su nieto, se apresuró a añadir—: Eso sí, qué rapidez de reflejos.

Permaneció allí de pie, observando al hombre bajito, sopesó en la mano la pistola diminuta y se la guardó en el bolsillo. Metió la mano en el abrigo y sacó los restos de la barra de pan que se habían comido hacía un rato. Le dio un mordisco en una esquina y lo masticó.

—Me la estaba guardando para después —dijo.

—Por favor —gimoteó Beckman—. Por favor, entréguemelo. Es mejor para usted que no haga lo que va a hacer. Más le vale que eso no pase. Por favor —sonaba como si estuviera a punto de llorar.

—Bueno, bueno —el abuelo se inclinó hacia delante y le tendió la mano—. Nada de eso.

Tiró del hombre bajito para levantarlo, le sacudió el polvo de las solapas del abrigo raído y levantó varias nubes de polvos de talco.

—Mire eso, va a ser el tipo que mejor huela de toda la ciudad. Y bien, ¿dónde están?

—Abajo —Beckman se restregaba las manos—. En el vestíbulo. A él le dije que yo podía hablar con usted. Por favor.

—Muy bien, entonces —con un brazo sobre los polvorientos hombros de Beckman, el abuelo llevó al hombre hacia la puerta—. No debería hacerlos esperar. Pero, dígame usted antes de irse, ¿tiene él la llave?

Beckman no dijo nada, sin dejar de mirarse los pies.

—Muy bien —suspiró el abuelo—. Márchese. Volveré a verlo dentro de unos minutos, estoy seguro.

Se quedó apoyado en el marco de la puerta, viendo cómo el hombre bajito se escabullía hacia el ascensor. En cuanto Beckman desapareció por la esquina, el abuelo cruzó la habitación de un salto hacia la cama plegable y rebuscó entre los objetos desperdigados que contenía su maletín.

Se guardó en el bolsillo un par de saquitos de cuero, un poco de cuerda y el cable. Reunió toda la sal que pudo encontrar, salió al pasillo y la extendió sobre la alfombra en una línea gruesa, de pared a pared. Regresó a la suite, cerró con pestillo, cogió el salero de la mesa y lo vació al pie de la puerta.

—No tenemos mucho tiempo —dijo—. Empuja tu cama contra la puerta, Alex, y mira a ver si eres capaz de arrastrar la mesa y las sillas hasta allí y apilarlas.

—Pero…

—Alex. En serio. Muévete.

El abuelo desapareció en el interior del dormitorio.

—¿Quieres que te guarde todo en el maletín? —gritó Alex mientras tiraba de la cama plegable por la habitación.

—No, no hay tiempo. Ya tengo todo lo que necesitamos. Bueno —asomó la cabeza por el marco de la puerta—, si me puedes guardar esa lata de caramelos…

El colchón de la cama grande apareció por la puerta del dormitorio seguido del abuelo de Alex, que gruñía. Lo apoyó contra la pared y ayudó a su nieto con la mesa y las sillas, colocó el colchón encima y, por último, tiró del sofá que había en el centro de la habitación, lo puso en vertical y lo dejó caer con todo su peso contra la pila de muebles.

Retrocedió para contemplar su obra, agarró la lata de caramelos, se metió uno en la boca, se la ofreció a Alex, que le dijo que no con la cabeza.

—Esperaba poder sacar el somier de la cama —dijo con voz triste el abuelo, que saboreaba su caramelo—, pero tenía que desmontarlo entero. No hay tiempo. Pues bien, con esto tendrá que valer. De todas formas, sólo servirá para retrasarlos. Dependerá de lo que hayan traído consigo. Mmm, de grosella negra. Muy muy rico.

Se acercó a la puerta del baño, manipuló el picaporte, salió de un salto y la cerró de un portazo para repetir su truco del tren, como si la hubieran cerrado con seguro desde dentro.

—Así los dejamos con la incertidumbre —sonrió a Alex de oreja a oreja y dio una palmada—. Muy bien. Hora de irnos.

—¿Irnos? —Alex hizo un gesto con la cabeza hacia la barricada de la puerta—. ¿Adónde?

—Por aquí, por supuesto —le dijo su abuelo, que se dirigió hacia el balcón.

La nieve caía ya densa y velozmente, y formaba unas preciosas espirales en el viento cortante de París.

El abuelo de Alex se puso a dar unos golpecitos en el dintel sobre la puerta del balcón. Transcurridos unos pocos segundos de pesca infructuosa, consiguió volver a bajar la mochila, que estaba colgada en un extremo.

—Nunca me han gustado mucho las mochilas —dijo mientras se la ofrecía a Alex para que pudiera pasar los brazos por ambos tirantes—. Ves a la gente caminando por la ciudad con ellas colgadas, y siempre me han parecido bastante bobos. Pero son muy prácticas cuando te hace falta tener las manos libres. Por así decirlo. Muy bien.

Se dio la vuelta, se inclinó hacia los picaportes de las puertas, enrolló bien tenso el cable de un carrete y los ató bien cerrados. Satisfecho, se dirigió al extremo del balcón y se subió con toda naturalidad sobre la fina barandilla de hierro.

Alex sintió que se le paraba el corazón y le volvía a arrancar, pero en la garganta.

—¡Abuelo!

El anciano mantuvo el equilibrio sobre la calle como un funambulista e inspeccionó una cornisa que discurría por la fachada del hotel, a la altura de la cadera según la posición en la que estaba. Se extendía desde su balcón hasta el siguiente, a unos nueve metros de distancia.

—Parece bastante fácil —dijo bajando la mirada hacia su nieto con una sonrisa—. Aunque, permíteme que insista en esto, Alex: tú jamás debes hacer lo que estamos a punto de hacer, bajo ningún concepto.

—¡Yo no voy a hacer eso! ¡Esto es una locura!

Alex echó un vistazo a su alrededor, desesperado. Abajo del todo, el tráfico discurría por la calle resplandeciente. Las luces le daban un pálido tono dorado a la nieve, con un veteado azul. En la otra acera, las pequeñas siluetas de dos hombres adultos se acribillaban implacables la una a la otra con bolas de nieve. Mientras él los miraba, aquellos hombres lanzaron un ataque contra un hombre y una mujer que acababan de pasar por debajo del balcón de Alex. Las airadas maldiciones del hombre ascendieron hasta allí como un sonido lejano.

Dentro de la suite del hotel, iluminada, el montón de muebles tenía el aspecto de una extraña colección de objetos, irreal. Alex la estaba observando, y entonces se sacudió levemente.

Volvió a alzar la vista hacia su abuelo, que hacía equilibrios sobre la barandilla.

—Tú podrías quedarte con el robot —dijo Alex con la voz ronca—, y yo quedarme aquí.

—Cierto. Pero, entonces, ese hombre te secuestraría para obligarme a dárselo. Así que, Alex, es el momento de que te decidas. ¿Qué va a ser?

Dentro de la habitación, se oyó un golpe seco y amortiguado en la puerta. Se oyó otro más, acompañado de un zumbido agudo y extraño.

—Mi mamá te va a matar —masculló Alex, que se desplazó agarrotado hacia el extremo del balcón.

—Magnífico —dijo su abuelo—. No hay nada de qué preocuparse. Esto va a ser pan comido.

El abuelo se subió hasta la cornisa nevada. De cara a la pared, el saliente apenas tenía anchura para sus pies. Se agachó y extendió un brazo.

—Ahora sube tú, primero a la barandilla, y después saltas hasta aquí. No te preocupes, que no dejaré que te caigas.

Alex se fijó en la barandilla, en el vacío tan alto que había más allá. El corazón le latía a martillazos. No tenía la sensación de poder fiarse de sus brazos ni de sus piernas.

—Agárrame la mano.

Se aferró a la mano de su abuelo y, más que trepar él, sintió que lo elevaban. Acto seguido, casi sin percatarse, estaba de pie en la estrecha cornisa sobre la calle, con la frente pegada a la pared del hotel. Oyó el estrépito lejano de unos golpes procedentes de la habitación.

—Veamos —su abuelo lo tenía firmemente agarrado con una mano por el cuello de la chamarra—. Ahora sólo tenemos que ir arrastrando los pies hasta allí. Ya sabes lo que dicen: no mires abajo.

Alex no tenía la menor intención de mirar abajo. Desplazó los pies hacia un lado sin levantarlos. La cornisa estaba resbaladiza por la nieve. Movió el pie derecho hacia la derecha, y después arrastró el izquierdo para juntarlos.

Una vez más.

Sentía la seguridad de la mano de su abuelo en el cuello. Desplazó un pie a la derecha y luego arrastró el otro para volver a juntarlos.

Y otra vez.

El viento le azotaba en los oídos.

Un pie, luego el otro.

Y otra vez. Y otra.

—Muy bien. Ya estamos. Tú quédate aquí sin perder el equilibrio mientras yo bajo de la cornisa.

La mano desapareció del cuello. Clavó la mirada en la piedra arenisca que tenía contra la punta de la nariz. Unos pequeños destellos brillaban allí, en la penumbra. Cerró los ojos y apretó la frente con más fuerza contra el frío de la pared. Tuvo una sensación de mareo, una cálida gravedad que le ascendía por dentro y tiraba de él hacia atrás. Tuvo que mantener la cabeza apretada contra la pared.

—¿Alex?

Abrió un ojo y se giró tanto como se atrevía. Era como mirar por unos binoculares cuando los agarras al revés. Su abuelo estaba de pie en un balcón unos cien kilómetros más abajo de la cornisa, con una mano levantada.

—Hijo, sólo tienes que doblar las rodillas muy despacio y agarrarme la mano —dijo el abuelo con una voz amable que le trajo el silbido del viento—. ¿Te sientes capaz de conseguirlo?

Alex volvió a mirar a la pared, cerró los ojos y tragó saliva, en un intento por contener las náuseas que le ascendían desde el estómago.

—Mejor me quedo aquí un rato, creo —consiguió decirle. Hacía mucho frío.

—No es muy buena idea, socio. Anda, vamos.

Alex volvió a tragar saliva y se obligó a abrir los ojos. Con cautela, comenzó a agacharse, sintió que se balanceaba hacia fuera y se lanzó desesperado contra la pared.

—Ya casi estás, socio.

Se agachó un poco más, hacia la mano de su abuelo, alargó el brazo y sintió unos fuertes dedos que se aferraban a su propia mano.

—Excelente. Ahora sólo tienes que bajar el pie derecho y ponerlo aquí, sobre la barandilla, y luego no es más que un empujoncito hacia delante.

Alex observó la barandilla, como a unos doscientos kilómetros de distancia. Con una extraña claridad, pudo ver la huella de su abuelo sobre la nieve blanda acumulada en el hierro negro. Estiró el pie... Estiró el pie... Estiró el pie... Se resbaló y se cayó.

Su abuelo lo sujetó agarrándolo de un brazo.

Allí suspendido, Alex pensó que quizás aquel fuera un buen momento para mirar hacia abajo. Era muy extraño. No había nada bajo sus pies en una distancia muy muy larga. Allá en el fondo, un millar de kilómetros más abajo, unas cuantas personitas graciosas caminaban por la nieve, tan preciosa. Se encontró con que la palabra "colgado" le flotaba por la cabeza. Tenía los pies colgando. Él estaba colgando. Colgado.

—Sólo tienes que darme la otra mano, Alex.

Había preocupación en la voz de su abuelo. ¿Por qué estaba preocupado? El mundo entero se había vuelto suave e irreal como en un sueño. Unos robots minúsculos venían al acecho con pedacitos de personas metidos dentro. Beckman debió de hacerse aquellos cortes en el cuello para alimentar a los robots. Era algo que ahora resultaba obvio. Un solo donante. Los pequeños robots de su cuarto quizá llevaran dentro algún pedacito de Beckman. Colgado, colgado.

—Dame la otra mano.

Kenzie Mitchell iba a matarlo. En realidad no iba a matarlo, sólo le iba a dar una paliza. Ese cacharrito volador, ése sí que lo habría matado. Lo habría matado de verdad. Se preguntó qué estaría haciendo su madre. Esta era otra de las cosas que probablemente no le contaría jamás. ¿Qué hora era, por cierto? Unos hombres que hacían bolas de nieve con sal. Otros hombres que hacían hombres de barro hace cientos de años. Sonaba gracioso cuando lo pensabas. "Colgado" es una palabra graciosa. A lo mejor debería echarse a reír.

—Alex. La mano.

Miró hacia arriba. Robots. Muñecos de arcilla. Muñecos de nieve. Sal. Allí estaba su abuelo, ofreciéndole la mano, con la nieve que le caía alrededor de la cabeza, surgida de las azuladas profundidades de la noche. Debería levantar la otra mano y dársela, pero entonces, lo más seguro era que dejara de estar colgado, colgando sobre toda aquella nieve y todas aquellas personitas tan graciosas. Y qué paz y tranquilidad.

—Alex.

Alex levantó la otra mano.

Su abuelo lo subió con brusquedad por encima de la barandilla, y cayeron juntos al suelo del balcón. Alex se incorporó, se quedó sentado y sintió que la nieve se le filtraba en los pantalones, pero también percibía la firmeza del balcón debajo de él. Se echó a reír con unas carcajadas estridentes que cesaron en cuanto su abuelo le tapó la boca con la mano.

—Shhh.

El abuelo hizo un gesto con la cabeza hacia las puertas de aquel balcón nuevo. Tenían echadas unas cortinas delgadas. Había luz en el interior. El zumbido monótono de una televisión. La silueta de una persona en una silla. Alguien que vivía su vida con toda normalidad.

—No queremos que llamen al gerente del hotel.

—¿Y no van a oír todos esos golpes en nuestra habitación? —susurró Alex.

—Esperemos que no, por su propio bien.

—¿Qué hacemos ahora?

—Ah. Veamos.

El abuelo levantó el bastón, señaló hacia el otro extremo de la barandilla y después hacia el siguiente balcón que había en la fachada, apenas visible entre la nieve, cada vez más densa y más veloz.

—Si te sientes en condiciones, lo hacemos otra vez.

Alex cerró los ojos, los abrió. Le martilleaba la cabeza, pero el aturdimiento ya se desvanecía. Tragó saliva con fuerza y asintió.

Y lo volvieron a hacer.

IX
LOS TEJADOS DE PARÍS

El siguiente balcón estaba a oscuras cuando Alex cayó en él dando volteretas. Las cortinas estaban abiertas, sin señales de vida en el interior de la habitación.

—Una habitación desocupada —dijo el abuelo—. O es que salieron. O quizás estén en la cama. O a lo mejor están ahí sentados en la oscuridad, observándonos. Aunque eso sería bastante raro. Bueno, en fin.

Sacó un pequeño fardo de cuero, que desenrolló sobre el suelo nevado del balcón. Brilló una hilera de varillas metálicas finas y afiladas. A Alex le recordó al instrumental que utilizaba su dentista para rascar y limpiar.

La mano del abuelo se quedó suspendida sobre ellas, agitando los dedos. Finalmente, seleccionó dos: una afilada como una aguja, la otra con un gancho muy pequeño. Se puso a manipular la puerta.

—Sabes forzar cerraduras.

—Es un arte muy desprestigiado —gruñó el abuelo, que mantenía quieta una de las ganzúas mientras giraba la otra—.

Una habilidad muy práctica. Nunca te volverá a preocupar que se te pierdan las llaves de la casa. ¡Ah!

Giró el picaporte. La puerta se abrió.

—Ahora, silencio —le dijo, guardó sus ganzúas y entraron.

Aquella habitación oscura se parecía mucho a la suite de la que acababan de salir, con la salvedad de que todos los muebles seguían estando en su sitio. El abuelo de Alex pegó el oído a la puerta principal y escuchó con mucha atención. Se llevó un dedo a los labios y la abrió despacio, lo suficiente para asomar la cabeza. La volvió a meter rápidamente y cerró la puerta.

—Siguen dando golpes por allí —dijo señalando en dirección a su suite—. Conseguirán entrar en menos de un minuto. Vamos a ver, estamos justo en la esquina donde gira el pasillo. El tramo que conduce al ascensor y a las escaleras sale justo delante de nosotros. Si elegimos bien el momento, podremos escabullirnos y escapar.

Volvió a pegar la oreja a la puerta. Un minuto después, la volvió a abrir y echó un vistazo fuera.

—Perfecto. Voy yo primero. ¿Listo?

Alex asintió con la cabeza.

—Cuando yo te dé la señal. Todo recto. Rápido y sin hacer ruido.

El abuelo se deslizó fuera de la habitación. Alex lo vio cruzar el pasillo en tres pasos, como los de una cigüeña. Una vez al otro lado, el abuelo se pegó a la pared y volvió a echar un vistazo a la vuelta de la esquina, hacia su habitación. Sostuvo un dedo en alto y lo bajó de golpe.

—Ahora.

Alex se echó a correr. A medio camino, no pudo evitar mirar hacia su habitación. Era un desastre enorme. Habían puesto algo parecido a un papel de aluminio sobre la sal de la alfombra. Cuando él estaba allí quieto mirando, la niña salió al pasillo. Aquellos ojos grandes que tenía se le pusieron primero muy redondos y después se entornaron. Levantó el brazo y señaló.

—Atrapar.

Cuatro objetos pequeños salieron disparados de la habitación, rodando enfurecidos por el suelo hacia él.

El abuelo se asomó a la esquina y se le pusieron los ojos como platos. Tiró de Alex para que corriera a toda velocidad. Cuando llegaron al ascensor, pulsó frenético los botones, casi sin detenerse, y volvió a tirar de Alex para que continuara.

—No nos sirve. Está en la planta baja. Habrá que ir por las escaleras.

Las escaleras estaban justo delante, en línea recta, detrás de una puerta doble al final del pasillo. Siguieron corriendo.

Alex echó la vista atrás. Los cuatro objetos se apresuraban detrás de ellos. Su color se lo daban sobre todo unas manchas metálicas, y cada uno de ellos tenía más o menos el tamaño y la forma de la locomotora de un tren de juguete. Se situaron en formación, dos delante y dos detrás. Los de delante tenían una cara azul, redonda y sonriente, y la espalda plana. Los dos de detrás no tenían cara de ninguna clase, terminaban en una punta afiladísima y brutal, como si fueran dos estacas metálicas despiadadas. Ganaban terreno con rapidez.

Alex y su abuelo ya casi habían alcanzado las puertas.

Con un clic sonoro y repentino, las dos máquinas que le pisaban los talones a Alex se detuvieron en seco. Levantaron de golpe la espalda plana y formaron dos rampas. Los dos de detrás llegaron disparados e impactaron sobre las rampas a una velocidad tremenda.

—¡Al suelo! —gritó el abuelo, que se lanzó de cabeza y tiró de Alex con él.

Se dieron un fuerte golpe contra el suelo. Alex notó que el roce de la alfombra le quemaba la nariz y sintió que algo pasaba disparado por encima de él. Levantó la cabeza y vio las dos estacas de metal clavadas profundamente en las puertas, más adelante. Calculó que la de su lado le habría alcanzado en la columna vertebral, en la zona baja de la espalda.

Mientras las observaba, les salieron unos delgados brazos de metal de los laterales, y empezaron a forcejear para desclavarse de las puertas. Detrás de él, las maquinitas de las rampas hacían girar las ruedas a gran velocidad, que patinaban sobre la alfombra casi en un gesto de frustración. Más allá de ellas estaba la niña, que dio un zapatazo furioso con una bota negra y gruesa y les hizo un gesto amenazador con el puño. Detrás de ella, los calvos y el hombre alto doblaban la esquina. Cuando pasaron junto a ella, la niña se abrió el abrigo. De dentro salieron disparados dos robots voladores que se colocaron en formación y se mantuvieron suspendidos en el aire alrededor del sombrero del hombre alto.

—Vamos —su abuelo ya estaba de pie, y Alex no necesitó que se lo dijeran dos veces.

Cruzaron las puertas y llegaron a la escalera. El abuelo se encorvó y rodeó con urgencia los picaportes con un cable bien tenso. Miró hacia abajo, por las escaleras, y de repente se quedó quieto.

En el descansillo de más abajo, giró y apareció la silueta alta y ancha de un hombre con un abrigo negro y largo y un sombrero negro y grande. Cuando levantó la cara para mirar hacia ellos, Alex se quedó petrificado de horror al ver que estaba hecha de un metal apagado, sin brillo. Tenía los ojos pintados. Una rejilla de alambre en vez de boca. Empezó a subir las escaleras.

—Un humanoide —gruñó el abuelo, que volvió a ponerse recto.

Sólo había un tramo más de escaleras. Llevaba hasta un pequeño descansillo donde no había nada más que la puerta de un armario y una escalera de hierro atornillada a la pared, justo debajo de una trampilla en el techo. El abuelo subió y atravesó la trampilla como un fogonazo grisáceo, y tiró de Alex con él.

Era un ático enorme, viejo y oscuro, húmedo y vacío. Se agacharon bajo las altas vigas del techo abuhardillado, mientras el abuelo trabajaba con otro carrete de cable para cerrar bien fuerte la trampilla, lo mejor que pudo. Se dio media vuelta y estudió la penumbra de aquel espacio que los rodeaba.

—No hay nada con lo que bloquear la trampilla —masculló el abuelo mientras se pasaba una mano por la frente.

Se sacó del bolsillo la pistolita de Beckman, la sopesó durante un segundo y la tiró lejos, entre las sombras.

—¿Qué estás haciendo? —exclamó Alex—. ¡La necesitamos!

—Nunca me han gustado las armas. Vamos: adelante y hacia arriba. Por aquí.

Alex ya sabía hacia dónde se dirigían. A medio camino por aquel ático se veía el tenue resplandor de un único tragaluz, lo suficientemente bajo como para llegar hasta él y justo lo bastante grande como para caber por él.

La nieve caía constante cuando subieron y salieron al enorme tejado. Su abuelo lo hizo ir delante, y se apartó de la salida del tragaluz reptando hacia arriba por la pendiente del tejado. Las tejas negras y frías resbalaban bajo los pies de Alex. No había mucho donde agarrarse, pero, clavando las uñas y arañando, resbalándose para volver a aferrarse, consiguieron superar la pendiente y llegar hasta lo alto del caballete del tejado, donde se detuvieron y se sentaron mirándose el uno al otro entre las nubes de su aliento, en el aire cortante. Una frágil luna llena se abría paso entre las volutas de las nubes y teñía de plata el tejado.

Ahora que ya no tenía que concentrarse en trepar, al recobrar el aliento, el pensamiento de Alex se llenó primero de pánico y, después, de una apabullante sensación de incredulidad. Se percató del escozor que sentía en la garganta, de que le temblaban los brazos y las piernas. El cielo era enorme sobre él.

—¿Qué te había dicho? —le dijo su abuelo, que señalaba en la distancia a la espalda de Alex.

El nieto giró la cabeza y vio la torre Eiffel entre el interminable paisaje de los tejados, no muy lejos, extrañamente despejada, negra e iluminada con un resplandor dorado, con un foco que se desplazaba y ametrallaba los gruesos bancos de nubes.

Volvió a girarse. El grito que Alex sentía crecer en su interior surgió en forma de suspiro. Y se desinfló.

—Sí, abuelo. Es muy bonita. ¿Sabes lo que te digo? ¿Por qué no saco el celular y me tomas una foto con ella detrás? Se la podríamos enviar a mi mamá. Creo que sería una bonita sorpresa para ella.

—Esa es la actitud. Tienes que conservar el sentido del humor. Veamos —el abuelo se metió la mano en el bolsillo del abrigo—. ¿Un caramelo? —le tendió la lata abierta a su nieto.

—Bueno, ¿por qué no? Estamos de vacaciones. Gracias.

—El azúcar te vendrá bien. Está muy desprestigiada, el azúcar —el abuelo entornó los ojos e inclinó la lata de caramelos en la escasa luz azulada—. Esto de agarrar un caramelo a oscuras es casi como una ruleta rusa. No ves lo que te toca. Pero, bueno, quien no se arriesga…

Se metió uno en la boca y lo hizo sonar contra los dientes.

—¡Grosella negra otra vez! Debe de ser mi noche de suerte. ¿Qué te tocó a ti?

—Lima —dijo Alex.

Tenía un sabor sorprendentemente bueno.

Permanecieron allí sentados en silencio, chupando los caramelos en aquel tejado altísimo y nevado en la noche parisina, mirándose el uno al otro con una sonrisa estúpida.

—Muy bien, veamos —dijo el abuelo—. Quizá sería mejor que te cuente cuál es el plan y te ofrezca algo que te haga ilusión.

—Ah, ¿así que tenemos un plan?

—¡Por supuesto! Ahora, escúchame, Alex. Cuando salgamos de aquí, intentaremos llegar a la casa de Harry, ¿okey? Harry vive justo a las afueras de Fontainebleau. ¿Te acordarás de eso? Justo a las afueras de Fontainebleau hay un pueblecito que se llama Barbizon. Es un pueblo pequeño y precioso. Barbizon. ¿Lo tienes? Y la casa de Harry está allí, justo a las afueras. La casa se llama Villa Comodona. Harry tiene un sentido del humor malísimo, pero es un nombre fácil de recordar. ¿Estamos? Muy bien, ahora cuéntamelo tú a mí.

—Justo a las afueras de Fontainebleau, justo a las afueras de Barbizon, una casa que se llama Villa Comodona. Y, mmm, ¿puedes repetirme cómo nos vamos a bajar de este tejado?

Su abuelo señaló con el dedo.

—Si seguimos en línea recta a tu espalda y nos deslizamos hacia abajo cerca de esa esquina, allí veo una escalera. Conduce hasta una sección llana, como una pasarela. Cuando lleguemos allí, todo debería estar regalado.

Alex no dijo nada. En aquella luz tan débil, la manga del abrigo de su abuelo estaba muy manchada, empapada por completo. Por debajo, le salía un hilillo de sangre que le brillaba negruzco en la mano.

—Estás herido.

—¿Mmm? Ah, no es nada. Es el corte, que se me volvió a abrir, eso es todo. Parece peor de lo que es. Eso sí, el abrigo ya no tiene arreglo. Muy bien —el abuelo hizo un gesto en la dirección por la que ellos habían llegado—. Quizá sea buena idea que nos pongamos en movimiento.

Alex siguió la dirección de su mirada y se puso en tensión. Los dos calvos y el hombre alto ya habían salido por el tragaluz y venían hacia ellos. El hombre alto iba delante, con el aspecto de un insecto largo y terrible que trepaba por las tejas a la luz de la luna.

El abuelo ayudó a Alex a ponerse en cuclillas, agazapado.

—No intentes salir corriendo, sólo camina deprisa. Agáchate hacia delante y mantén el equilibrio. Asegúrate de que un pie tenga buen agarre antes de levantar el otro. Cuidado con la nieve. Vamos.

Movido por la desesperación, Alex fue tan rápido como pudo. Más abajo, a su izquierda, pudo ver sin embargo que uno de los calvos ya estaba casi a su altura y empezaba a moverse sigiloso en un ascenso en diagonal, con la intención de cortarle el paso más adelante.

—Ya casi estamos, socio —le dijo su abuelo en el oído con voz tranquilizadora—. ¿Ves ahora la escalera?

Alex miró hacia abajo. Apenas la veía, asomando junto al borde del tejado.

—Ajá.

—Buen muchacho. Ahora, empieza a bajar hacia allá. Yo iré justo detrás de ti. Recuerda, Villa Comodona, donde te espera una comida maravillosa.

Alex se puso en cuclillas, se agarró del caballete del tejado y empezó a descender por el otro lado, muy despacio, con la barriga contra las tejas y retrocediendo a rastras hacia el canalón. Vio fugazmente el brillo de la bota negra de su abuelo, que venía detrás de él y se detuvo.

El recorrido estaba muy resbaladizo, y Alex decidió que sería mejor si se daba la vuelta y se sentaba mirando hacia arriba. Al menos podría ver hacia dónde iba. Poco a poco, se empujó para levantarse y se dio la vuelta con mucho cuidado para apoyar la espalda en el tejado.

En cuanto completó la maniobra, se dio cuenta del error que había cometido. Le cedieron los pies, y se deslizó a toda velocidad. Inútilmente, Alex trató de agarrarse de las tejas y estiró el cuello para ver que se aproximaba a toda velocidad el borde del tejado, más allá de sus pies, un vacío con ganas de tragárselo.

El negro azulado del cielo pasaba disparado por encima de él, salpicado de blanco. Alex sintió una extraña punzada y pensó en que era como si estuviera jugando otra vez en aquel tobogán tan grande del parque donde su madre y su abuelo solían llevarlo cuando era pequeño, en una noche fría y despejada antes de Navidad, al volver a casa desde el médico. Hacía años que no pensaba en aquel parque.

Aquel recuerdo le trajo otro: muy pequeño, en piyama y medio dormido, de pie detrás de la puerta entornada de la sala después de otra de las visitas al médico de aquel entonces; una conversación que apenas oyó y apenas comprendió.

La voz de su madre:

—... yo sé que algo va mal.

Su abuelo intentaba hablar con una voz tranquilizadora:

—Anne, estará perfectamente. Unos niños crecen antes que otros. A lo mejor no lo sabías, pero con su padre fue muy parecido.

—Es que... si le pasa algo malo... No creo que sea capaz de soportar perderlos a los dos. No...

Un suspiro brusco. El sonido de un sollozo.

—Lo siento, mamá —susurró Alex ahora mientras sus talones estaban a punto de impactar con el canalón endeble.

Se detuvo en seco. Seguro que el abuelo lo había agarrado, pensó, pero cuando giró la cabeza para mirarlo sonriente, allí no había nadie.

Se quedó muy quieto allí tumbado, observando el lento discurrir de las nubes, mientras intentaba averiguar qué lo había detenido y trataba de asegurarse de no impedir que siguiera haciéndolo. Entonces se percató de que había un extraño silencio en la noche: lo único que alcanzaba a oír era su propia respiración entrecortada y el pulso acelerado, que le martilleaba en la cabeza.

Logró encontrar algo de agarre con los pies y comenzó a empujar para retroceder, para alejarse del borde del tejado. Fue ascendiendo entre gruñidos de esfuerzo hasta que vio a su salvadora: una pequeña tubería de hierro que sobresalía entre las tejas. La mochila se le había enganchado en ella. Su mirada se desplazó desde la tubería hasta el borde del tejado, no mucho más allá, soltó una carcajada y luego dejó de reírse.

La escalera estaba cerca. Con mucho cuidado, se arrastró hacia ella. Con mucho, muchísimo cuidado, se dio la vuelta sobre el estómago, bajó primero un pie y después el otro sobre el peldaño superior, una superficie con la solidez más maravillosa que jamás había pisado.

Descendió varios peldaños y se dio la vuelta para mirar más abajo. Allí estaba la pasarela que su abuelo le había prometido, que conducía a una sección plana del tejado. Volvió a girarse para ver dónde estaba su abuelo.

La imagen lo dejó helado. Se le paralizó el latido que sentía en la cabeza.

El abuelo seguía allá en lo más alto, en el caballete del tejado, una sombra que combatía contra otras sombras bajo la pálida luz de la luna. Por un lado lo asaltaban los dos calvos, a cuchilladas entre los copos de nieve. Por el otro, sufría el ataque aún peor del hombre alto. Llevaba un bastón igual que su abuelo, y entablaban un feroz combate de esgrima. Cuando el viento cambió de dirección, el aire de la noche le trajo el ruido de los golpes.

El abuelo saltaba de un atacante a otro, con los remolinos que formaba el abrigo. Alex vio que levantaba un brazo y lo giraba por encima de la cabeza, casi como si estuviera bailando. Entonces se percató: estaba lanzando sal en el aire a la desesperada. Las manchas borrosas que formaban dos voladores le revoloteaban alrededor de la cabeza y se lanzaban disparados para darle picotazos malintencionados. Un poco más allá, por el tejado, la niña acechaba entre los sombreretes de las chimeneas, gesticulando hacia ellos como un director de orquesta.

Alex volvió a subir por la escalera.

Uno de los calvos se abalanzó como loco. La hoja le dio una cuchillada a su abuelo detrás de las rodillas. Se le dobló una pierna. Alex notó el golpe con una sensación física, como si se lo hubieran asestado a él, como un fuerte puñetazo en el pecho.

El abuelo se enderezó y soltó una patada y, cuando lo hizo, el hombre alto intentó pegarle fuerte en la cabeza con el bastón.

Alex vio que su abuelo levantaba su bastón para detener el golpe, pero demasiado tarde. Vio que se le iba la cabeza hacia atrás y después la sacudía, como para despejarla.

Al subirse por la escalera, a Alex se le resbaló el pie. Se golpeó en la barbilla con el peldaño de hierro. Notó el sabor de la sangre y permaneció aturdido durante un instante.

El segundo calvo se lanzó hacia delante para dar una puñalada. Se encontró con un pie en la cara y salió tambaleándose.

El abuelo de Alex se había vuelto a incorporar y la había emprendido contra el hombre alto, con una serie de golpes fuertes y rápidos que lo obligaron a retroceder. Alzó su bastón para desviar los golpes del abuelo y se agazapó en aquella postura suya tan curiosa, brincó muy alto y pasó disparado sobre la cabeza del abuelo para aterrizar de forma inestable, entre resbalones, más allá de los aturdidos calvos.

Cuando el abuelo se giró hacia él, la niña giró en una pirueta. Los dos voladores se lanzaron en picada de inmediato y le dieron un golpe brutal en la cabeza. Permanecieron cerca de él, suspendidos en el aire, atacándolo con las cuchillas hasta que él los espantó agitando el bastón con violencia. Cuando consiguió alcanzar a cada uno de ellos, la niña echó la cabeza hacia atrás en un movimiento brusco, como si le hubieran propinado una bofetada.

El hombre alto aprovechó aquella oportunidad y volvió a saltar. Al caer, lanzó un golpe desaforado con el bastón.

Alex vio que su abuelo se giraba con el golpe.

El cuchillo del hombre alto ascendió y describió un arco en un golpe violento.

El abuelo permaneció allí de pie bajo la luna durante un segundo, como si se estuviera recuperando para volver a luchar.

Entonces, Alex vio que se venía abajo y se quedaba inmóvil, vio que se le resbalaba el pie y se caía de espaldas. Vio que se desplomaba hacia atrás por el tejado, cómo desaparecía de su vista. Y ya no pudo verlo más.

—¡Abuelo!

Las sombras del tejado se quedaron mirando en la dirección en que había caído el abuelo. Al oír a Alex, se dieron la vuelta de golpe y se pusieron en movimiento.

—¿Abuelo?

Tenía las manos entumecidas en la escalera helada. Se quedó petrificado, sin poder apartar la vista de aquel espacio vacío tan horrible donde antes estaba su abuelo.

Se estaban acercando, arrastrándose hacia él por aquella superficie tan traicionera. El hombre alto ya había dejado atrás a los otros. Venía a cuatro patas a una velocidad terrible, traqueteando el bastón contra las tejas y dejando una perversa y fría marca como si fuera un tatuaje.

—Abuelo.

Alex no tenía ni idea de qué se suponía que debía hacer.

El hombre alto estaba más cerca, aquella silueta larga y oscura que se desplazaba cada vez más rápido, deslizándose, descendiendo sobre él como si aquello fuera el final.

—Abuelo.

El hombre alto levantó una mano. Alex oyó el eco de las palabras de su abuelo, que le resonaba en la cabeza:

"Sea lo que sea lo que pasó ahí dentro, no hace sino que me sienta más decidido a asegurarme de que ese hombre nunca le ponga las manos encima al robot."

En un movimiento brusco, empezó a bajar por la escalera. Le ardían los ojos. Estaba llorando, y no se molestó en secarse las lágrimas. No quería hacerlo.

Aquellos tejados franceses tan sombríos eran gigantescos y extraños. La noche nevada era oscura e inmensa a su alrededor. Se percató de que ahora estaba verdaderamente asustado. Verdaderamente solo. Le escocían las lágrimas. La pálida pasarela discurrió en un borrón ante él cuando la cruzó a toda velocidad. Al llegar al final, saltó directamente sobre la barandilla de hierro sin pensarlo y aterrizó como un gato. Un tejado plano lo tentaba a varios metros de distancia, al otro lado de un vacío negro y profundo. Sin detenerse, saltó y aterrizó a la carrera, en un temerario esprint.

Pasó volando por unos tejados enormes y misteriosos con la respiración entrecortada, sin mirar atrás y sin pensar adónde se dirigía. La nieve caía indiferente, con una increíble suavidad. De pronto, ya no había suelo bajo sus pies. Se abalanzó hacia delante, dando volteretas, y el mundo nevado quedó en perfecta quietud.

Hacia delante y hacia abajo, se adentró en la impenetrable oscuridad del silencio.

Después de lo que le pareció una eternidad, se golpeó en la cabeza muy fuerte, contra algo que ni se inmutó. Vio la luna. La sonrisa de su abuelo. Su abuelo, que ya no estaba. Unas luces blancas se apagaron en el interior de su cráneo, rodeadas de un borde rojo eléctrico. Eran de una belleza impresionante. Las luces se desplazaron hacia la negrura y dejaron un rastro fino, como unas bengalas de emergencia que se hubieran disparado sobre un mar oscuro y desierto. Aquellas líneas rojiblancas se trenzaron, se sacudieron y se fundieron.

La oscuridad se redobló, y se volvió a redoblar.

X

UNA HUIDA PESTILENTE

Pescado.

Eso fue lo primero que percibió. Un olor a pescado que escocía en la nariz.

Alex abrió los párpados, pesados. Nada más que negro. Pero sí que olía a pescado. Dejó que se le cerraran los ojos y pensó en ello.

Tenía la extraña sensación de encontrarse boca abajo. Había algo que le apretaba en la cara, alguna cosa. Montones de cosas, pequeñas y duras. Que olían a pescado.

Se sentía somnoliento, a pesar del olor tan acre. Tampoco era tan malo cuando te acostumbrabas. Estaba calientito y cómodo, como para echarse una siesta. Una imagen se le pasó perezosa por la cabeza: un hombre alto de negro, una sombra todo él, que estiraba el brazo.

Sintió una oleada de pánico y lo recordó todo. Intentó ayudarse con las manos a ciegas en aquella oscuridad tan áspera y asfixiante, hasta que su cuerpo descubrió la manera de ponerse derecho. Forcejeó desesperado en aquella dirección y salió de sopetón a un aire frío, cortante, que tragó en unas bocanadas ardientes, parpadeando con rapidez al mirar a su alrededor, temeroso en una luz resplandeciente.

Estaba en un callejón estrecho, de luz pálida. De manera más específica, estaba metido al fondo de un contenedor de basura abierto y lleno hasta los topes de lo que parecían las pinzas de miles de cangrejos y langostas, las espinas de una gran cantidad de pescado.

Alzó la mirada. Allá en lo alto estaba el tejado desde el que se había zambullido. ¿Cuánto haría de eso? Sacó el celular y vio que la mano le temblaba. Una grieta recorría la pantalla de arriba abajo. Pulsó el botón. Nada. Muerto.

Muerto.

Aquella palabra cayó como una piedra en sus pensamientos acelerados.

La nieve seguía cayendo. Intentó respirar más despacio, calmar los nervios. Un sabor salado en los labios. Lágrimas. Aún le escocían los ojos. Decidió que sólo debía de haber estado unos minutos sin conocimiento.

Se echó las manos a los hombros. La mochila estaba allí. El robot de juguete seguía dentro.

Sentía un martilleo en la cabeza. Se presionó en una zona dolorida y separó temblorosos los dedos. No había sangre.

¿Qué hacer?

Volvió a pensar en su abuelo, volvió a ver cómo se caía.

Alex se subió para salir del contenedor de basura, se tambaleó y se puso derecho para quitarse de la ropa los restos de cangrejo. Del hombro se le cayó la concha de una ostra. Enmudecido, parpadeó y miró una placa pequeña atornillada en la puerta.

Cesar & Fanny & Marius
La haute gastronomie de la mer

Echó un vistazo a su alrededor y trató de orientarse, trató de averiguar hacia dónde debía de haber caído su abuelo. Pegado a la pared, echó a andar por el callejón con las piernas endebles y se detuvo cuando las rodillas le fallaron y se le doblaron.

Se dejó caer al suelo frío y se obligó a descansar un momento. Lo extraño y lo sombrío de aquella situación se volvió nítido ante sus ojos, y en ese instante le empezó a zumbar la cabeza de un modo horrible. Una secuencia de imágenes de sombras se le repetía en la imaginación, el movimiento ascendente del cuchillo del hombre alto, su abuelo que se venía abajo, se caía de espaldas. Herido. Impotente. Hundido.

Muerto.

Aunque el violento golpe de aquel cuchillo no fuera fatal, no había forma de que su abuelo hubiera sobrevivido a una caída desde el tejado. Pero, bueno, Alex sí había sobrevivido. Quizás estuviera tirado por allí, herido, y necesitara su ayuda. Quizás estuviera bien y lo estuviera buscando ya. Quizá, quizá.

Se pasó la manga por la cara, se levantó. Se apoyó en la pared y respiró hondo entre las sacudidas de los sollozos, dio unos pisotones en el suelo para soltar aquella tiritona que tenía. No sirvió de nada. Agarró los tirantes de la mochila, los tensó y recorrió el callejón arrastrando los pies.

Salió a una calle pequeña y silenciosa y pudo ver la zona inclinada del tejado en la que ellos habían estado no hacía mucho, que se alzaba alta y oscura, recortada en la luz de la luna. Si sus cálculos eran correctos, el abuelo debía de haber caído delante de la puerta del hotel, al final de esta misma calle.

Hizo una pausa y se quedó mirando el suelo blancuzco y sucio que tenía entre los pies. En aquella pantalla que formaba la nieve, la imagen de la silueta que se desplomaba sin cesar, de espaldas. Otro tipo distinto de sensación de mareo se unió a las náuseas que ya le obstruían la garganta. No quería doblar aquella esquina y mirar. Tenía que hacerlo. Volvió a tomar aire, lo expulsó, continuó dando pasos lentos.

En la esquina, se puso en cuclillas contra la pared y se asomó.

Nada. Había esperado ver —había temido ver— una multitud, una ambulancia, la policía. Allí, en cambio, sólo se veían las cálidas luces de la entrada del hotel más adelante, un oasis de luz en la noche.

Miró hacia arriba. El borde del tejado, la larga y pronunciada caída. Estudió la fachada del hotel, los balcones en la penumbra. Nada.

Quizás hubiera estado inconsciente más tiempo del que había dado por hecho. Quizás hubiera pasado ya un día entero. A lo mejor, la banda del hombre alto era más numerosa de lo que él sabía. Quizás hubiera más de ellos esperando calle abajo. Quizá les hubiera dado tiempo a despejarlo todo, a recoger el cuerpo de su abuelo y…

El cuerpo de su abuelo.

¿Qué le iba a contar a su madre? ¿Cómo se lo iba a contar? La calle se deshizo en unas dolorosas formas blancas y doradas cuando unas nuevas lágrimas lo dejaron deslumbrado. Un sollozo le sacudió el pecho. Se contuvo, se secó los ojos e hizo que sus pensamientos acelerados se detuvieran en seco.

No había estado fuera tanto tiempo. Quizás hubieran metido a escondidas a su abuelo dentro del hotel. O su cuerpo. Necesitaba un plan. Tenía la cabeza bloqueada.

Rechinó los dientes y volvió a mirar hacia la entrada. Un taxi se detuvo. Se bajó una pareja mayor vestida de gala y entró en el hotel sonriendo y saludando con la barbilla a un pequeño grupo que salía en ese momento. El hombre alto. Beckman. La niña. Los dos calvos.

Formaron un grupo muy activo donde el hombre alto señalaba hacia aquí y hacia allá. Se giró de golpe. Durante un momento escalofriante, fue como si apuntara directo hacia Alex.

Alex volvió a agazaparse detrás de la esquina, con náuseas de temor. Cuando se obligó a volver a mirar, el grupo se había separado en diferentes direcciones. Pudo ver que los dos calvos desaparecían hacia el extremo opuesto de la calle. El hombre alto se dio la vuelta y entró de nuevo en el hotel con paso airado. La niña y Beckman venían rápido hacia Alex, estudiando las aceras.

Alex echó a correr por donde había llegado, dejó atrás el callejón y siguió adelante.

Más o menos, tenía el plan de dar la vuelta completa a la manzana del hotel, llegar por detrás de ellos y entrar en el edificio, pero las calles por las que se metió se negaban a ir en la dirección que él quería. No tardó en quedarse desorientado por completo.

Llegó a una calle más grande y luminosa, aún concurrida. Grupos de gente que sonaban animados y felices. Dos barrenderos cascarrabias mascullaban allí de pie, haciendo gestos con las manos hacia la nieve. Sus pensamientos habían perdido el color, ocupados por el vacío de aquel pánico blanquecino. ¿Qué hacer?

Continuó corriendo hasta que localizó la oscura entrada de una tienda y se lanzó hacia ella. Permaneció allí jadeando, mirando hacia atrás y estudiando los rostros.

Ninguno que él reconociera.

Se mordió el labio, contó hasta noventa y volvió a salir a la calle sin dejar de voltear por encima del hombro para mirar a su espalda. Cuando estuvo seguro de que nadie lo seguía, dobló una esquina y se dio de bruces con la niña.

Alex se quedó de piedra.

Allí estaba, pequeña y sola en la acera concurrida, con el rostro inexpresivo y un fulgor oscuro en sus grandes ojos. Se miraron el uno al otro mientras el gentío pasaba y se rozaba con ellos en una corriente constante. Una vez más, Alex se quedó asombrado con la extraña familiaridad de aquel rostro: tenía la seguridad de haberla visto antes de todo aquello, pero no se acordaba de dónde. Presa del pánico, comenzó a retroceder, a darse la vuelta.

—Bueno, bueno.

La niña levantó un dedo. Tenía un tono exigente, una voz asombrosamente profunda. Hablaba en voz baja, y aun así sus palabras se oían nítidas y claras sobre el ruido de la calle. Contra su voluntad, Alex volvió a girarse hacia ella.

—Mira, ¿lo ves? —la niña estaba sonriendo.

Sostenía dos pequeños y curiosos discos de latón, como unos platillos diminutos, cada uno con un pequeño aro de tela de rayas negras y violetas. Deslizó el pulgar y el dedo medio de la mano derecha por aquellos aros de tela, sostuvo los platillos en alto para que les diera la luz y los juntó con brío. El ting resultante le sonó agudo a Alex, aunque dulce, como si resonara en algún lugar de las profundidades de su propia cabeza.

—Ahora, escucha.

La niña fue marcando un ritmo complejo, y la variación en el timbre de los platillos fue formando una cadena entre los oídos de Alex.

—¿Qué haces aquí afuera tan solo, tan solitario, niño? —el arrullo de aquella voz llegaba flotando en cálidas oleadas de rings y tings. La niña empezó a caminar hacia él—. ¿Dónde has estado? Es tarde. Ya es hora de llevarte a casa.

Sin perder el ritmo, la niña le tendió la otra mano. Tenía las uñas pintadas de negro y de violeta, de forma alternativa. Alex vio que su mano se extendía para tomar la de ella. Con un tranquilizador apretón en los dedos de Alex, la niña comenzó a tirar de él por la calle.

Por el camino, tomados de la mano, Alex se sentía sumergido en aquel tintineo como el de una campanilla, detrás de ella. Sin apartar la mirada de aquella pequeña cabeza negra que se movía arriba y abajo delante de él, sintió que se relajaba. La noche dorada de París era vibrante, cálida y preciosa. Intentó recordar por qué estaba en París y por qué estaba preocupado, pero entonces se acordó de que eso daba igual. Las farolas que se reflejaban en la nieve eran del mismo color que el deslumbrante sonido de aquellos platillos diminutos de latón, y todo el mundo estaba muy ajetreado y feliz. Justo delante de ellos, una docena de chicos y chicas jóvenes salió de un cine y se entregó a un combate de bolas de nieve, y sus risas llegaron a los oídos de Alex como una melodía sobre aquel ritmo tembloroso que le llenaba la mente.

—Ya estamos cerca, pequeño Alexander —dijo la niña—. Entonces podrás echarte una larga y agradable siestecita.

—Ya estamos cerca —repitió él. Levantó la cara hacia el cielo. Más allá del resplandor de las luces de la ciudad, las estrellas titilaban tenues en la negrura—. Cerca —volvió a susurrar.

La bola de nieve que lo golpeó era una de esas perfectas, de las que son lo bastante sólidas como para volar recto y rápido, y, aun así, cuando te revientan en la cara, se deshacen en un estallido de nieve en polvo.

El impacto trajo a Alex de regreso al instante, volvió en sí. Entre tambaleos y resoplidos, con la mitad de la bola de nieve que se le había metido por la nariz, vio de forma vaga a una chica francesa que le gritaba *"Pardon!"* entre risitas, a su izquierda. No obstante, la mayor parte de su atención se concentró en el horror que sintió al ver lo que estaba haciendo.

—Ay, qué penita —dijo la niña, que frunció el ceño con un mohín fingido de solidaridad con él.

Apretó la mano con una fuerza alarmante, y sus pequeños dedos aplastaron los de Alex. Permanecieron así durante varios segundos, forcejeando con el brazo, hasta que Alex consiguió liberarse con un tirón desesperado. Y ya estaba en movimiento.

—Corre, entonces, conejillo deprimente —le dijo la niña a gritos.

Alex fue esquivando cuerpos entre quejidos y sin apenas ver hacia dónde iba. Podía sentir la presencia de la niña, no muy lejos, a su espalda, corriendo con facilidad y sujetándose el abrigo por encima de los tobillos, esquivando malencarada a los transeúntes como si fuera el baile de un minúsculo nubarrón de tormenta.

La aglomeración de gente en la acera hacía que el avance fuera lento, y, cuando vio una callejuela estrecha un poco más adelante, se metió por allí disparado. Había recorrido la mitad cuando se percató de que había escogido un callejón sin salida. Una pared vacía de seis metros de alto bloqueaba el paso.

A ambos lados, unos botes de basura rebosantes flanqueaban el callejón, pegados a las paredes. Alex se lanzó al suelo a la izquierda y se arrastró entre los botes y las apestosas bolsas de plástico. Aplastado en aquella deprimente humedad, se asomó para mirar y trató de quedarse quieto y aguantar la respiración entrecortada.

Vio la silueta inmóvil de la niña que se recortaba en la boca del callejón, con la luminosa y ajetreada calle a su espalda, tan lejana como si fuera otro mundo. Muy despacio, se acercó caminando en dirección a Alex y se detuvo.

—¿Conejito huidizo? —lo llamó—. Escucha esto.

De nuevo, la niña comenzó a hacer sonar un ritmo llamativo y arrullador. Al sentir que el sonido se apoderaba de él, Alex se clavó las uñas en los dedos y luchó por mantener despejada la mente.

—¿No? —dijo la niña pasados unos segundos y se guardó los platillos—. Ah, muy bien. Al escondite. Qué tedio tan atroz.

Rebuscó en su abrigo y, primero, dejó en el suelo algo que Alex no pudo ver. Un momento después, tenía en equilibrio sobre la palma de la mano otro objeto que Alex pudo reconocer demasiado bien.

—Arriba o abajo, ¿dónde estará? —dijo la niña—. Tra-la-rá.

Con un levísimo gesto de la mano de la niña, el volador se elevó y desapareció entre las sombras del otro extremo del callejón. Mientras tanto, el otro objeto se movía por el suelo en la zona donde se ocultaba Alex. Lo oyó antes de poder verlo: un sonido extraño, leve, como un roce metálico que se aproximaba tembloroso.

Se movió con cuidado entre las bolsas de basura hasta que tuvo ángulo de visión. Le resultaba rarísimo y tristemente familiar: uno de aquellos muelles de juguete, parecido al Slinky con el que solía jugar cuando era mucho más pequeño. Pero, en lugar de bajar escaleras empujado por la fuerza de la gravedad, este muelle avanzaba por el centro del callejón, pasando de un extremo por encima del otro, moviéndose por sus propios y siniestros medios. A cada paso que daba, se detenía y se erguía en un balanceo como el de una serpiente, de un lado a otro en el aire. Cazando.

—Vamos, conejito —la niña sonaba aburrida—. Sal ya. Anda, vamos. Es la hora de la cazuela. Se acabaron los juegos. Dentro de muy poco vendrá a verte todo el mundo. Y entonces, nos pondremos a contar cuentos.

Mientras hablaba, la niña se agachó y se sacó algo de la bota, lo sostuvo en guardia, afilado, y dio unos pasos cautelosos hacia el interior del callejón.

El muelle se acercó con su tembleque. La ideas se le agolpaban a Alex en la cabeza, y se quedó en blanco. Se sintió agarrotado de terror. Todo su mundo se había vuelto mortífero e imposible.

"Hay veces en que uno no dispone de tiempo para pensar las cosas con detenimiento. Tienes que aceptar lo que está sucediendo, seguir adelante y afrontarlo."

El recuerdo de las palabras de su abuelo surgió de la nada, claro y cercano. Parpadeó, sacudió la cabeza. Afrontarlo. Empezó a mirar a su alrededor en busca de inspiración.

Le llamó la atención un movimiento entre las sombras, enfrente de él. Un gato gris y flacucho se agazapó sobre una caja de madera bastante sólida. Observaba aquel muelle con la misma fascinación pavorosa que sentía el propio Alex. Cuando el muelle dio otro paso amortiguado hacia delante, el gato retrocedió y levantó una pata sarnosa y peluda. Al instante, con el siseo de un látigo, el muelle soltó un trallazo y se estiró hacia el otro lado del callejón a la velocidad del rayo. La caja estalló en violentos añicos, reventada.

La niña se puso de puntitas para ver lo que estaba pasando en el momento en que el muelle recuperaba su posición entre las astillas de madera, sin dejar de buscar. Alex no veía ni rastro del gato…, y entonces lo divisó: en lo alto, detrás de él, de alguna forma había trepado la pared del fondo del callejón, clavando las zarpas de puro temor. Alex siguió mirándolo con cruda envidia, mientras la cola desaparecía por encima de la pared, y se dio cuenta de que, justo detrás de él había un viejo bote metálico de basura tumbado, con la tapa junto al bote.

—Ahora te toca a ti —le dijo la niña en voz alta.

Con un rugido, medio de terror, medio de furia, Alex irrumpió de su escondite, agarró el bote e intentó levantarlo. Pesaba más de lo que se había imaginado. El muelle se acercaba veloz y se disponía a soltar un latigazo. Cuando lo hizo, Alex se las arregló para arrastrar el bote, darle la vuelta, ponerlo delante y cazarlo. Se apresuró a poner el bote de pie y dejó el muelle atrapado dentro de la misma manera que su madre cazaba las avispas en su casa con unos tarros.

Pero aquello no era una avispa. El muelle de acero se sacudía con mucha potencia. Alex podía sentir los latigazos que daba allí dentro, con tal fuerza que le temblaban los brazos. El bote estaba empezando a doblarse.

La niña venía por el callejón con paso airado y veloz, con un brazo al frente y gesticulando con los dedos de un modo extraño. Le brillaron los dientes al sonreír. Alex no se acordó del volador hasta que oyó el zumbido furioso. Surgió disparado de entre las sombras, un minúsculo resplandor anaranjado, de furia. Sin pensarlo, Alex soltó el bote y levantó enseguida la tapa como si fuera un escudo.

Por el rabillo del ojo se dio cuenta de que el muelle había quedado libre y salía disparado, pero ahora se concentraba únicamente en la máquina que le apuntaba con un chirrido a la cabeza. La niña ya estaba más cerca: levantó el brazo. El muelle se contrajo para atacar. Entonces le vino a Alex a la cabeza como un fogonazo el recuerdo de los sablazos que su abuelo les soltó a los voladores en el tejado, y recordó que, cuando consiguió alcanzarlos, la cabeza de la niña hizo un movimiento brusco hacia atrás. La donante. Conectada. Si le dabas a uno, quizá les dieras a todos.

Alex lanzó un golpe salvaje con la tapa hacia el volador y se giró para que el ataque llevara toda la carga de su inercia. No consiguió darle de lleno, pero sí lo enganchó con fuerza y lo llevó contra la pared del callejón. Cuando impactó contra los ladrillos, el borde de la tapa del bote atrapó el pequeño brazo del robot con forma de cuchilla sanguinaria y se lo arrancó de cuajo con un ruido seco, satisfactorio.

Alex oyó un grito ahogado de la niña, que cayó al suelo con las manos en la frente. El muelle y el volador quedaron inertes al instante. Alex aprovechó la oportunidad. Vio que la niña alargaba el brazo en un gesto débil cuando él pasó a toda velocidad y volvió a salir a la calle.

Corrió durante un largo rato, a toda prisa, después al trote, esquivando a unos y a otros al cruzar las calles y doblar las esquinas, hasta que por fin se tuvo que detener. Se apretó contra otro portal y trató de recuperar el aliento, mientras estudiaba las caras en todas las direcciones. Aquella calle era más pequeña, pero aun así concurrida.

¿Qué hacer?

¿Qué haría su abuelo? Alex tragó saliva, intentó concentrarse y le dio vueltas a la pregunta. Pensar en él le causaba un tremendo dolor. Finalmente, una respuesta apareció navegando con algo más de nitidez.

"Búscate algo de comer."

Sorbió por la nariz y se echó a reír. Entonces pensó: estaba helado, hambriento y agotado, tiritando de algo más que frío. Comer no era tan mala idea.

Salió con cautela y se unió al río de gente desconocida que pasaba por allí. Pasado un rato, localizó una cafetería pequeña y atestada todavía de gente en las mesas de aquel escaparate de tonos rojizos.

La conversación bullía cuando entró. En la pared del fondo había una hilera de seis o siete computadoras, bajo un letrero de neón que decía CIBERC@FÉ.

Detrás de la barra había una adolescente con cara de aburrida, con la mitad de la cabeza rapada y el resto peinado en un flequillo negro de punta, apoyada en el mostrador con la nariz inmersa en un libro, *Le Vicomte de Bragelonne*. La luz azul de una vitrina iluminaba unos sándwiches. Alex se estrujó el cerebro tratando de recordar algo del francés que había aprendido en clase. No conseguía dar con la palabra para pedir un té, y entonces se acordó de algo que una vez le dijo su abuelo: "La regla fundamental del viajero, Alex. Recuerda esto y no te equivocarás nunca: es imposible conseguir una taza de café decente en Inglaterra, y es imposible conseguir una taza de té decente en cualquier otro lugar".

—Mmm, *bonjour* —probó a decir Alex—. Eh, *une café et une*... uf.

La adolescente arqueó una ceja con un piercing al verlo tan descompuesto. Olfateó en su dirección, arrugó la nariz y suspiró antes de decirle en inglés:

—¿Qué tipo de café?

—Ah —Alex nunca había tomado café. Se imaginó a su abuelo—. Uno solo, por favor.

—¿Azúcar?

Alex asintió con la cabeza. La chica empujó hacia él sobre el mostrador dos sobrecitos y un palito de madera para removerlo.

—Ah, y me comería ese, por favor —señaló hacia una baguette abierta—. Y, ¿puedo utilizar una de las computadoras?

—Cinco euros por media hora. No tiene sentido que compres una tarjeta con más tiempo, cerramos dentro de veinte minutos. Yo te llevo el sándwich.

Se sentó delante de la computadora del rincón más alejado, removió el azúcar y probó a dar un sorbo. Amarga pero dulce, aquella bebida logró que se le saltaran las lágrimas, que continuaron brotando por otro motivo. El reflejo de la luz blanca en la superficie humeante se convirtió en una luna que se abría paso entre las volutas de las nubes sobre las alturas de un tejado.

Alex se vino abajo en el asiento. Notó el celular, muerto e inútil, contra el temblor del muslo. Necesitaba un plan. Tenía la mirada perdida en el teclado. Todas las letras estaban cambiadas de sitio.

Se conectó a su cuenta de correo electrónico. Otra campaña de mensajes orquestada por Kenzie y compañía, una cascada en negrita en su buzón de entrada. Casi se sintió obligado a admirar tanta dedicación. Había otro de David, con un archivo adjunto:

Se te rompió el celular? Te llamé a tu casa, y tu mamá me dijo que estás en París!!! Pillín! Nuestro

querido profesor Pin me pidió que te envíe esta
página como regalo adelantado de Navidad, tus
favoritas… ecuaciones cuadráticas!! Jajajajaja.
Llámame. Bon Voyage.

Lo leyó anestesiado por el pánico, casi sin enterarse de lo que
leía. Un mensaje de otra vida. Dio un respingo cuando la chica
de la barra deslizó un plato por la mesa, a su lado.

—Que lo disfrutes.

Alex suspiró, tragó saliva e intentó pensar en una salida.
Buscando entre las teclas, se puso a picar el texto de un mensaje
tembloroso dirigido a su madre.

Mamá, tienes que venir a buscarme.
El abuelo desapareció. No lo encuentro.
Creo que está muerto. Creo que lo mataron.
Sigo en París. Unas personas vienen por noso-
tros.
Vienen por mí. No sé qué hacer.
Estoy solo. Tengo que esconderme.
Me quedo aquí otros quince minutos.
Si recibes esto ahora mismo, respóndeme.
Pero después me tengo que ir. Se me rompio
el celular.
Si no respondes, me esconderé hasta
mañana.
Entonces volveré aquí, por la mañana, y
te mandaré otro correo. Puedes venir y

Dejó de escribir. ¿Y qué?

De repente se imaginó a su madre recibiendo aquel mensaje: el pitido de su tableta mientras ella veía la tele en la tenue luz de la sala de su casa, o leyéndolo en la cama, o en el desayuno por la mañana. Su pánico, su rostro al desmoronarse.

Siempre había intentado mantener a su madre al margen de sus problemas, si podía, desde allá donde le alcanzaba la memoria, desde la época de todas aquellas visitas a los hospitales. Eran tiempos de sufrimiento, cuando su pesar era constante y se echaba a llorar por cualquier cosa. La leche derramada, unas llaves que no aparecían. Una fotografía que ella creía que había perdido. Su madre era vulnerable a la vulnerabilidad de Alex por aquel entonces, de modo que él había aprendido por sí solo a evitar darle más preocupaciones, a evitar los problemas y hacerle daño, igual que había aprendido a dejar de preguntarle a ella y a su abuelo acerca de su padre: porque veía lo mucho que les dolía a los dos aunque trataran de ocultarlo. "Era arquitecto. Aquí están todos sus libros y sus plumas, sus dibujos y sus discos de vinilo. Hubo un accidente en una calle muy lejos, que pasó antes de que tú nacieras…"

Volvió a leer lo que había escrito. Más noticias terribles desde una calle muy lejana. Borró el mensaje.

Gente desconocida charlaba y reía en aquella sala cálida. La chica de la barra se estiró y miró el reloj que tenía detrás, miró las mesas ocupadas con el ceño fruncido y volvió con su libro. Una profunda sensación de aislamiento y desolación se apoderó de él.

Si pudiera ocultarse esta noche, podría tomar un tren hacia Londres por la mañana. Todavía tenía su boleto. Bastaría con decir que el abuelo lo había enviado a casa. Inventarse una razón. En ocasiones, el abuelo desaparecía durante meses, viajando sin decir una palabra, así que su madre al principio no haría muchas preguntas. De repente, se percató de que, con todos los años que habían pasado, no tenía una verdadera idea de qué hacía su abuelo para ganarse la vida.

Lo que hacía cuando estaba vivo.

Muy bien: podía irse a casa y no decir nada. Después, llevarse el robot de juguete a alguna parte, lejana y apartada, enterrarlo a la luz de la luna donde nadie lo encontrara jamás, y después sólo tendría que quedarse calladito y…

Interrumpió aquellos pensamientos, avergonzado de que se le ocurrieran siquiera. La idea de la muerte de su abuelo se había retorcido hasta formarle un duro nudo en el pecho. Si dejaba que sus pensamientos se aproximaran demasiado a aquello, todo el cuerpo le empezaría a temblar y desconectaría.

No podía marcharse sin más. No sin intentar hacer algo. No sin saber qué estaba pasando. Si iba a tener que contarle algo a su madre, al menos podía averiguar primero la verdad. Además, se percató de repente de que ellos sabían dónde estaba su casa. Sin duda acabarían yendo por él, en busca del robot. No podía poner en riesgo a su madre.

Tamborileando con los dedos sobre la mesa, con la mente en blanco por aquel estado de nervios, se obligó a concentrarse, a poner en marcha el pensamiento y a surcar aquel disparate y aquel horror, el torbellino de dolor y de pánico, y encontrar una vía de salida. Una respuesta. Tenía que haberla.

Se le pasó fugaz por la cabeza la idea de la policía, pero la descartó en cuanto trató de imaginarse qué les podría decir. Ante los ojos de Alex, los correos electrónicos no leídos de la pandilla de Kenzie formaban una lista que le aburría y se reía de él.

¿Qué vas a hacer tú?

Alex los miró con el ceño fruncido.

¿Qué vas a hacer tú?

Desapareció la arruga de su frente. Se incorporó en la silla, se frotó los ojos, tomó un buen sorbo de café y comenzó a teclear:

```
Hola, mamá:
Me la paso genial. ¡Me acuesto tarde!
Me voy al campo a ver la casa del amigo del
abuelo.
    Te escribo pronto.
    TQ,
    A.
```

Hizo clic en ENVIAR antes de que le diera tiempo de cambiar de opinión. Acto seguido, hizo clic en el cuadro de búsqueda y escribió:

```
Viajar de parís a fonteneblo
```

La página de resultados le preguntó:

> ¿Querías decir "viajar de París a Fontaine-
> bleau"?

Se imaginó que eso era justo lo que quería, hizo clic sobre el vínculo, después sobre el primer resultado y estudió la pantalla. Rescató un bolígrafo de su mochila y copió en una servilleta los horarios y los recorridos entre los mordiscos hambrientos que le daba a su sándwich. Abrió un mapa en la computadora y tecleó:

> Fontainebleau barbizon

Miró más mapas, garabateó y dibujó algo más. Cuando terminó, se percató de que ya no le temblaban las manos. Se tomó de un trago el resto del café y salió de la cafetería.

Entonces se dio la vuelta y entró de nuevo.

—Disculpa. ¿Sabes cómo puedo llegar a, mmm… —Alex echó un vistazo a la servilleta que llevaba en la mano— a la Gare de Lyon?

—En metro —la chica de la caja registradora le señaló con un dedo largo y perezoso—. Línea uno. Hay una estación en esta misma calle, un poco más adelante.

—*Merci*. Gracias.

Alex salió de nuevo, se dio la vuelta otra vez y volvió a entrar.

—¿Tienes un poco de sal?

XI
BAJO TIERRA

El globo de un farol brillaba al otro lado de la calle e iluminaba un elegante letrero de hierro donde decía METROPOLITAIN.

Alex se apresuró con decisión escaleras abajo, echó un vistazo a su alrededor, desorientado, e intentó no aparentar que se sentía perdido. La pared estaba llena de máquinas expendedoras de boletos. Se fijó en los botones y en las pantallas, sin comprender nada.

A su lado aparecieron un chico y una chica de unos diecisiete años, agarrados el uno al otro entre risitas. Alex observó que el chico pulsaba los botones despreocupado y metía unas monedas por la ranura mientras ambos se perdían en un beso prolongado. Cuando se fueron, Alex pulsó los mismos botones y metió algunas de aquellas monedas que le había dado su abuelo. Salió un boleto de color rosáceo.

Pasó por un torniquete de entrada. Entrecerró los ojos y estudió un mapa en la pared. Bajó más escaleras.

En el andén, algunos rezagados esperaban bajo una aburrida luz fluorescente, de camino a casa antes de que el metro cerrara durante la noche. Apareció un tren, que surgió de los túneles con un traqueteo. Alex se subió y se sentó junto a las puertas, que se cerraron. El tren partió con una sacudida.

Estaba ocupado un tercio del vagón, más o menos: gente con aspecto cansado bajo una luz grisácea y molesta. La parejita de adolescentes estaba sentada unos cuantos asientos libres más allá, colgados el uno del otro y mirándose a los ojos. A su lado, una mujer joven con un abrigo fino y unas ojeras oscuras arrullaba en voz baja a un bebé que no paraba de parlotear algo ininteligible en un cochecito.

Al ver a la madre con su hijo pequeño, Alex notó una tristeza que le surgía de algún lugar muy profundo, y se dio la vuelta para mirar hacia la oscuridad que pasaba a toda velocidad por la ventanilla. En los reflejos, su abuelo no dejaba de caerse sin fin. Hizo como que bostezaba y parpadeó para tratar de librarse de las lágrimas que le ardían en los ojos.

En la siguiente estación se subió un gran grupo de hombres con camisetas de futbol. Cuando el tren arrancó, se quedaron alrededor de las puertas formando un grupo muy ruidoso, cantando una canción escandalosa que se imponía incluso al rugido del túnel.

Quedaron atrás dos estaciones más que parecían unas peceras desiertas con aquella luz verdosa. En la tercera, los aficionados del equipo de futbol comenzaron a salir al andén en tromba, estrepitosos, seguidos del resto de viajeros del vagón excepto Alex.

Al levantar la mirada para verlos marcharse, reconoció el nombre de la estación en la pared de azulejos y sintió una punzada al caer en la cuenta: era la estación que estaba cerca del hotel, la que su abuelo le había señalado en el mapa de calles hacía ya un millón de años. El metro lo había llevado de vuelta por donde había venido.

Se quedó a medio levantar y se volvió a sentar. A estas alturas ya se habrían ido todos de allí. Se ceñiría a su plan. Llegar hasta Harry. Contarle lo que había pasado. Entregarle el robot. Rezar por que él pudiera decirle qué hacer a continuación. Qué estaba pasando.

La fila de gente que trataba de bajarse se había detenido entre un montón de quejas que mascullaban con impaciencia. La mitad de los hinchas de futbol había decidido que sería divertidísimo impedir que sus amigos se bajaran del tren. Más allá de ellos, dos hombres altos con abrigo, sombrero y lentes oscuros esperaban para subir. Uno de ellos llevaba un estuche blanco enorme de contrabajo.

Dentro del vagón, a los hinchas de futbol se les ocurrió ayudar a la mujer joven del bebé a sacar el cochecito del tren, a pesar de las protestas de la madre. Hasta ahora, lo único que habían conseguido era enredarse con las ruedas del carrito mientras cantaban al bebé una canción de borrachera. Aupado entre aquellos hombres, el pequeño iba en su silla como un reyezuelo triunfal en su trono, gesticulando con un puño diminuto, rosáceo y feliz con aquel alboroto.

Por fin, y después de mucho tira y afloja además de la lluvia de airadas advertencias de los pasajeros atascados detrás de ellos, los hinchas consiguieron sacar el cochecito al andén a trancas y barrancas y se pusieron a felicitarse los unos a los otros y a aceptar los agradecimientos de la joven y agobiada madre. Cuando salieron los últimos pasajeros, los dos hombres se abrieron paso para subir y se sentaron con ademán torpe en el extremo opuesto al de Alex con el estuche del instrumento musical apoyado entre los dos. No se subió nadie más. El tren se sacudió y partió atronador hacia el interior del túnel.

Aparte de él y de aquellos dos hombres, el vagón iba ahora vacío. La mirada de Alex deambulaba perdida mientras las ideas se le agolpaban en la cabeza. Se fijó en los hombres del contrabajo. Iban sentados cabizbajos y adormecidos, con los sombreros muy calados y el cuello del abrigo subido.

Miró hacia los letreros y los anuncios extraños sin llegar a fijarse en ninguno de ellos. Observó el estuche del contrabajo. Vio su propio reflejo distorsionado en la velocidad de la ventanilla. Volvió a mirar el estuche del contrabajo.

Allí. En la parte curva, cerca del fondo. Un restregón rojo. Y, justo encima de eso, asomando del interior, el borde de una tela gris.

Gris perla. El mismo gris perla que el abrigo de su abuelo.

Alex se quedó paralizado. Apartó los ojos de la mancha de sangre y los dirigió al rostro de los hombres. En ese momento, el que estaba más cerca de él volteó. Le invadió una nueva forma de horror.

Bajo el sombrero, el rostro estaba sin terminar, hecho de un metal mate y grisáceo.

"Humanoides". Aquel nombre surgió nítido en la mente de Alex.

El robot permanecía absolutamente quieto, como si lo estuviera mirando fijamente. Su compañero no se había movido, continuaba con la cabeza baja, con una enorme mano enguantada y apoyada sobre el estuche del contrabajo. El rugido del traqueteo del tren le resonaba a Alex entre los oídos, con el repiqueteo de un pensamiento que le martilleaba en la cabeza una y otra vez con aquel ritmo:

Se-lle-*van-su-cuer-po-se*-lle-*van-su-cuer-po-se*-lle-*van-su-cuer-po-se*-lle-*van-su-cuer-po-se*…

Calado hasta los huesos por una gélida ola de pavor, se puso en pie.

Las máquinas seguían sentadas sin moverse.

Alex se sintió débil y comenzó a retroceder, y no se detuvo hasta que llegó al final del vagón.

Los robots permanecían inmóviles.

La mochila en la espalda de Alex se apretaba contra la puerta que daba paso al siguiente vagón. Apartó los ojos de los gigantes metálicos, estudió la puerta rápidamente, la abrió con dificultad y se deslizó al otro lado a toda prisa.

El vagón estaba vacío salvo por un hombre solitario, repanchingado y dormido en el asiento. Alex le sacudió el hombro. Despedía un fuerte olor a alcohol.

—Por favor, ¿puede ayudarme?

El hombre se quejó con un resoplido airado.

—Por favor, creo que hay un… cadáver —aquellas palabras sobresaltaron al propio Alex nada más pronunciarlas.

Sintió náuseas.

El hombre gruñó en sueños y se dio la vuelta con una respiración más fuerte.

El túnel aullaba. Alex se dio media vuelta. A través del panel de cristal de la puerta, podía ver a los dos robots allí sentados. El más cercano seguía mirando hacia él. Todo cuanto veía en aquella máquina le decía a Alex que huyera hacia la otra punta del tren. Vio su leve reflejo enmarcado en el cristal. Parecía empequeñecido y pálido. Le invadió entonces una sensación que le resultaba conocida, esa sensación paralizante de estar atrapado para siempre en aquella fotografía de su infancia, esa criaturilla indefensa.

Echó a la fuerza el aliento tembloroso y masculló en voz alta:

—¿Qué estás haciendo, Alex?

Cruzó la puerta de regreso.

Los humanoides no se movieron cuando volvió a entrar. Se quedó de pie con la espalda pegada a la puerta mientras trataba de hacer acopio de valor, pensar en algo que hacer. Se metió la mano muy despacio en el bolsillo y cerró los dedos en torno a los sobrecitos de sal de la cafetería. Dio un cauteloso paso al frente.

No sucedió nada.

El chirrido del tren tronaba con la misma cadencia estrepitosa que los latidos de su corazón. Otro paso. Nada. Otro paso. Otro más.

La máquina más próxima se levantó disparada. Medía seguro más de metro ochenta, con un brillo en la cara bajo la luz del techo. Tenía clavada en él la mirada ciega de los lentes oscuros.

Alex comenzó a retroceder. La máquina permaneció en el sitio, como si lo vigilara. Entonces vino por él.

Cuando Alex llegó a la altura de las puertas del centro del vagón, el humanoide soltó el brazo como un relámpago negro.

En realidad, más que esquivar el golpe, Alex se trastabilló y se cayó hacia atrás, pero eso bastó para situarlo fuera del alcance del robot. El puño enguantado del gigante le pasó violentamente por encima de la cabeza y se estampó contra la barra vertical de acero junto a las puertas, dobló el metal y arrancó la barra del techo.

Alex retrocedió de espaldas por el suelo, con las manos y los pies, y el robot fue detrás de él con grandes zancadas. Se levantó y se lanzó hacia la puerta del siguiente vagón. La puerta no se movió.

Trató de abrirla a tientas, desesperado, y se dio la vuelta justo a tiempo de ver otro golpe violento que se le venía a la cabeza. Cuando se agachó, el puño de la máquina atravesó el grueso cristal de seguridad de la puerta y, al intentar retirar el brazo, la manga del pesado abrigo se enganchó en los cristales rotos del panel. Se quedó allí, atascado de forma momentánea, tratando de liberarse con una serie de tirones silenciosos.

Alex estaba atrapado, retenido contra la puerta por la máquina y sus forcejeos. Olía a monedas, a aceite y a sudor. Rebuscó frenético en el bolsillo, sacó dos sobrecitos de sal, los abrió con los dientes y percibió el sabor salado. Sin pensárselo, los aplastó contra la malla metálica que formaba la boca del humanoide y los raspó con fuerza contra la rejilla.

El robot dejó de moverse, de forma abrupta.

Alex lo empujó, se liberó y salió tambaleándose hasta quedar fuera de su alcance. Se detuvo. La máquina seguía sin moverse.

No sabía qué le haría la sal, pero tampoco se esperaba aquello. El robot permanecía inmóvil, apretado contra la puerta, con el brazo aún retenido en el cristal destrozado. Alex volteó hacia el otro. Estaba sentado sin moverse, con la cabeza baja. Volvió a mirar a la máquina que tenía a su espalda. Inerte.

El tren seguía su camino traqueteando con estruendo, indiferente.

Alex probó a moverse hacia el centro del vagón. Ahora mismo, su plan no iba más allá de bajarse vivo del tren en la siguiente parada, fuera cual fuera. No podía faltar mucho ya.

Se quedó de pie delante de las puertas, murmurando un "vamos" sin quitarle ojo al robot sentado junto al estuche del instrumento musical. A su espalda, se oyó un golpe escalofriante y el ruido de una rasgadura.

La máquina de la puerta había vuelto a la vida, y se había vuelto loca. Le dio un puñetazo furioso a la puerta y terminó de destrozar el cristal. Cuando se liberó, se le rajó la manga del abrigo, que dejó a la vista un brazo que parecía una viga metálica. Se giró sobre sus talones y fue dando tumbos por el pasillo hacia Alex, girando ambos puños como unas aspas salvajes, lanzando a ciegas una ristra de puñetazos letales en el aire.

Horrorizado, Alex vio que el otro robot también se despertaba. Se levantó bruscamente y se quedó de pie como si estuviera vigilando a su compañero. Entonces, echó a correr por el pasillo hacia Alex.

Estaba atrapado en el medio. Buscó frenéticamente más sal en los bolsillos. Cerró los dedos en torno a los dos últimos sobres y sacó la mano… demasiado deprisa: abatido vio cómo se le escapaban de la mano, cruzaban tímidos el vagón y desaparecían debajo de los asientos.

Ya casi tenía encima al humanoide desquiciado. De hecho, podía ya sentir el aire del giro salvaje de sus brazos. Presa de un instinto desesperado, Alex se lanzó al suelo. Se llevó los brazos a la cabeza, cerró los ojos y aguardó a que le cayera la lluvia de golpes.

Nada. Transcurrió un segundo. Alex se obligó a abrir un ojo. Después se le abrieron los dos como platos.

La máquina enloquecida había pasado junto a él y ahora se echaba encima de su compañero. El otro humanoide estaba de pie en el pasillo, como si conservara la calma. Cuando se acercó su gemelo enfurecido, fue retrocediendo con pasos cortos para mantenerse fuera del alcance del movimiento de sus brazos hasta que se encontró otra vez prácticamente al lado del contrabajo, Allí se detuvo. Cuando el robot enloquecido volvió a ir por él, el segundo humanoide levantó los brazos para repeler el asalto y se lanzó después en un feroz contraataque.

Alex se apretó contra las puertas mientras veía a los dos gigantes ir el uno hacia el otro e intercambiar unos terroríficos golpes metálicos. Saltaban chispas al lanzarse ambos volando por el vagón, destrozaban los asientos y reventaban las ventanillas con la cabeza, los puños y los codos. Sin embargo, el humanoide desquiciado por la sal no dejaba de ceder terreno. Retrocedía hacia Alex.

El tren comenzaba por fin a detenerse, y Alex pudo ver las luces de una estación de metro que se acercaba a una dolorosa cámara lenta. Con la batalla de aquellas dos máquinas prácticamente encima, Alex tiró de la puerta y pulsó varias veces con el dedo el botón de apertura. Por un segundo, sintió una enorme mano metálica en la mochila, casi con delicadeza. Entonces cayó al andén y se escabulló por el suelo a toda prisa para esconderse, cuando los dos robots se precipitaron fuera del vagón, detrás de él.

Las dos máquinas se levantaron intercambiando golpes en la estación desierta. El robot loco sujetó por la muñeca a su compañero y le lanzó una lluvia de puñetazos en la cabeza mientras intentaba regresar al tren. Las puertas del vagón se cerraron. Con un impulso violento, el otro robot se soltó y tumbó a su clon desquiciado.

El tren había comenzado a moverse de nuevo. El robot echó a andar con unas zancadas furiosas y, cuando el último vagón paso a su lado, lanzó un brazo, hundió la mano en la parte de atrás como si fuera un gancho y dejó que el tren lo arrastrara.

Agazapado detrás de un banco, Alex le echó un último y apenado vistazo al estuche blanco del contrabajo dentro del vagón vacío y maltrecho que se adentraba en el túnel. Con las piernas y los brazos abiertos, a un par de metros de distancia, el robot enloquecido se agitó inútilmente tirado en el suelo, se levantó y se acercó al borde del andén dando tumbos, como si estuviera borracho.

En un impulso irracional que le sorprendió a él mismo, Alex irrumpió desde detrás del banco y se lanzó desesperado a la carga con el hombro contra su espalda. Fue lo mismo que chocar con un muro de ladrillo. Cuando salió rebotado y dolorido, la máquina se giró de golpe y soltó el brazo a lo loco. El golpe apenas alcanzó a Alex, y fue la mochila lo que se llevó la peor parte, pero, aun así, la fuerza lo envió despatarrado al suelo.

Al mismo tiempo, aquello bastó para que el robot se balanceara y perdiera el equilibrio. La máquina cayó de espaldas y se precipitó a las vías con un sonoro clang metálico.

Alex reptó hasta el borde del andén y lo vio allí, tirado e inmóvil, boca arriba; entonces, retrocedió de un respingo cuando el robot volvió a ponerse en pie. La máquina no le prestó ninguna atención y salió enloquecida entre sacudidas, agitando los brazos, en la dirección por la que había desaparecido el tren.

Alex se percató de que había estado conteniendo la respiración. Echó un vistazo hacia el humanoide, que se esfumó por el túnel. Unos ruidos metálicos lejanos en el murmullo de la oscuridad. Alguna chispa, quizá. Después… nada.

Se miró de arriba abajo. Parecía que aún se encontraba de una pieza. Se dio un masaje en el hombro dolorido y valoró la posibilidad de saltar a las vías y adentrarse en el túnel, pero la descartó. Aunque consiguiera alcanzar aquel estuche de contrabajo, aunque el robot desquiciado no anduviera al acecho en la oscuridad dispuesto a pulverizar todo aquello que se le acercara, él solo no podría hacer nada.

Tenía su plan, hasta donde llegara. Había que ceñirse a él. Era todo lo que tenía.

Hacía frío en el andén. Sintió un escalofrío. Más arriba se oían voces, pasos acelerados por las escaleras. Trabajadores del metro. Una cámara de seguridad lo miraba impasible desde lo alto. Echó a correr a toda velocidad hacia la salida y se agachó al pasar junto a dos hombres de uniforme, antes de que pudieran atraparlo. Hizo caso omiso de sus gritos, corrió, ascendió y salió, a la paz de la noche.

XII

AL SUR, Y DESPUÉS CON LA MUERTE EN LOS TALONES

Poco después de las seis de la mañana del día siguiente, el primer tren cruzaba París en dirección sur, hacia Fontainebleau.

Dolorido y agotado, Alex se tumbó en un vagón vacío. Le martilleaba la cabeza, la apoyó en el cristal frío de la ventana, vio aquella ciudad blanca tan irreal que se deslizaba ante él en la oscuridad y luchó contra el arrullo de aquel movimiento al tratar de mantenerse despierto.

Después de su huida del metro, se había pasado la noche dando tumbos, cauteloso y asustado, dando vueltas a un recorrido por los alrededores de la Gare de Lyon, a la espera de que la estación abriera y comenzaran a salir los primeros trenes. Fueron largas horas de caminar a oscuras, con paso lento por la nieve mugrienta, metiéndose por callejones y callejuelas, agazapándose en las escaleras de entrada a los sótanos y acurrucándose para calentarse sobre unas misteriosas rejillas de ventilación de las que salía vapor, sin dejar de ver la silueta de unos robots, de un hombre alto y de una niña que salían de cada sombra, al acecho. Más de una vez tomó la decisión de acudir por fin a la policía, o de abandonar y regresar a casa. Pero allí seguía. Metido en ello.

Le dolían todas las extremidades del cuerpo... Bueno, los que podía sentir, digamos. Todavía tenía los pies entumecidos por el frío. Por lo menos, la calefacción estaba encendida. Se acurrucó sobre el radiador al lado de su asiento, dio un buen trago del café que había pagado en la estación y un mordisco desganado a un cruasán seco. Estaba seguro de que tenía mucha hambre, pero el vacío del estómago se había contraído en un nudo ácido y nauseabundo. Dolorosas y exhaustas, sus extremidades fueron volviendo a la vida de manera gradual.

Se quedó dormido durante un rato, y soñó mientras dormía. Soñó con su abuelo, y vio cómo aquel sueño daba vueltas y caía y desaparecía como el agua por un desagüe. La negrura ascendió y salió a borbotones, girando en espiral como una sombra que se expandía, alta y delgada. Y aquella sombra se movía por aquí y por allá, dando saltos como un grillo de otro mundo, lo inundaba todo de negro con un chirrido y un traqueteo. Entonces, el sueño de las sombras se desvaneció en las tinieblas. Por último, soñó que estaba llorando. Se despertó.

Las luces titilaban al pasar por el exterior. Alex dejó la mochila en el asiento de al lado, metió la mano y sacó la caja blanca que contenía el robot. A pesar del cojín que formaba la ropa a su alrededor, estaba un poco aplastada por el puñetazo del humanoide. Sacó de ella la cajita antigua, la original, y sintió alivio al verla intacta; por último, sacó el juguete de latón, impoluto en su mano. Se quedó allí sentado, estudiándolo con el suave balanceo del tren. En aquel entorno extraño, con la luz descarnada, aquella cara caótica y ansiosa que tenía le pareció más fea que nunca.

—¿Ves lo que hiciste? —murmuró Alex desmoralizado—. Debería tirarte debajo del tren y dejar que te pasara por encima.

Los ojos vacíos del robot miraban hacia arriba.

—¿Qué me puedes contar? —susurró—. ¿Qué hago?

El tren avanzaba con un ruido suave, como si no quisiera despertar a nadie. Con el juguete en la mano, Alex empezó a cabecear para volver a quedarse dormido. Y entonces lo notó. La misma sensación que había experimentado en su cuarto. No podía apartar la mirada del robot, quitarle los ojos de encima a aquellos dos agujeros negros devoradores. Sin embargo, por el rabillo del ojo percibió que el vagón parpadeaba, cambiaba a su alrededor.

Sintió que un puño helado le agarraba el corazón, una inmensa soledad. Pero algo era distinto. Antes, la sensación fría y melancólica le había provocado náuseas. Esta vez, transcurridos varios segundos, comenzó a sentir que reconocía su caricia, casi se podía acomodar en su abrazo sombrío. El dolor se desvaneció.

Siguió así sentado durante lo que le pareció un rato largo, hasta que, en la lejanía, oyó que se abría la puerta del extremo del vagón. Alzó la mirada, y sintió como si estuviera levantando la cabeza metida en melaza.

Habían entrado tres adolescentes que se dirigían hacia él balanceándose entre las barras verticales, bajo el parpadeo negro de la luz amarillenta. El celular de uno de ellos emitía el ruido enlatado de una música que sonaba endeble y ridícula.

Los sentidos de Alex se elevaron, suspendidos en el aire y, desde allí, observó cómo se acercaban, riendo y señalándolo mientras él se inclinaba despeinado sobre su robot, con los ojos llorosos. No entendió lo que decían, pero supo que le estaban reprochando que se entretuviera con juguetes; es más, sabía perfectamente que eso no era más que una excusa para lo que estaba a punto de suceder.

Hasta vio la corriente que iba de uno a otro, la serie encadenada de pequeños intercambios y gestos. La dilatación de las pupilas de sus ojos, el pulso que se les aceleraba en el cuello, el olor químico de sus síntomas conforme los tres chicos se iban alterando, y esperó a ver cómo empezaba todo, quién era el primero. Entonces se percató de que dos de ellos miraban con ansia al tercero, al cabecilla. Era como si estuviera viendo reproducida una escena que ya había estudiado muchas veces.

Sin duda, aquel chico iba a quitarle el juguete. Se tomaron su tiempo para desplazarse por aquella atmósfera densa y palpitante. Aún estaba a un metro y medio de distancia y empezó a levantar una mano muy despacio, preparándose para soltar una bofetada.

—Quiero que me dejen en paz y se larguen —se oyó decir a sí mismo Alex con una voz distante; como la caricia de una brisa, tuvo la ligera sensación de que las palabras salían de sus labios, se desplazaban.

El rostro del otro chico se vio invadido por un horror absoluto, por la pena. Se tambaleó suavemente hacia atrás y se derrumbó contra sus amigos, que tardaron una eternidad en bajar la cabeza hacia el suelo para mirarlo, confundidos. Se vino abajo poco a poco, asfixiándose, agarrándose la garganta, jadeando unos ruidos apenas audibles. Alex seguía sentado, observando aquello en la luz vibrante, y oyó en la distancia los gritos de los otros dos, que sacudían al chico que se ahogaba. En plena desesperación, tenía los ojos desorbitados, en blanco, y se perdían.

—¡No! ¡BASTA!

Aquella voz sonó enérgica. Alex se dio cuenta de que era la suya propia. Su mente regresó a él de golpe, como si la trajera el extremo de una goma elástica cósmica que alguien hubiera tensado en exceso y después la hubiera soltado. La aceleración le produjo náuseas. Una marea de dolor le volvió a inundar la cabeza y el hombro.

Entre arcadas, el chico del suelo se levantó dando tumbos y se marchó enseguida a trompicones, sin echar la vista atrás. Los otros dos clavaron primero la mirada en Alex y luego se miraron entre sí. Se echaron a correr detrás de su amigo.

Alex se quedó sentado jadeando, con la cabeza apoyada en las manos. Sintió la presión del latón frío en el latido de la sien. Retiró la mano, estudió el robot y apartó la mirada. Metió el juguete en la caja y la guardó en el fondo de la mochila.

Tenía un fuerte temblor en las manos. Se apoyó en el respaldo del asiento y miró el paisaje oscuro y nublado que pasaba volando en el exterior. Su reflejo le devolvía una mirada solemne desde el mundo fantasmal de la ventanilla. Intentó averiguar qué estaría pensando.

Poco después, el tren se detuvo en una estación pequeña, de color blanco liso, FONTAINEBLEAU AVON, que brillaba espectral en la oscuridad de primera hora de la mañana. No eran ni las siete. Unas pocas personas desperdigadas rondaban por el lúgubre andén, envueltas en bufandas y gorros para protegerse del mal tiempo.

Alex localizó a un empleado ferroviario que estaba ocupado con los folletos de un mostrador en el interior de la estación, un hombre bajo con un poblado bigote gris y las cejas disparadas. Se acercó a él y se aclaró la garganta.

—Eh… *pardonnez-moi.*

El ferroviario se dio la vuelta con el ceño fruncido y un bostezo.

—*Il y a un…* Mmm. ¿Habla usted mi idioma?

Las arrugas de la frente del hombre se volvieron más profundas. Hizo un gesto negativo con la cabeza.

—Tengo que llegar a Barbizon. ¿Barbizon?

—Barbizon —asintió el hombre.

—¿Hay algún… *il y a un autobus?*

El empleado ferroviario arqueó las cejas.

—¡Ah! —dijo—. *Non.*

El hombre le mostró su reloj de pulsera a Alex, dio unos golpecitos sobre la esfera, le dijo que no con la cabeza y se encogió de hombros. Recogió un buen montón de folletos maltrechos y se marchó hacia su puesto en la taquilla.

Alex se encogió de hombros igual que él. Cuando se dio la vuelta distraído hacia el mostrador, los ojos se le quedaron clavados en un folleto que estaba en inglés: *Rutas a pie por Fontainebleau.*

Lo abrió y se desplegó un mapa poco detallado de la zona que Alex comparó con el apresurado diagrama que él había dibujado en el cibercafé. Allí estaba Barbizon, más o menos hacia el noroeste. No parecía demasiado lejos. Estudió el folleto un poco más, se lo guardó en el bolsillo y se dirigió al exterior, hacia la negra mañana del invierno, de vuelta al frío.

La nieve había dejado de caer, pero había bastante acumulada en el suelo. Dejó atrás la estación y se paseó bajo las luces de una ciudad que se desperezaba poco a poco; después salió por una calle ancha, oscura y desierta, que no tardó en quedar engullida por una maraña de árboles a ambos lados, al adentrarse en un bosque inmenso, silencioso y oscuro.

Una hora y media después, seguía caminando con paso lento por aquel bosque. La nieve iba y venía a intervalos. El pedazo de cielo que tenía sobre la cabeza se fue destiñendo lentamente, de un oscuro azul marino a un violáceo, y después a un gris plomizo. Por lo demás, el paisaje seguía siendo el mismo. Por delante, nada que no fuera una infinita carretera blanca que se adentraba sombría entre la espesura de unos árboles negros y espinosos. A su espalda, más de lo mismo.

Sentía las piernas de plomo. Tenía demasiado calor en el cuerpo, y un frío doloroso. De vez en cuando, se ponía en tensión cuando algún coche solitario pasaba como un silbido, con las luces de los faros que teñían de color la nieve, la imagen borrosa de unos conductores que se quedaban mirando a aquella desconcertante figura que recortaba su silueta contra la palidez de la mañana.

Oyó un golpe suave entre los árboles y se llevó un susto de muerte. Se dejó caer en cuclillas, forzó los ojos cansados y escrutó desesperado el paisaje neblinoso entre los árboles en busca de movimiento. A la séptima u octava vez que sucedió lo mismo, al fin vio que sólo eran unos montones de nieve que caían de las ramas negras de los árboles.

Finalmente, llegó a un cruce que esperaba reconocer por el mapa. Otra carretera vacía atravesaba la calzada sobre la que se encontraba Alex y desaparecía hacia la izquierda, entre más árboles. Un rato después salió a un paisaje de campos sembrados, llano, bajo un cielo uniforme de nubes bajas. Lejos, a su derecha, se oía el rumor de un avión pequeño sobre un campo a lo lejos, un puntito difuso en el aire. Volvía a nevar, unos copos finos que le aguijoneaban en las mejillas.

Sintió otro gran retortijón de gases en el estómago. Se había comprado un chocolate con pasas en la estación de París, pero había sido incapaz de lidiar con él, y ahora lo buscó en el bolsillo lateral de la mochila, donde lo había metido. Se quedó de piedra cuando sus dedos sintieron el roce de algo inesperado. Algo frío y con aristas.

Dejó la mochila en el suelo con precaución, retrocedió y se detuvo a observarla. Respiró hondo y se lanzó por la mochila, metió la mano dentro tan rápido como pudo y la volvió a sacar.

El robot que tenía en la palma era muy pequeño, de color verde caqui, de entre siete y ocho centímetros de alto y absoluta-mente inerte. Se le movía la cabeza, que era un círculo más o menos plano, como si la tuviera suelta, como un platillo hueco, con una púa afilada que sobresalía en el centro. Por encima y por debajo de aquella púa tenía pintados unos ojos grandes y una boca feliz y sonriente. Se le había doblado por la mitad el cuerpecillo, tan fino, casi hasta llegar a partirse en dos.

Un nervioso caleidoscopio de pensamientos le daba vueltas a Alex en la cabeza. Vio fugazmente la imagen de los dos humanoides peleándose en el vagón del metro: uno de ellos había intentado agarrarlo y lo había tirado de la mochila junto a la puerta... ¿Y le había metido aquello? Sintió un escalofrío cuando su cuerpo recordó cómo impactó en la mochila el salvaje puñetazo del otro gigante mecánico... ¿Y lo había aplastado? ¿Lo había matado?

Se echó a reír con una carcajada histérica y triunfal, dando zapatazos sobre la nieve en un pequeño baile de celebración.

Fascinado, observó de cerca aquella máquina, la giró, estudió la tosquedad de las soldaduras, las juntas diminutas de sus extremidades inertes, la ingeniosa pintura de la cara, que a la vez recordaba a un dibujo infantil. Tenía una grieta minúscula, como un pelo, en el lugar donde estaba abollado. Pasó el dedo por allí, y brilló la humedad. Condensación, pensó Alex, pero entonces le dio un vuelco el estómago cuando lo recordó: "fragmentos de personas". Con un estremecimiento involuntario de repulsión, dejó caer el robot.

Aterrizó de cabeza contra su pie y, al golpearse y salir rebotado, la cabeza quedó dispuesta en otro ángulo. Con un repentino ¡rrrr!, comenzó a agitar los brazos con espasmos. Se sentó en la nieve con el cuerpo maltrecho en una inclinación extraña. Aunque plenamente activo.

—Ah, eso está genial, Alex —se dijo—. Bien hecho, sí, señor. Fue brillante.

El robot minúsculo levantaba la cabeza y la giraba. Le recordaba a algo. En cuanto lo pensó un poco, encontró la respuesta: una antena parabólica.

Se dio la vuelta en círculo con una súbita desesperación, en busca de alguna señal de algo o de alguien que lo estuviera siguiendo. No había nada, sólo el paisaje nevado de la carretera, los árboles, las llanuras sembradas, aquel avión pequeño que zumbaba en el cielo grisáceo.

Levantó el pie con la idea de aplastar el robot contra el suelo, pero la máquina le saltó hacia la pierna con gran agilidad y comenzó a treparle por los pantalones, encaramándose por la parte de atrás y moviendo con velocidad los brazos largos y delgados.

Durante el siguiente minuto, cualquiera que pasara por allí habría visto a un chico entregado a una especie de danza extraña y curiosa junto a la carretera, inclinándose hacia delante, dando vueltas y retorciéndose, como si se propinara puñetazos a sí mismo por el cuerpo. Por fin lo atrapó y se quedó sujetándolo mientras el robot se retorcía, tratando de decidir qué hacer con él. Pisotearlo. Enterrarlo.

Se metió en la cuneta de la carretera y empezó a abrir un agujero en la nieve a base de puntapiés, mientras el robot se agitaba con debilidad en su mano. El avión sonó más fuerte, con un gemido agudo. Alex miró hacia el cielo y pensó que quizá se tratara de alguna jugarreta del paisaje nevado, que distorsionara, amplificara e hiciera más grave el sonido. El avión no parecía estar más cerca. Trató de concentrarse en él y se dio cuenta de que se estaba haciendo bizco.

Parpadeó y volvió a mirar. El zumbido sonaba más fuerte, más furioso. Escalofriantemente conocido. No era un avión pequeño en el horizonte, ni mucho menos. Era algo mucho más pequeño y estaba mucho mucho más cerca.

Mientras la observaba, aquella mota negra y vibrante se dividió en dos, un par de puntos cada vez más grandes y alineados, el uno al lado del otro. Su zumbido similar al de un mosquito sonaba furioso. Dos voladores. Venían disparados y directo hacia él.

Alex se tiró al suelo en la cuneta cuando se lanzaron en picada por él, en estéreo. Cuando asomó la cabeza, ya estaban en el otro lado, elevándose, virando, volviendo.

El único refugio que veía estaba entre los árboles. Salió de la cuneta desesperado con ayuda de las manos y los pies y se echó a correr por la carretera. Tenía nieve en la boca. El robot que tenía agarrado en la mano brillaba al subir y bajar con el movimiento brusco de sus brazos en el aire. Oyó el zumbido mecánico, muy cerca, se lanzó cuerpo a tierra y sintió el contacto del volador en el pelo.

Ya estaba a medio camino. Los árboles negros lo esperaban más adelante. A su espalda, los voladores trazaban un arco en las alturas con un murmullo ansioso. Embargado por una idea que lo había estado royendo por dentro desde el tren, se levantó de golpe y rebuscó en la mochila. Sacó las cajas, las tiró a un lado y se dio la vuelta con el brazo en alto para mostrar al cielo el robot de latón.

Permaneció allí empuñándolo como si lo que tuviera en el puño fuera una antorcha ancestral y poderosa. Sostenía el núcleo de todo aquello, tan extraño, tan violento, tan misterioso. La profecía de Marvastro, el oráculo mecánico, había sido "poder". Pues bien, aquí estaba. Alex se irguió bien alto y canalizó todo su pensamiento, toda su voluntad, hacia aquel juguete viejo y raro; en silencio, dio la orden de que los voladores explotaran, que cayeran del cielo envueltos en llamas.

No pasó absolutamente nada.

Se sorprendió al percatarse de que le había dado tiempo hasta de sentirse como un estúpido. Los objetos voladores venían chirriando a toda velocidad. Se lanzó al suelo y sintió un corte en la oreja. Levantó la cabeza y vio que había dejado una mancha roja en la nieve. Se puso en pie dando tumbos y se echó a correr, ahora con un robot en cada mano.

La respiración entrecortada le agitaba el pecho. Las piernas exhaustas se le resbalaban y se tropezaban. Miró hacia atrás. Algo lo arañó en la cara y lo volvió a tirar al suelo.

El golpe lo dejó sin respiración. La máquina voladora descendió en barrena, girando salvaje y directo hacia su cuello. Con un grito ahogado, Alex rodó para apartarse y se revolcó por la nieve. Se levantó. El volador estaba suspendido en el aire delante de él. Se acordó del otro, aunque demasiado tarde. Notó el silbido de un latigazo en la parte posterior de la cabeza, que lo hizo caer de rodillas.

Ya casi estaba en los árboles.

Comenzó a correr en zigzag mientras los voladores se reagrupaban. El rumor de sus chirridos alcanzó un nuevo desenfreno cuando Alex, en un acto desesperado, se lanzó de cabeza y cayó por fin entre los árboles, y se arrastró para adentrarse más todavía en la maraña de un matorral de ramas finas que le arañaban la cara.

Con dificultad, se dio la vuelta y echó un vistazo. Uno de los voladores estaba afuera, más allá de los árboles, suspendido en el aire con movimientos nerviosos. El otro había entrado en el bosque y zumbaba monótono entre los troncos finos, con aquellos bracitos sanguinarios en guardia: la cuchilla y el gancho.

El robot se movía despacio, buscándolo. Tan silencioso como pudo, Alex volvió a guardar su robot viejo de juguete en la mochila. Al cambiar de postura para no perder el equilibrio, agarró con la mano algo duro que había en el suelo: una rama rota y medio enterrada en la nieve congelada. Se metió en el bolsillo de la chamarra el robot con cabeza de parabólica, que no dejaba de forcejear, y deslizó el cierre. Se puso a tirar de la rama para liberarla.

El volador ya casi se le había echado encima. Alex se levantó disparado y soltó un golpe con la rama como si fuera un bate de beisbol. El robot trató de esquivarlo, pero no fue lo bastante rápido. Alex lo lanzó contra un árbol. El golpe fue tremendo, y la máquina cayó al suelo del bosque. Antes de que pudiera volver a despegar, Alex ya le había puesto ambas manos encima.

El volador empezó a lanzarle unas cuchilladas frenéticas. Alex intentó estamparlo contra el árbol, contra el suelo, pero el empuje de la hélice de la cabeza del robot era demasiado fuerte. Mantenerlo sujeto era todo lo que podía hacer.

El otro volador, en guardia fuera de la arboleda, zumbaba furioso y se sacudía arriba y abajo, muy enojado. Más allá, el paisaje estaba vacío, tan blanco y tan apacible como una aburrida postal de Navidad. Más lejos aún, por la carretera neblinosa, Alex pudo ver un camión grande que avanzaba despacio hacia él, con unas sirenas naranjas encendidas en la parte de adelante y en la parte de atrás.

Lentamente, obligó al volador a descender y lo sujetó contra el suelo con toda la fuerza de su peso, con la esperanza de que eso al menos le impidiera seguir arañándole tanto las manos. Tenía los brazos entumecidos del frío y del esfuerzo. Se aferró desesperado.

El camión se estaba acercando. Ya podía oír el ronroneo constante por encima del zumbido furibundo de los voladores. Alex se quedó mirándolo con una lejana añoranza: era la confirmación de que aún existía un mundo normal, aunque Alex ya no formara parte de él. La zona trasera del vehículo iba rociando una nube fina. Analizó aquello con el área más tranquila de su cerebro: un quitanieves pasaba por la carretera e iba echando sal para fundir la nieve.

El robot volador daba fuertes tirones en el escozor de sus manos. El robot que tenía en el bolsillo le hacía unas tristes cosquillas en el estómago.

"Están echando sal."

Alex irrumpió de entre los árboles y agarró por sorpresa al volador que estaba a la espera. Cruzó la nieve disparado hacia el camión, que ya se encontraba casi a su altura, y no le pasó desapercibido que el robot volador a su espalda se elevaba de nuevo. El que tenía agarrado le estaba dejando las manos hechas un desastre de sangre pegajosa, pero lo sujetó con fuerza.

Salió a la carretera y estuvo a punto de caerse de bruces cuando se agachó a coger un puñado de aquella arenilla que iba soltando el camión. La frotó con fuerza contra la máquina pequeña y malvada que tenía en la mano, que dejó de forcejear al instante. Cogió más y se metió otro puñado en el bolsillo, agarró el robot que tenía allí dentro y lo frotó bien en la sal.

Se echó a correr detrás del camión, que rodaba muy despacio; se sacó el robot del bolsillo y lo juntó de golpe con el volador. Las dos máquinas se movían perezosas, pero no hacían ningún intento por liberarse. Al llegar a la altura del camión quitanieves, Alex lanzó los robots con mucha fuerza y los vio describir una curva por encima del lateral y caer en el inmenso cargamento de sal.

Alex se detuvo a trompicones, se dobló hacia delante, boqueando en busca del aliento, y vio que el camión se alejaba con su ruido sordo hacia las profundidades del bosque. Entonces se cayó al suelo, cuando el otro volador lo impactó en la cabeza.

Al darse la vuelta, medio aturdido, boca arriba sobre la carretera, vio que el robot alcanzaba una gran altura sobre él, giró en el aire y se zambulló en picada como un kamikaze, descendiendo disparado como una centella envuelta en un chillido.

—Todavía no —dijo Alex.

Se obligó a permanecer inmóvil, tumbado, viéndolo venir.

—Todavía no.

Ya estaba tan cerca que Alex podía ver que venía con los brazos estirados hacia delante, como el superhéroe de un cómic antiguo, con la cuchilla y el gancho directo hacia sus ojos.

—Perfecto.

Con la pequeña máquina a menos de un metro sobre él, Alex agarró con violencia dos puñados de nieve con sal y los aventó en el aire. Los dos montones estallaron en una nube caótica que rodeó al robot.

Una lluvia de escarcha arenosa le cayó en la cara. Algo más pesado le cayó en el pecho. Alex se frotó los ojos y levantó la cabeza para encontrarse al pequeño volador allí sentado, aturdido y abatido encima de él.

Se levantó, se llevó al robot hacia los árboles y lo tiró hacia el bosque, tan lejos como pudo. Tenía las manos cubiertas de arañazos ensangrentados. Se agachó, las metió en la nieve, la compactó sobre las manos y las mantuvo allí debajo hasta que ya no pudo aguantarlo más.

Volcó la mochila y lo vació todo en el suelo en busca de más sorpresas. Nada. Recuperó las cajas que había tirado y guardó el viejo robot de juguete. Sentado en el tronco de un árbol caído mientras esperaba a que se le desacelerase el pulso, de pronto sintió un hambre voraz y le hincó el diente al chocolate. Observó el día a su alrededor, aquella luz cambiante sobre Francia. Se levantó, se sacudió las zonas de la ropa más perjudicadas por aquel desastre y continuó avanzando por la carretera.

XIII
VILLA COMODONA

La entrada de Alex en Barbizon acentuó la sensación que tenía de haberse desviado muy lejos de la realidad. Aquel lugar era una pequeña y curiosa colección de edificios de piedra, como si alguien lo hubiera sacado de otra época, un paisaje de Hansel y Gretel, de casitas de galleta de jengibre glaseadas con nieve, y lo hubiera dejado caer al borde del bosque.

Había poca gente en la calle. El pueblo daba la impresión de estar cerrado durante el invierno. Recorrió sigiloso y precavido unas callejuelas estrechas y preguntó sin éxito en una cafetería, en una pastelería y en una galería de arte que no tenía nada expuesto. Nadie conocía una casa que se llamara Villa Comodona.

El frío se le había metido en los huesos y le amortiguaba el pánico, el dolor y el miedo, hasta convertirlos en un zumbido acallado. Había seguido caminando más allá del agotamiento, mecánicamente, como si alguien le hubiera puesto una llavecita en la espalda y le hubiera dado cuerda.

Por fin, una señora muy digna que paseaba a un perrito blanco y peludo asintió con la cabeza, señaló con el dedo y le dio unas vagas indicaciones en inglés. El perro no dejaba de ladrarle a Alex en los tobillos, en un tono agudo. La mujer se quedó mirando su ropa sucia y sus manos arañadas. Con una despedida rápida y enérgica, se marchó con paso decidido mientras el perrito gruñía y tiraba de la correa.

Una carretera flanqueada por setos se alejaba del pueblo. Los rayos inclinados del sol tan bajo alargaban la desalentadora sombra de Alex por delante de él, sobre la nieve. De vez en cuando, pasaba por delante de alguna valla de hierro. Contó cuatro, se detuvo en la quinta, alejada del pueblo en un tramo apartado. Había una placa atornillada en el poste de la puerta de la reja.

VILLA COMODONA

Allí mismo colgaba en vertical una cadenita con un mango de madera muy desgastado. Alex estiró el brazo, vaciló y lo retiró. Miró un poco más allá, a lo largo de la carretera. Describía una curva y desaparecía. Alex se apartó de la reja y dejó que su sombra le abriera paso más allá de aquel recodo.

No había más casas, nada que no fuera una carretera flanqueada por árboles y campos desiertos a ambos lados, que se inclinaban en unas pendientes donde volvía a comenzar el bosque verdinegro. Siguió caminando hasta que contó doce árboles a su izquierda, entonces se detuvo y se alejó de la carretera.

Echó un vistazo cauteloso a su alrededor, se arrodilló al pie del árbol y escarbó en la nieve con las manos llenas de escozor. Apoyó la mochila en el tronco y sacó el robot de sus dos cajas. Rebuscó más hondo y encontró una bolsa de plástico arrugada, metió dentro el juguete de latón y la ató con fuerza. Metió la bolsa en el agujero, lo rellenó y compactó la nieve con cuidado de dejarla lisa. Por último, cogió más nieve y la espolvoreó por encima. Se levantó, volvió a guardar las cajas vacías en la mochila y estudió su obra. No se veía nada alterado en la nieve.

Doce árboles. Por si acaso, rodeó el tronco hasta la zona más alejada de la carretera, sacó las llaves de su casa y grabó una "A" pequeña en la corteza. Se quedó mirando las llaves con una súbita punzada de dolor. Se preguntó cuándo volvería a ver la puerta de su casa.

Regresó a la carretera y se detuvo al sentir una inseguridad repentina y dolorosa por dejar allí el robot, pero igualmente inquieto ante la idea de llevárselo a aquella casa sin saber lo que le esperaba. Todo aquel paisaje parecía teñido de una amenaza. Los robots voladores habían salido de la nada.

Estudió la senda de sus propias huellas sobre la nieve, un solo par, solitario y perfecto… que conducía justo al lugar donde había enterrado el juguete. No veía que pudiera hacer mucho al respecto. Se le ocurrió una idea. Regresó a la carretera y se dirigió hacia el siguiente árbol, llegó hasta él y lo rodeó; acto seguido volvió a la carretera y continuó haciendo lo mimo en los siguientes cinco árboles.

—Muy bien —se dijo en voz alta—. Vámonos.

En su recorrido de vuelta, rodeó diligentemente los otros once árboles por los que pasó, contento de que no hubiera nadie por allí que pudiera verlo.

Al llegar a Villa Comodona, tiró de la cadenita de la campana. No pareció suceder nada. La puerta de la reja chirrió cuando la empujó para abrirla. Un sendero que serpenteaba entre unos arbustos altos y densos lo llevó hasta una casa grande. Era un edificio largo de piedra, con cristales emplomados en las ventanas, de una sola planta en su mayor parte, salvo una torre achaparrada de tres pisos sobre la puerta principal: una construcción de estilo suizo a base de yeso blanco y vigas de madera oscura.

Oyó el crujido de sus pies sobre el escalón de la entrada. Miró hacia abajo y se le puso la carne de gallina al percatarse de que estaba pisando los restos de una gruesa línea de sal. El impulso de salir corriendo se apoderó de él, pero, al darse la vuelta para marcharse, supo que no podía hacerlo. Apenas era ya capaz de mover las piernas. Y, correr, ¿adónde? Todo su plan llegaba únicamente hasta aquella puerta. Más allá de ahí, no tenía nada. Esto era todo. Respiró hondo e intentó ensayar lo que iba a decir.

Su abuelo. Apuñalado. Se cayó. Y…

Junto a la puerta colgaba otra cadenita. Tiró de ella y sonó un carillón dentro de la casa. Nada más. Volvió a alargar la mano hacia la cadena.

—Quédate afuera donde pueda verte.

La voz venía de arriba. Alex retrocedió y alzó la mirada con los ojos guiñados. En la torre había una ventana entreabierta. Le apuntaba el cañón negro de una escopeta.

—¿Señor Morecambe?

Silencio. La escopeta se meneó.

—¿Quién eres tú?

—Soy Alex… Venía a verlo con mi abuelo, por el robot, pero… —se le hizo un nudo en la garganta—. Está muerto

—tragó saliva, miró al suelo y apretó los párpados al pestañear. Cuando volvió a mirar hacia arriba, la escopeta había desaparecido.

—¿Señor Morecambe?

Oyó el traqueteo de los cerrojos en la puerta y el roce de las llaves en varias cerraduras. Finalmente, la puerta se abrió.

Ante él apareció un hombre regordete de cincuenta y muchos años con un rostro rubicundo, arrebatado, el cabello negro salpicado de blanco peinado hacia atrás, vestido con unos pantalones negros de traje, una camisa blanca y una corbata de moño verde que parecía clavársele en el cuello. Miró a Alex fijamente, abriendo y cerrando la mano en la escopeta.

—¿Señor Morecambe?

—Llámame Harry, por favor —tenía un ligero acento que Alex no conseguía ubicar—. Pasa.

Morecambe se asomó afuera y echó un vistazo alrededor, mientras Alex entraba en la casa. Después, con el ruido de muchos roces y traqueteos, volvió a cerrar la puerta a cal y canto.

Se quedaron mirándose en un pasillo de color limón pálido, estudiándose el uno al otro, de manera incómoda. Una escalera ascendía al interior de la pequeña torre en una curva. En una vitrina, dos mosqueteros mecánicos antiguos mantenían sus espadas en ristre a ambos lados de un florero con un ramillete de flores de invierno.

—¿Tu abuelo está...? —empezó a decir Morecambe, y se detuvo. Le dio una palmada a Alex en el hombro—. Pareces medio congelado, como si vinieras de la guerra. Vamos a buscarte algo caliente de beber.

Con el ceño fruncido en un ademán muy serio, Morecambe lo condujo a una cocina grande y a media luz. Sacó una silla de debajo de una mesa de madera despejada y le hizo un gesto a Alex para que se sentara junto al fuego, que crepitaba junto a unos fogones de hierro negro. Alex lo hizo, agradecido, y sintió cómo el cansancio se apoderaba de él por completo.

Morecambe dejó la escopeta apoyada en el rincón, entre la puerta del jardín trasero y otra puerta cerrada. Abrió un armario, lo cerró, abrió otro.

—Bueno, pues aquí estamos. Pareces famélico. Voy a prepararte algo —se puso a hacer algo en la encimera, de espaldas a Alex—. Cuéntame qué pasó.

Morecambe escuchó sin interrumpirlo. Alex le contó todo…, todo salvo esa parte de los chicos del tren, cómo hizo que el cabecilla se asfixiara, la extraña sensación que tuvo con el robot. Algo lo impulsó a detenerse allí, una sensación un tanto vergonzosa, inconfesable. Cuando terminó y remató lo que le quedaba del café y del fino sándwich de queso, el atardecer ya oscurecía en el exterior. Flexionó los dedos, hizo una mueca de dolor y estudió los cortes que tenía en las manos, mientras esperaba lo que fuera que viniera a continuación.

—Dios mío —masculló por fin Morecambe, que se sentó con la cabeza baja, frotándose la frente con los ojos cubiertos por la mano.

—No sé qué hacer —Alex trató de incitarlo a hablar después de permanecer sentados en silencio durante unos segundos. Era como si aquella comida tan escasa no hubiera hecho sino aumentar su cansancio. Se derrumbó hacia delante, mirando a la mesa—: Sólo sé que el abuelo quería que llegara hasta ti, Harry.

Se levantó una ráfaga de viento, como un quejido de dolor, en los aleros de la casa.

—¿Lo viste… morir? —le preguntó Morecambe.

Alex abrió la boca. No salió nada. Asintió ligeramente y puso boca arriba las palmas de las manos en un gesto impotente de confirmación.

—Me dijo que tú podrías comprobar si el robot era definitivamente lo que él creía que era —consiguió decir por fin—. No sé qué tenía planeado después de eso, qué debería hacer yo ahora. Hay muchísimos detalles que no entiendo. Esa gente, esas… cosas. El "hombre alto", lo llamo yo. La niña. ¿Sabes quiénes son?

Morecambe estudió a Alex bajo la luz tenue. El brillo de la lumbre le bailaba en los ojos.

—No te contó nada, ¿verdad? —dijo Morecambe después de una larga pausa—. No, claro; puede ser así a veces. Tu abuelo. Un hombre de lo más irritante.

Alex levantó los ojos hacia él con una mirada fulminante, y aquel hombre empezó de pronto a caerle un poco peor. Las lágrimas le ardieron fugaces en los ojos y corrieron una cortina gris que se mecía entre ellos.

—Es parte de su encanto, podría decirse —se apresuró a decir Morecambe con ánimo de apaciguarlo, mirando para otro lado—. Y bien, ¿qué te puedo decir yo? Ese "hombre alto" del que hablas…, bueno…, tu abuelo y él se conocen desde hace mucho, ya sabes. Y a la niña también. ¿No lo sabías? Hace mucho. Más de lo que te puedas imaginar. Desde el mismo principio. Y ahora, aquí estamos, cerca ya del final.

Morecambe se levantó, recogió unas tazas y unos platos, se los llevó al fregadero y lo llenó de agua con jabón.

—Sí, hay mucho que deberías saber —dijo Morecambe volteando por encima del hombro—. Sobre tu abuelo y su historia. Al fin y al cabo, también es tu historia. No puedes saber nada de tu futuro si no conoces tu pasado. Y tú tienes que mirar ahora hacia tu futuro. Tu abuelo habría querido eso para ti. Pero, antes…, ¿lo tienes?

—¿Eh? —perdido mientras trataba de seguir el hilo de la conversación de aquel hombre, Alex se quedó mirándolo enmudecido y parpadeó.

—¿Tienes el robot de Loewy? —le aclaró Morecambe.

—Sí. Bueno, no.

Morecambe se dio la vuelta de forma brusca.

—¿No?

—En realidad, no lo traigo conmigo. Lo escondí, no muy lejos. Después de que me atacaran esas cosas, pensé que a lo mejor seguían cerca. Quizás hayan descubierto que venía hacia aquí.

—Sí, ya veo. Admirable. Bien pensado. Deberíamos ir ahora a recuperar el juguete y empezar a pensar en marcharnos de aquí, por si acaso. Entonces, podremos decidir nuestro siguiente paso. Y bien, ¿vamos a buscarlo?

Alex se frotó las manos con pesar y se puso de pie utilizando la mesa para apoyarse. Sentía las piernas flojas y la cabeza rebosante de preguntas. Morecambe, sin embargo, parecía emocionado, impaciente, y el propio Alex sintió una repentina inquietud por volver a tener el robot a salvo en su poder.

—Claro —asintió—. Vámonos.

Otra vez había empezado a nevar: unos nuevos copos gruesos que caían sobre la fina costra que se había helado desde la nevada anterior. El suelo crujía como si reventara bajo sus pies al caminar en silencio. En la luz, cada vez más tenue, la carretera parecía más solitaria, más siniestra, los árboles más negros y contundentes. Morecambe llevaba la escopeta en una mano. Alex se percató de que sus huellas de antes ya habían quedado cubiertas.

Al doblar el recodo, contó once árboles y se detuvo desconcertado. La nieve estaba muy alterada en la base del siguiente árbol, apilada alrededor de un agujero pequeño y profundo.

Se tiró al suelo y se puso a escarbar. Nada. Rodeó el árbol. Allí estaba la "A".

Oyó el graznido de un cuervo y le sonó casi como si estuviera riendo. Morecambe miraba horrorizado. No había ninguna necesidad de decirlo. Alex lo dijo de todos modos.

—Ya no está.

XIV
ALGO EN LA OSCURIDAD

Se apresuraron a regresar con las últimas luces del día, y Alex pudo oír a Morecambe, agobiado, que maldecía para el cuello de su camisa. Le costaba mantener el paso del hombre, a quien no parecía preocuparle dejarlo atrás.

Una nueva sensación comenzó a roerle a Alex en el estómago. Hacía un frío cortante en aquel anochecer, pero él estaba sudando, y era un sudor pegajoso, nauseabundo, de escalofríos. La idea de haber perdido el robot, de no volver a verlo nunca, no volver a tocarlo nunca, se repetía una y otra vez en su pensamiento, en un bucle que no se veía capaz de romper. La sensación de un dolor febril. Una nueva forma de temor. La nieve le quemaba en los ojos. La creciente oscuridad se le echaba encima.

En la puerta de la reja, Morecambe aminoró el paso y se aproximó a la casa con precaución, cada vez más nervioso. Se daba la vuelta de un lado a otro, y el arma daba bandazos hacia acá y hacia allá en unos movimientos desesperados. Una vez dentro, manipuló con prisas los cerrojos y dejó caer la espalda contra la puerta. Entonces se enderezó alarmado. Sin encender las luces, pasó por delante de Alex con un aire de urgencia en las zancadas y se dirigió a la cocina.

Allí, el tenue resplandor de una sola lámpara oscurecía todavía más la penumbra a su alrededor. Morecambe se quedó de pie en las sombras del rincón, mirando alternativamente hacia la puerta del jardín trasero y la otra puerta cerrada, a su lado. El sudor le brillaba grasiento en la frente.

—Tuvo que ser él —se dijo en voz alta.

Las manos de Morecambe sujetaban sudorosas la escopeta. Se separó la corbata del cuello con un aire tan asustado como emocionado, a partes iguales.

—Niño tonto —dijo con una repentina voz brusca—. ¿En qué estabas pensando? ¿Enterrarlo en la nieve? ¿Qué te crees? ¿Que esto es un juego de niños? ¿La búsqueda del tesoro? Y yo, que podría… podríamos tenerlo para nosotros solos.

—¿Qué?

Alex se sintió profundamente herido. Jamás había estado tan exhausto, pero, en los límites de aquella fatiga, había algo que le estaba picando, y ojalá tuviera la energía suficiente para concentrarse en ello. Los actos de Morecambe le chocaban mucho. Con todo el esfuerzo que le había supuesto llegar hasta allí, ni siquiera había intentado imaginarse cómo sería Harry, pero jamás se lo habría imaginado de aquel modo. Había una frialdad desconcertante en aquel hombre. A Alex le quemaba el dolor por su abuelo, un dolor que no cesaba, pero el amigo de su abuelo apenas se había inmutado con la noticia. Le preocupaba más el robot de latón. Pero, claro, Alex también sabía que aquel robot formaba parte de algo más grande. Quizá Morecambe tuviera sus razones.

—Sí, okey. Lo siento. No debería haberlo dejado afuera. No sabía lo que… —Alex se vino abajo, le flaquearon las piernas. Se desplomó en una silla—. No me siento bien. No sé qué es lo que se supone que tengo que hacer. No sé qué está pasando.

—No —Morecambe se frotó la nariz con el dorso de la muñeca, como si le picara—. Claro que no. Bueno, tampoco tardarás en saberlo. Él llegará enseguida, supongo.

—¿No deberíamos irnos? —dijo Alex, que empezó a ponerse en pie—. ¿No tendríamos que salir de aquí?

—No —Morecambe levantó el arma y casi apuntó a Alex—. Niño tonto. Tú te quedas. Nos quedamos.

Confundido y enojado de puro cansancio, Alex se inclinó hacia delante y apoyó la frente en la mesa. Se sentía fatal. Diversos puntos de dolor y de temor se le iban uniendo, y se le extendieron por las articulaciones. En el exterior ya estaba completamente oscuro.

—Me contó algo —dijo Alex sin levantar la cabeza—. El abuelo. Bueno, empezó a contármelo. Sobre el gólem. En Praga.

—Ah, ¿sí? —Morecambe lo miró con cara de desaprobación desde la otra punta de la cocina—. ¿Y qué te contó?

—Bueno, poco más. Empezó a hablarme del hombre que lo hizo, el gólem, quiero decir. Eso fue todo, prácticamente. En serio, creo que deberíamos salir de aquí.

Aquello último lo dijo casi a regañadientes. Quería hablar del robot de juguete, aunque no supiera de qué estaba hablando. Estaba seguro de que Morecambe tenía más cosas que contarle.

Y la idea de esperar y volver a verlo, aunque fuera en las manos del hombre alto, incluso después de todo aquello... Avergonzado, se dio cuenta de que eso lo hacía sentir extrañamente bien. Quizá pudieran recuperarlo entre Morecambe y él. Tenían la escopeta.

—No —dijo Morecambe—. Nos quedamos a esperar. Y bien, ¿te contó tu abuelo cómo se le dio vida al gólem? —se inclinó muy atento sobre la mesa.

—Eh, no. A ver, con magia, ¿no fue eso? No es más que un cuento.

Morecambe se puso derecho y chasqueó la lengua indignado.

—Tsk. Magia. Cuentos. Típico. Es un niño, tu abuelo... perdona, debería decir "era", ¿no es así? Vaya bobo, todo era un juego, una aventura. No te preparó. No te advirtió. ¿No te habló del nombre de Dios?

—¿Qué? No... ¿el qué?

—El nombre de Dios. Así es como el maestro rabino Loew le dio vida al gólem, utilizando las setenta y dos formas del santo y temible nombre de Dios.

Alex lo miraba y pestañeaba como un estúpido. Morecambe soltó otro bufido de impaciencia. La tenue lámpara emitía un zumbido en la cocina, cada vez más a oscuras. La nieve caía borrosa en ráfagas por la ventana, unos trazos blancos que flotaban contra el fondo negro.

—Tssskkk. Las setenta y dos formas del nombre de Dios —repitió Morecambe—. Un nombre secreto. El verdadero nombre.

—¿El nombre… de Dios? —se atrevió a decir Alex, que intentaba entender—. Creía que sólo se llamaba, ya sabes, Dios.

—No tiene sentido seguir hablando contigo —le soltó Morecambe.

—Bueno, okey. Dios tiene un nombre secreto, genial. Y ¿cuál es? ¿Barry?

—Tú —le dijo Morecambe entre dientes con un bufido— estás ciego y sordo, y ni siquiera te das cuenta. El nombre más poderoso. ¡El nombre que le fue revelado a Moisés ante la zarza ardiendo! ¡El nombre que utilizó para que se abrieran las aguas del mar Rojo! Si yo intentara decir las setenta y dos formas del nombre, me verías caer aplastado delante de ti. Aniquilado. Consumido por las llamas. Sin embargo, aquellos que han estudiado de un modo sabio y verdadero, quienes se han preparado física y mentalmente… para ellos, todo el poder. ¡El poder de crear con una palabra! ¡De destruir con una pal…!

Se interrumpió de forma abrupta, giró la cabeza y escuchó con mucha atención.

—¿Qué…? —empezó a decir Alex.

Morecambe lo mandó callar con un gesto furioso.

La lámpara zumbaba en el silencio.

—¡Eso! —susurró Morecambe—. ¿Lo oíste?

Alex le dijo que no con la cabeza.

—Aj.

Las manos de Morecambe toqueteaban inquietas el arma. De repente, la volvió a elevar hacia Alex, con los ojos muy abiertos, en una mirada enloquecida en aquella luz tan débil.

—¡Tienes que haber oído eso!

—¡No oí nada! —susurró Alex.

Parecía que se movían las sombras. Por la habitación rondaban aquellos pensamientos sobre el nombre de Dios y sobre consumirse en llamas. Se le ocurrió otra idea, que surgió borboteando de entre su agotamiento.

—¿Por qué iba a volver por aquí el hombre alto? Quiero decir que, si ya lo tiene él…

—Aj —Morecambe miraba temeroso hacia el pasillo que salía a oscuras de la cocina. Agitó la escopeta hacia Alex—. Tú quédate aquí.

—¡No! —Alex miró hacia las tinieblas más allá de la puerta, aterrorizado de forma súbita ante lo que podría haber allí—. Harry, no vayas.

—Shhh —le dijo airado Morecambe.

Con el arma por delante, comenzó a andar cauteloso hacia el pasillo y salió de la luz. Se detuvo en el umbral de la puerta, echó la vista atrás hacia Alex y se humedeció los labios, nervioso, con la tez pálida flotando en la penumbra. Se dio la vuelta y continuó, engullido por completo por la oscuridad.

Silencio. El zumbido de la lámpara.

Alex forzó la vista hacia Morecambe. Todo lo que vio fue el agujero negro y vacío de la boca del pasillo.

La lámpara zumbaba. Los segundos transcurrían a paso de tortuga, uno detrás de otro. La devoradora oscuridad de la puerta se cernía sobre él desde el extremo de la habitación, como una tumba abierta. No se podía mover.

El zumbido de la lámpara.

Entonces, el estruendo seco de un disparo.

El ruido de un forcejeo y un roce.

Silencio. Un silencio nuevo, más nítido. Unos lúgubres y largos segundos de silencio.

Un leve gruñido desconsolado.

Unos pies que se arrastraban lentos, y el ruido de un roce.

Despacio, aquellos pies se arrastraban más cerca. Alex miraba boquiabierto el vacío negro del umbral del pasillo. Algo comenzó a cobrar nitidez en la penumbra: iba tomando una pálida forma, acercándose con paso lento y pesado.

Por fin, aquella forma se convirtió en Morecambe, que salió de la oscuridad tambaleándose, débil, arrastrando los pies y agarrándose de un modo extraño con una mano. Extendió la otra hacia Alex, tanteando el aire vacío de un modo horrible, en busca de ayuda.

Morecambe tenía los ojos desorbitados y miraba fijamente a Alex, pero sin llegar a verlo. Abría y cerraba la boca sin hacer ruido. Se adentró unos pasos en la cocina, se abalanzó hacia delante, se desplomó de bruces contra el suelo y se quedó tumbado e inmóvil en la penumbra.

Alex estaba atornillado a la silla. Lo único que pudo hacer fue alzar la mirada, desde el cuerpo tendido boca abajo de Morecambe hasta el pasillo.

Allí no había nada que no fuera un negro silencio.

El zumbido de la lámpara.

Entonces, una pequeña perturbación en la oscuridad.

Alex parpadeó y creyó ver un punto pequeño y tenue de color ámbar. Un brillo anaranjado diminuto, suspendido en silencio un poco más allá, en la oscuridad, flotando un poco por encima de la altura de los ojos. Era como si lo estuviera mirando fijamente.

Se movió de un modo extraño. Se desvaneció. Regresó y brilló más intenso, más cerca.

Alex se quedó paralizado en la silla, incapaz de pensar, de moverse o de sentir nada que no fuera miedo, mientras observaba aquel punto brillante que venía cabeceando hacia él. Ahora sí estaba, pero luego no, y entonces estaba otra vez, como si existiera de forma intermitente.

Se acercó más, y todavía más cerca.

En el instante en que Alex sintió que no iba a poder aguantarlo más, se oyó una voz en la oscuridad.

—Lo siento, Alex.

Una silueta alta y gris salió del pasillo, a la luz, despeinada pero elegante. El hombre sostenía la escopeta con la parte interior del codo, en equilibrio sin agarrarla. En la otra mano llevaba un bastón maltrecho. En sus labios ardía un cigarrillo, que se iluminaba con cada calada.

—Parece que empecé a fumar otra vez.

—¡Abuelo! —exclamó Alex.

Sintió que todas las náuseas y temores se disipaban cuando empujó la silla hacia atrás y se levantó de un salto. Y entonces, debió de desmayarse, porque ya no sintió nada más.

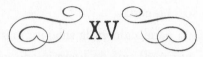

XV
UNA CHARLA
Y UNOS HUEVOS REVUELTOS

Lo despertó el sonido de unas voces en otra habitación.

Alex se descubrió tumbado en una cama en un cuarto a oscuras, tapado con una manta. Por la puerta se filtraba una débil rendija de luz. Se destapó y vio que le habían limpiado y vendado los arañazos de las manos. Siguió la luz, descendió por una escalera en curva, recorrió un pasillo y volvió a entrar en la cocina, ahora bien iluminada.

Su abuelo estaba junto a los fogones en mangas de camisa, removiendo una sartén enorme de huevos revueltos.

—¡Ah! —dijo el abuelo al levantar la vista, con una herida grisácea en la frente—. Perfecto. Justo a tiempo.

Alex parpadeó enmudecido, al tratar de comprender aquella escena. Detrás de su abuelo, Morecambe estaba sentado ante la mesa con aire taciturno y la cabeza apoyada en las manos. La mochila de Alex descansaba abierta en una silla. Parte de su contenido estaba desperdigado sobre la mesa, alrededor de la vieja caja del robot, vacía, con sus vivos colores.

—Yo… —empezó a decir Alex, y se interrumpió cuando se abrió la puerta del rincón y lo hizo retroceder de un salto, aterrorizado.

De allí salió un hombre al que no había visto nunca, y que no levantaba la cabeza de algo que llevaba en la mano. Tenía más o menos la edad de su abuelo, con el pelo corto, rubio y algo canoso. Alzó la mirada y sonrió a Alex con una lupa de joyero enganchada en un ojo.

—Buenas noches, hijo —le dijo el desconocido con alegría y un acento *cockney* del este de Londres—. Cielos —continuó el hombre, que se había girado hacia el abuelo e hizo un gesto con la barbilla en dirección a Alex—. Pero ¡mira cómo se ha puesto! No te veía desde que eras un niño, Alex. Qué pequeñito eras. Vamos, que no medías ni medio palmo del suelo.

Alex no dijo nada, con los ojos clavados en lo que tenía en la mano.

El robot.

—Qué… —intentó decir Alex—. ¿Quién…?

Su abuelo sujetó a su nieto con delicadeza por los hombros y lo llevó hacia la mesa. El desconocido sacó una silla y se sentó a su lado.

—Lo primero es lo primero —dijo el abuelo de Alex—. Lo que a ti te hace falta es unos huevos revueltos —hizo una pausa, pensativo—. ¿O debería haber dicho "son" unos huevos revueltos? ¿Harry?

—*Nidea* —respondió el hombre, que se inclinó para observar el robot con el ojo guiñado a través de la lupa. Tiró de una lámpara que tenía junto al codo, para acercarla más—. La gramática nunca ha sido mi fuerte.

—Alex —le dijo su abuelo—, te presento a mi buen amigo Harry Morecambe, y esta preciosa casa es su hogar.

El hombre se quitó la lupa del ojo y le tendió la mano. Alex la estrechó con un vago desconcierto.

—Me alegro de volver a verte, hijo —dijo Harry—, aunque tú no te acordarás de la última vez —le sonrió y alargó el brazo hacia las cosas de Alex sobre la mesa—. Pero esto sí que me lo recuerda a mí —dio unos golpecitos con el dedo sobre la fotografía de los padres de Alex, que descansaba en lo alto de la pila de cosas.

—Sin berros —suspiró el abuelo de Alex al ponerles delante sus platos de huevos revueltos con pan tostado—. Pero es lo que hay —se sentó, se frotó las manos y empezó a comer con entusiasmo—. Están espléndidos —murmuró feliz con la boca llena—. ¿Sabes? Los huevos nunca me salen así en casa. No sé qué es. Quizá la mantequilla. ¿O a lo mejor son sólo los huevos? ¿Qué le dan de comer a las gallinas francesas, Harry?

—Aj —masculló con una melancólica exasperación aquel hombre que Alex antes había conocido como Morecambe, que se derrumbó hacia delante y apoyó la frente en la mesa.

—Pero yo pensaba que… —arrancó Alex, y se detuvo para tratar de averiguar qué era eso que había pensado.

Su abuelo se inclinó hacia él y le puso un tenedor en la mano.

—Come algo —le dijo el abuelo en tono amable pero con firmeza—. Es probable que no dispongamos de mucho tiempo.

Alex había estado siguiendo todo lo que hacía su abuelo como sumido en un trance, asombrado con verlo hacer algo siquiera. Sin embargo, salió de aquel trance en ese momento, cuando recordó lo frustrante que podía llegar a ser su abuelo. Enfurruñado y con el ceño fruncido, se metió en la boca una porción de huevos revueltos y exageró airado el gesto al masticar. Medio segundo después, sin embargo, se percató de que su abuelo tenía razón: aquellos huevos estaban impresionantes, y, ahora mismo, comérselos era lo más importante del mundo.

—Tenía que haber hecho raciones dobles —dijo su abuelo cuando ya casi habían terminado. Limpió el plato con una última esquina de pan tostado con mantequilla y una triste satisfacción antes de apartarlo—. Ah, qué bien.

—Menos es más —dijo el hombre que Alex sabía ahora que era Harry Morecambe y que seguía estudiando el robot al detalle.

—En arquitectura, sí. También con frecuencia en otras áreas del diseño, si no siempre —dijo el abuelo de Alex mientras se frotaba la boca con una servilleta—. Sin embargo, en lo referente a un buen plato de huevos revueltos, creo que llegarás a la conclusión de que hay opiniones claramente encontradas.

El otro hombre dio un leve golpe con la frente sobre la mesa.

—Muy bien —dijo el abuelo de Alex—. Preguntas.

Alex escogió la primera que se le puso a tiro:

—¿Quién —dijo mientras señalaba con el pan al misterioso hombre que no era Harry— es ése?

—Ah —dijo su abuelo—. Alex, él es el coronel y barón Von Sudenfeld, conocido como Willy entre sus amigos, que no son muchos.

El hombre lanzó a Alex una mirada fulminante.

—Encantado —dijo entre dientes con una sonrisa sarcástica e inquieta y volvió a bajar la cabeza hasta la mesa.

—¿Recuerdas cuando estuvimos hablando sobre el robot? —prosiguió el abuelo de Alex—. Te conté que Loewy había hecho tres ejemplares, y que dos de ellos estaban en manos de coleccionistas, ¿verdad? Bueno, pues aquí nuestro viejo amigo Willy, coronel y barón, es uno de ellos. Siempre ha sido un solitario, este Willy, pero se diría que, últimamente, ha unido fuerzas con, mmm, ya sabes, ese tipo que nos ha estado causando tantos problemas.

—Pensé que era Harry.

—Sí, bueno, pero eso no es culpa tuya, Alex. Llegaste a casa de Harry y allí te encontraste a un hombre que te dijo que era Harry, ¿qué se suponía que ibas a pensar? Aunque, y no te ofendas con esto, Willy...

—Ah, seguro que no me ofenderé —masculló Von Sudenfeld sin levantar la cabeza de la mesa.

—... pero me gustaría pensar que no habrías tardado en empezar a darte cuenta de que este de aquí no es exactamente el tipo de hombre al que yo tendría por uno de mis amigos más íntimos.

—¡Caray! —sonrió Harry de oreja a oreja.

—Sí —dijo Alex—. Ya me lo había preguntado. No es muy simpático.

—No se preocupen por mí —dijo Von Sudenfeld—. Ustedes sigan con su conversación como si yo no estuviera delante.

—Creo que saliste muy bien parado según están las cosas —le dijo bruscamente el abuelo de Alex con una mirada fulminante. El abuelo volteó a ver a Alex con una sonrisa y se inclinó con aire de complicidad—. Un consejo, Alex: desconfía siempre de un hombre que se ponga una corbata de moño por gusto. Si sólo hubiera una cosa que te pudiera enseñar en la vida, sería ésa. Pues bien, ¿ves esa puerta de ahí? —señaló con la barbilla hacia el rincón—. Conduce al sótano, donde, la verdad, creo recordar que, entre otras cosas, hay unos vinos bastante buenos, Harry. ¿No se te antojará una copita rápida de algo, verdad?

—Creía que no me lo ibas a pedir nunca —dijo Harry, que desapareció encantado.

—Ahí es donde estaba Harry —prosiguió el abuelo—. Atado a una silla allá abajo, amordazado.

Alex asintió un tanto entumecido. Algo frío, caliente y acuciante crecía en su interior.

—¡Creí que habías muerto! ¡Te vi caer!

El abuelo se inclinó enseguida hacia él y le pasó el brazo por los hombros.

—Mira, Alex. Está bien. Yo estoy bien. Estoy aquí, ¿lo ves? —apretó a su nieto con fuerza—. Soy yo, vivito y coleando…

—Pero si vi cómo te caías…

—Ah, sí —dijo el abuelo, que soltó a Alex—. Es cierto que me caí, me resbalé por el tejado y estuve sin sentido durante un segundo, creo yo. Recobré el conocimiento justo al llegar al borde y conseguí agarrarme. Así que, allí estaba yo… Ah, gracias, Harry —dijo cuando su amigo reapareció y le trajo una copa grande de vino tinto—. Mmm, más que pasable, Harry, muy bueno. Pues bien, allí estaba yo, colgado, pensando en qué hacer, cuando sentí un tirón en las piernas. Humanoides. Dos de ellos, de pie en el balcón de más abajo, uno sobre los hombros del otro. Bien, el humanoide me agarró, tiró de mí y me hizo soltarme del tejado… Creí que nos íbamos a caer todos a la calle. Pero me bajaron de allí y enseguida me dieron un puñetazo… Me hicieron sangrar por la nariz, la verdad.

Se tiró del cuello de la camisa, manchado de rojo.

—La camisa no tiene arreglo. Lo siguiente que sé es que me despierto apretujado dentro de lo que resultó ser el estuche de un contrabajo. Entonces, noto que cargan conmigo, nos detenemos y me dejan en el suelo. Me preparo para saltar y atacarlos en cuanto lo abran…, pero no sucede nada. Sólo oigo unos ruidos muy curiosos.

”Le habían puesto un maldito candado diabólico al estuche, así que no pude abrirlo al principio, pero sí conseguí mover la tapa lo suficiente para ver algo del exterior. Me habían llevado por una zona desierta de la línea del metro, por un túnel abandonado, y lo que veo entonces es a dos humanoides que se pelean el uno con el otro. Era como si a uno de ellos se le hubieran cruzado los cables, pero, aun así, estaba haciendo un esfuerzo bastante decente.”

—¡Eso lo hice yo! —lo interrumpió Alex.

Le relató a su abuelo rápidamente sus aventuras desde la última vez que lo vio.

—Caramba —murmuró el abuelo pasado un buen rato, dándose unos toquecitos con el dedo en el labio—. Bien hecho, Alex. Tienes que estar orgulloso de ti mismo. Y yo también lo estoy.

—De tal palo, tal astilla —intervino Harry con una sonrisa de oreja a oreja. Y de repente se detuvo.

Cruzó una mirada muy seria con el abuelo de Alex, se volvió a inclinar sobre el robot y le dio unos leves toquecitos en el pecho con un desarmador diminuto.

—En fin —continuó el abuelo—, la otra máquina no tardó en dar cuenta del robot estropeado. En ese momento, yo acababa de conseguir salir del estuche, y el humanoide venía por mí, pero no le quedaba mucha energía para pelear. Es probable que se quedara sin batería. Ah, es que hay que recargarlos cada cierto tiempo.

”Aun así, mientras peleábamos, se nos unieron el villano de nuestra historia y sus dos matones con la cabeza afeitada. En el metro hay unas entradas ocultas que llevan hacia las catacumbas, los antiguos túneles de París donde enterraban a los muertos, y sospecho que nuestro amigo montó allí abajo una guarida, donde tenía pensado invitarme a que lo acompañara para algún tipo de interrogatorio, sin descanso, sobre el lugar donde podría haber escondido nuestro robot. Tiene unas inclinaciones bastante dramáticas, todo muy al estilo de *El fantasma de la ópera*. Así que, como te podrás imaginar, se produjo la típica huida y persecución, el barullo habitual. Los tuve ocupados durante unas horas, hasta que por fin conseguí perderlos. Entonces me dirigí hacia aquí.

”Lo cual me recuerda algo —prosiguió el abuelo—. Alex, lo hiciste muy bien para conseguir evitar que te atraparan y llegar hasta aquí…, pero te podrías haber evitado muchos problemas de haber tomado un taxi. Quiero decir, que eso es lo que hice yo.

Sí, es una cierta extravagancia, pero, bueno, creo que la situación lo justifica. Tengo cuenta con un par de las mejores compañías de París. Buenos coches, limpios y calientitos. ¿No te di una tarjeta?"

—No —dijo Alex.

—Ah, pues pretendía hacerlo. ¿Estás seguro de que no te la di?

—No me la diste —le dijo Alex, que echaba humo.

—Vaya. Bueno, al final quizás haya sido mejor —se apresuró a decir el abuelo al ver la cara que le estaba poniendo Alex—. Quién sabe dónde habría acabado yo si tú no te las hubieras arreglado para meterle sal a ese humanoide, ¿eh? No estoy seguro de haber podido con los dos.

"Pero, bueno, llegué aquí esta mañana y me pareció que algo no encajaba, así que acampé en la arboleda de lo alto de la colina y vigilé la casa de Harry hasta que supiera qué era lo que había. Beckman había leído la nota de Harry acerca de venir aquí, y pensé que estarían encantados de quitarse a Harry de en medio, aunque no averiguaran que tú venías para acá. Me da la sensación de que seguían buscándote en París, la verdad; por eso utilizaron a los humanoides para intentar llevarme hasta su guarida.

"Y, efectivamente, no tardé en verlos: a Beckman, a la niña y a nuestro viejo amigo Willy, que se dirigían hacia la casa con un arma. Lo siguiente que vi fue que Beckman y la niña salieron corriendo. Eso me tenía un poco perplejo, pero creo que ya lo resolví. Ese robot estropeado que te encontraste en la mochila era un rastreador, un cacharrito bastante soso pero eficiente. Cuando hiciste que se encendiera, salieron corriendo a buscarlo.

Pero, si ahora está dando vueltas en un cargamento de sal, la señal se habrá vuelto loca, así que es probable que se pasen un buen rato siguiéndole la pista.

"Mientras tanto —continuó el abuelo—, justo cuando estoy a punto de bajar a la casa, veo que apareces tú. Quería haberme acercado a ti mientras enterrabas el robot, pero estaba tratando de asegurarme de que no me localizaban. Vi que la niña enviaba unos voladores en varias direcciones para que patrullaran la zona, y tú terminaste enseguida. De repente, veo que estás dentro de la casa con Willy y con su escopeta, así que me contuve y esperé. Por cierto, ¿a qué venía todo eso de caminar en círculo alrededor de los árboles?"

—Mis huellas iban directo hacia el lugar donde lo había enterrado —dijo Alex con cierta vergüenza—. Pensé que, si hacía eso, despistaría a cualquiera que me estuviera siguiendo.

—Mmm —pensó su abuelo y asintió—. Un rastro falso, ¿eh? Bueno, sí, eso podría haber funcionado. Yo dejé algo similar en París con la esperanza de tenerlos entretenidos un rato. Sin embargo, cuando dejas un rastro falso, conviene acordarse de no hacer que parezca que lo dejó alguien que se volvió loco de repente. Suele despertar sospechas. De todas formas, en líneas generales, está bien pensado. Aunque al final a mí no me hiciera falta seguir ningún rastro, porque te había visto enterrarlo. *Et voilà.*

Señaló hacia el robot, en la mano de Harry.

—Y bien, Harry, ¿cuál es el veredicto?

Harry dejó el robot y el desarmador en la mesa, junto a la lámpara, se quitó la lupa y se apoyó en el respaldo de la silla, sin dejar de mirar el juguete allí de pie, con su aureola de luz blanca.

—Bueno, vamos a ver —dijo y carraspeó—. Me complace informarles que conseguí revelar con éxito las radiografías y llevé a cabo mi estudio preliminar.

—Este Harry es justo ese tipo de amigo tan increíblemente útil que es capaz de comprarle una máquina de rayos X de segunda mano al veterinario del pueblo y montarla en su sótano con un cuarto de revelado —dijo el abuelo de Alex—. Y también tiene una cierta facilidad para el dramatismo. Por lo que más quieras, hombre, no nos tengas en este suspenso. ¿Es o no es?

Harry tomó un sorbito de vino para disfrutar del momento.

—Lo es —dijo en voz baja—. Desde luego que lo es.

—Espléndido —dijo el abuelo de Alex con una palmada, después de hacer una pausa—. Por supuesto, nosotros siempre lo supimos, pero conviene asegurarse. Quién sabe cuántas copias más se podrían haber hecho con el paso de los años. ¿Y bien?

—Sí —dijo Harry con unos toquecitos en la cabeza del robot—. Está ahí dentro.

—Bueno, bueno —dijo el abuelo mientras se frotaba la barbilla—. Aquí la tenemos.

Alex miró a su abuelo, después a Harry, y otra vez a su abuelo.

—¿Qué? ¿Qué es lo que está ahí dentro?

—Las setenta y dos formas de su nombre, santo y temible —gruñó Von Sudenfeld sin levantar la cabeza de la mesa—. El verdadero nombre de Dios.

XVI
LO QUE HAY DENTRO
DE UN ROBOT

En el aire del sótano seguía suspendido el nítido recuerdo de las sustancias químicas y la electricidad. La luz roja de seguridad que Harry había estado utilizando continuaba encendida: una simple bombilla que colgaba de un cable y lo recortaba todo con lividez negra y carmesí, salvo la caja de luz blanca y brillante montada en una pared. En ella había dos láminas negras, fantasmales, sujetas con un clip.

—Echemos un vistazo, entonces —dijo el abuelo de Alex, que se aproximó a grandes zancadas para inspeccionarlo de cerca—. Ajá. Y aquí la tenemos —dijo entre dientes.

—De haber tenido más tiempo, podría haber conseguido una imagen más clara del interior —dijo Harry, que dejó su copa de vino y la escopeta y comenzó a recopilar un barullo de notas sobre una mesa de trabajo. A su lado había una silla, separada de la mesa, con unos restos de cuerda cortados y tirados por el suelo de piedra a su alrededor—. Es una cosa peliaguda eso de tratar de averiguar el nivel apropiado de radiación para obtener una imagen clara, pero te haces una idea.

—Es un trabajo maravilloso, Harry —dijo el abuelo de Alex. Tocó una de las láminas con un dedo y trazó una línea.

Alex se unió a él y alzó la mirada hacia las radiografías. Mostraban la inconfundible silueta espectral del robot, blanca y simple, fotografiada una vez por delante y otra desde un lado, contra un fondo negro, con esa sonrisa violenta y desagradable.

Alex estaba confundido. En el torso del juguete, donde cabía esperar que estuviera el mecanismo de cuerda, flotaba en cambio un contorno gris translúcido, un rectángulo tosco que ocupaba la mayor parte del interior del robot, rodeado de una nube más blanca y más resplandeciente. Se inclinó más y pudo distinguir unas pequeñas líneas oscuras que lo recorrían.

—Extraordinario —exclamó su abuelo.

—Muy bien —dijo Alex, que retrocedió—. Tienes que contarme qué está pasando.

—Después, Alex. Es probable que debamos ir pensando en salir de aquí…

—Ah, no —lo interrumpió Alex—. Me vas a contar qué está pasando. Ahora mismo.

—Pero, Alex, querido socio…

Alex sacó su celular y se ocupó de tapar la pantalla rajada.

—O podría llamar a mi mamá, y se lo dices a ella, ya sabes, después de que yo le haya contado qué tal me va en las vacaciones.

—En serio, Alex —su abuelo hizo sobresalir el labio inferior—. Eso no será necesario, viejo amigo.

—Ése de ahí no ha parado de hablar de ese rollo del nombre de Dios en toda la noche —Alex señaló a Von Sudenfeld, que se había desplazado para ocupar el sitio que él había dejado ante la pantalla. Su rostro brillaba con una blanca palidez, allí, mirando con atención aquellas imágenes fantasmales—. ¿De qué está hablando? ¿Qué hay ahí dentro?

El abuelo de Alex miró a Harry como si buscara ayuda. Harry se encogió de hombros, le mostró ambas palmas de las manos boca arriba, y se tomó un sorbo de vino.

—Sí, muchas gracias, Harry. Muy bien. El nombre de Dios —el abuelo lanzó una mirada oscura y fulminante a Von Sudenfeld—. Vamos a ver: ya te hablé del gólem. Pues bien, hay varias versiones de esa historia, diversas explicaciones sobre cómo le dio vida el rabino Loew, y una de ellas es que utilizó el nombre de… Bueno, en realidad no es más que una palabra mágica. Igual que "abracadabra".

—¡Ja! —soltó un bufido Von Sudenfeld.

—Sinceramente, Willy, estás pisando en terreno resbaladizo —le dijo con brusquedad el abuelo, que se dio la vuelta hacia su nieto—. Todos esos nombres secretos de Dios se les ocurrieron a los santos y a los místicos, como Loew. Se los inventaron, básicamente, como una especie de código. Tomaron distintas letras de aquí y de allá en diversos párrafos de sus biblias, las juntaron y se inventaron todas esas palabras sin sentido, esos nombres.

Von Sudenfeld suspiró, pero no dijo nada.

—Pero hay leyendas —continuó el abuelo— que dicen que el verdadero nombre de Dios sí le fue revelado a unos grandes eruditos, a unos pocos elegidos. Se suponía que todos aquellos nombres tenían poder, pero se pensaba que este verdadero nombre de Dios liberaba el poder más terrible de todos. Algunos decían que a Moisés, ya sabes, el bebé de la cesta, se le transmitió ese nombre secreto cuando habló con la zarza ardiendo. ¿Conoces esa historia?

Alex asintió con la cabeza.

—Más o menos —hizo un esfuerzo con la memoria. Se le pasaron por la cabeza las imágenes de las ilustraciones de un libro, unas páginas de su niñez, un hombre con un báculo en un lugar solitario—. Era un pastor que estaba en el campo con su rebaño y entonces vio la zarza en llamas. Sí, y también me acuerdo de que, aunque estaba ardiendo, la zarza no se quemaba con el fuego, y cuando Moisés se acercó para verla mejor, oyó una voz en la zarza. Mmm, era Dios, que le hablaba. Le dijo que iba a convertirlo en el líder que guiaría a su pueblo a la salvación.

Su abuelo asintió.

—Se parece bastante. Así que…

—Así que ¿cuál es? —lo interrumpió Alex.

—¿Cómo dices?

—El nombre secreto de Dios, ¿cuál es?

—Bueno, sí. La idea era que tenías que estudiar y meditar sobre el nombre durante mucho, muchísimo tiempo, antes de poder empezar a comprenderlo o siquiera intentar pronunciarlo. Tiene, no sé, unas doscientas dieciséis letras, o algo así; es impronunciable. Pura jerigonza. Pero la historia decía que habías de tratarlo con mucho cuidado y respeto, y no invocarlo sin más ni más, porque, si cometías un error al tratar de pronunciarlo, o si no te encontrabas en el estado correcto, lo que esos autoproclamados grandes sabios llamaban "pureza espiritual", entonces caías fulminado, muerto.

Hizo una pausa, se inclinó hacia Alex.

—Buuu, buuu, buuu —le dijo con los ojos muy abiertos y agitando los dedos en aquella luz roja tan vibrante—. Son bobadas supersticiosas, por supuesto, pero a ellos les daba una buena imagen.

—Okey —dijo Alex con el ceño fruncido—. Ya lo entendí. Pero ¿qué quiso decir con que el nombre está ahí dentro? —señaló hacia las radiografías—. ¿Qué hay ahí dentro?

—Hay varias versiones de la historia, pero en la versión de la que estamos hablando nosotros, para darle vida al gólem, se supone que Loew talló ese nombre todopoderoso en una tablilla de barro y se la metió al gólem en la boca, como si fuera una batería mágica, y… ¡tarán!

Alex se dio la vuelta hacia las radiografías, trataba de unir todas las piezas.

—Y esa tablilla… ¿está dentro del robot? ¿Es eso? —estiró la mano para tocar la forma translúcida que se veía dentro del juguete.

—Eso parece —le dijo su abuelo—. Mira, todas las historias sobre el gólem terminaban bastante mal. Todo fue conforme a lo planeado durante un tiempo, pero al final, Loew no pudo controlarlo. La criatura se fue haciendo más y más grande, más y más fuerte, hasta que se volvió loca, fuera de control. Un monstruo suelto por los campos. Casas destrozadas, asesinatos. La vieja historia: el aprendiz de brujo, el monstruo de Frankenstein, HAL en *2001: Una odisea del espacio*, etcétera, etcétera. La magia se nos va de las manos, la creación se vuelve incontrolable y casi destruye a su creador, ¿sabes?

Alex asintió con la cabeza.

—Bueno, *Frankenstein* sí lo conozco. Y *Terminator*, que trata de unas máquinas que se rebelan y...

—Así que, al final, Loew tuvo que desactivar al gólem y hacer que volviera a ser una figura de arcilla sin vida. Y eso lo hizo, más o menos, volviendo a sacarle la tablilla de la boca. Qué práctico, ¿eh?

Al lado de Alex, Von Sudenfeld había alargado también la mano para tocar la imagen. Comenzó a hacer el sonido de un arrullo silencioso, casi como un ronroneo repulsivo. Alex sintió un escalofrío.

—Pero ¿cómo acabó ahí dentro? —preguntó Alex, que se apartó.

—Bueno —le dijo su abuelo—, la idea es que, después de que la criatura enloqueciera y su creador le quitara la tablilla, el rabino Loew ocultó el cuerpo del gólem por si acaso volvía a ser necesario alguna vez. Y si lo era, tendrían que volver a meterle la tablilla en la boca. Por eso escondieron también la tablilla, pero en otro sitio distinto, por seguridad. En secreto, fue pasando de una generación a otra en la ciudad de Praga, hasta que por fin le llegó a nuestro viejo amigo, el juguetero Loewy, quien, como ya te habrás imaginado, era un descendiente lejano del rabino original.

"Pues bien —prosiguió el abuelo—, a Loewy se le ocurrió una ingeniosa manera de esconder la tablilla, en el mejor escondite de todos: a plena vista. Fabricó nuestro pequeño robot, este que tenemos aquí, y le puso la tablilla dentro. Podría decirse que se trataba de una especie de broma familiar sobre el gólem original. Luego hizo las copias, y, aunque se supone que había hecho tres, yo sospecho que pudo hacer más y que se perdieron; entonces, colocó las copias en el escaparate de su tienda. Jamás vendió el verdadero, por supuesto. Lo guardaría a buen recaudo y luego se lo pasaría a la siguiente persona, que lo tendría a buen recaudo después de él. Pero, entonces, llegó la guerra, y todo se dispersó y se perdió. De todas formas, aquel robot original era distinto de los demás en otro detalle crucial, ¿verdad, Harry?"

—Eh, sí, desde luego —Harry había empuñado la escopeta y estaba a medio subir las escaleras, en guardia y mirando hacia el interior de la cocina—. Sí. Los otros robots de juguete eran sólo eso: robots de juguete. Con un mecanismo de cuerda, ya sabes, con su llavecita. Pero, verás, en éste, la llavecita no es para darle cuerda, sino para abrirlo. Este Loewy era un tipo hábil con las manos, y se le ocurrió este mecanismo endiablado para cerrarlo. Ya sabes, era relojero y todo eso, así que, ya te lo puedes imaginar: cientos de muelles y resortes diminutos y complejos, todos ahí metidos alrededor de la tablilla para mantenerla sujeta y bien protegida. ¿Lo ves?

Harry señaló hacia las radiografías. Alex dio un paso al frente y observó más de cerca la nube blanca que rodeaba la silueta de la tablilla de barro. Parecía compuesta de innumerables hilos del grosor de un pelo.

—Pero tiene truco —continuó Harry—. Tú intenta abrirlo sin la llave, y esos muelles se cerrarán sobre la tablilla y la despanzurrarán, la machacarán y la harán papilla. Lo he mirado desde todos los ángulos posibles, y no se me ocurre la manera de abrirlo de forma segura.

—La tablilla no es más que barro —intervino el abuelo de Alex—, y ya es muy antigua y muy frágil. Y ahí es donde yo sospecho que intervienes tú, ¿verdad, Willy?

—¿Eh? ¿Cómo? —gruñó Von Sudenfeld, que se dio la vuelta ante la pantalla.

Mantuvo la cabeza baja.

—Bueno —el abuelo de Alex lo miraba fijamente con cara amable—. Ese amigo nuestro que tan desesperado está por ponerle las manos encima al robot pertenece a un grupo muy cerrado, y no suele invitar a nadie a que se una sin tener un buen motivo.

—No sé a qué te refieres —la voz de Von Sudenfeld sonaba descarnada.

—¿No? Verás, he estado pensando. Tú ya tenías tu propio robot de Loewy, pero, claro, resultó que sólo era una de las copias, por supuesto. Y menos mal que era así, porque, a decir de las fotografías que vi, lo reventaste al tratar de acceder al interior. De todos modos, un coleccionista como tú no tardaría en enterarse de toda la historia completa. Ahora bien, cuando un tipo como tú, con los recursos que tienes a tu disposición, se empeña en encontrar algo, lo más probable es que haya podido encontrarlo. No el robot, por supuesto, porque lo tenemos nosotros, aunque estoy seguro de que has puesto a tu propia gente a buscarlo. Me refiero a la llave.

Von Sudenfeld no dijo nada. Empezó a sufrir un tic nervioso debajo de un ojo.

—La llave —repitió el abuelo de Alex—. La encontraste, ¿verdad que sí, viejo amigo? —no apartaba los ojos del rostro de

Von Sudenfeld—. ¿Por qué si no te iba a tomar nuestro amigo bajo su tutela? Lo único que me intriga —insistió el abuelo— es qué crees que vas a sacar de esto.

—¡Me prometió que compartirá el poder! —dijo brusco Von Sudenfeld, de repente—. Él me enseñará. ¡Lo compartiremos todo! ¡Avanzaremos juntos! ¡Gobernaremos juntos!

—¿Y tú le crees? —el abuelo de Alex sonrió de oreja a oreja, aunque sonaba triste, como si le diera pena—. ¿Qué demonios te hace pensar que va a mantener su palabra?

—Ah, esa es la cuestión —bramó Von Sudenfeld—. No puede mentir. Ha estado estudiando, preparándose, purificándose física y espiritualmente para el ritual. ¿Lo ves? ¡No puede mentir! ¡No puede arriesgarse a quedar manchado!

—¿Purificándose? —el abuelo se echó a reír—. Y no digamos ya el contar mentiras… ¡Han estado intentando matarnos! Y eso no es muy espiritual, ¿verdad que no?

—Bah —le soltó Von Sudenfeld—. Ustedes no cuentan. Están decididos a destruir el nombre de Dios; son enemigos. Matarlos estaría justificado.

—Y aquí la tenemos —sonrió el abuelo a su nieto—. La locura fundamental de esta gente con la que estamos tratando.

Entonces se dio la vuelta hacia Von Sudenfeld.

—La cuestión es: si de verdad tuvieras la llave, ¿dónde la podrías tener guardada, mmm? Creo que podemos estar bastante seguros de que todavía no se la has dado a tu amigo, ya que, por mucho que nos hayas hablado a nosotros sobre lo santo y lo puro que es él en estos tiempos, yo diría que aún tienes las suficientes sospechas como para no entregársela hasta el último minuto posible, cuando sepas con seguridad que no va a tomar la llave y a librarse de ti sin más. Sin embargo, al mismo tiempo, querrías tenerla cerca, donde puedas echarle el guante con rapidez cuando llegue el momento, ¿eh?

Von Sudenfeld retrocedió mientras el abuelo de Alex avanzaba hacia él y Harry bajaba con naturalidad, pero no mucha, por las escaleras del otro lado. Los tres permanecieron en silencio durante un instante, y los ojos de Von Sudenfeld se dispararon de un rostro al otro hasta que, con un graznido, agachó la cabeza, y los otros dos hombres se abalanzaron sobre él.

El aspaviento de un brazo le dio un golpe a la bombilla colgada del cable e hizo que se balanceara como loca. En los bandazos de aquella luz roja, Alex sólo fue capaz de distinguir algunos fragmentos abruptos mientras los hombres forcejeaban; todo eran sombras, espaldas y codos; la imagen fugaz de Harry que trataba de sujetarle el brazo a Von Sudenfeld; el hombre regordete, que se soltó de forma repentina y se llevó la mano a la boca como si se diera una bofetada él solito.

Al ver aquello, Harry y el abuelo de Alex se apartaron. Von Sudenfeld se quedó de pie, jadeando, despeinado, pero con un gesto curiosamente triunfal. Había algo diferente en él. Alex tardó unos segundos en descifrarlo. Era como si le hubieran empujado todo el pelo hacia atrás y se lo hubiera levantado sobre la frente, ahora extensa y pálida.

—Todo al garete —dijo Harry, que sujetó la bombilla para que dejara de moverse.

—Aun así —dijo el abuelo, cansado—. Muy bien hecho.

—¿Qué? —preguntó Alex—. ¿Qué hizo?

—¿Me permites, Willy? —dijo el abuelo. Von Sudenfeld retrocedió cuando el abuelo estiró la mano con delicadeza hacia su pelo y levantó lo que era, claramente, un peluquín.

Del forro colgaba suelta una tira grande de cinta adhesiva blanca. Volvió a colocarle la peluca en su sitio y le dio unas palmaditas.

—Tenía la llave pegada ahí con cinta adhesiva —dijo el abuelo—. Y ahora se la tragó.

—Pero, bueno, Willy, qué peluca tan bonita —dijo Harry con verdadera admiración—. Nunca me lo habría imaginado. Un trabajo fantástico.

—Y ¿qué hacemos ahora? —preguntó Alex.

—Bueno —respondió su abuelo, que se dirigía hacia las escaleras—, no nos hace falta sacar la tablilla del robot para destruirla, pero, de todas formas, creo que deberíamos llevarnos a nuestro viejo amigo Willy con nosotros. Ver si la naturaleza sigue su curso.

—¿Eh? —dijo Alex.

Harry lo miró y arqueó las cejas.

—Ah, claro —dijo Alex un momento después—. Puaj.

Subieron hasta la cocina detrás del abuelo, después de que Harry le hiciera un gesto a Von Sudenfeld para que fuera delante.

—Y digo yo, Harry —el abuelo remató la copa de vino y chasqueó los labios—. No tendrás por casualidad un postrecito por aquí, ¿verdad? Es que me dio un ansia repentina de… ¿tiramisú, quizá?

—Nada de nada —dijo Harry en tono de disculpa—. Me vine para acá con un poco de prisa —señaló con la barbilla a Von Sudenfeld—. Y luego me han tenido un poquito ocupado.

—Ah, sí, por supuesto —el abuelo de Alex bajó la mirada, pero volvió a alzarla esperanzado—. ¿Unas galletitas con queso, a lo mejor?

Harry le dijo que no con la cabeza.

—Oh, bueno —el abuelo se dio unas palmaditas en el estómago—. Podemos comprar algo por el camino —miró su reloj y se quedó haciendo cálculos—. Deberíamos salir de aquí, en serio. No tardarán mucho en regresar, todos ellos.

—¿Qué quisiste decir con "destruirla"? —dijo Alex, que sintió una punzada en el estómago que no tenía nada que ver con el hambre.

—¿Mmm? Pues sí. Esa es la idea en general. Durante un rato, he pensado que, a lo mejor, salíamos airosos sólo con volver a esconder la tablilla…, pero no. El hombre que va detrás de ella está decidido, por supuesto, a volver a despertar al gólem, y, en consecuencia, recibirá todo tipo de poderes mágicos. Una riqueza sin fin, un dominio ilimitado, la vida eterna y todas esas cosas. No, me temo que hay que destruir la tablilla.

—Pero… —Alex, para su sorpresa, comenzó a protestar, casi a tartamudear. Se contuvo—. Pensé que habías dicho que la destruirías con sólo tratar de abrir el robot, ¿no? ¿Por qué no hiciste eso y ya?

—Tienes razón —respondió el abuelo—. Tratar de abrir el robot sin la llave tendría como resultado la destrucción de la tablilla, pero, según la versión de la historia que estamos siguiendo, para ponerle fin de verdad, hay que destruirla de la manera apropiada. Si reventáramos el juguete para abrirlo y rompiéramos la tablilla de ese modo, significaría que alguien todavía podría crear otra tablilla para el gólem. Hacer eso ya es algo bien complicado, pero puedes tener por seguro que nuestro amigo lo intentaría. Verás, no puede crear otra tablilla mientras siga existiendo ésta. No puede haber dos tablillas a la vez con poderes para el gólem. Y, si destruimos la tablilla original y lo hacemos como es debido, conforme al ritual, entonces se acabó: nadie podrá revivir jamás al gólem; se acabó, y todos a casita a tiempo para tomar el té.

—¿Y eso es lo que vamos a hacer? —preguntó Alex, incapaz de ocultar su consternación.

—Eso es lo que vamos a hacer —le dijo su abuelo mientras lo estudiaba con la mirada—. Ah, cuéntame, Alex. ¿Qué más te contó nuestro amigo Willy mientras estaban aquí solos los dos?

Alex se encontraba de pie, con la cabeza hacia abajo, mirándose los brazos cruzados. Entonces clavó los ojos en su abuelo con una mirada muy directa.

—Resulta curioso, la verdad —Alex oyó la amargura repentina en su propia voz e insistió en ella—. Me habló de ti. Me estuvo hablando de ti, de ese hombre y de la niña. Del "hombre alto". Ese hombre que va detrás de la tablilla y que está intentando matarnos, ya sabes, con su banda de bichos raros y, ya sabes, sus robots asesinos.

El abuelo miró a Von Sudenfeld, que no quiso mirarlo a él. Harry carraspeó incómodo.

—Eso hizo, ¿verdad? —dijo el abuelo—. Continúa, entonces. ¿Qué te contó?

—Ah, pues me estaba hablando de tu pasado. Me dijo que lo que hay entre ese hombre y tú es una gran historia. Que se conocen desde hace mucho.

—Ya veo —la voz del abuelo sonaba acerada, mortal, sin apartar los ojos de Von Sudenfeld—. Ya veo que lo hizo. Vaya, vaya. Willy se vuelve muy conversador con una escopeta en las manos. ¿Y?

—Y... —Alex se derrumbó—. Nada. Sólo llegó hasta ahí. Aun así, ya es más de lo que tú me has contado, ¿no crees? —se dejó caer para sentarse y apartó la mirada.

El abuelo se frotó la frente.

—Muy bien, Alex. Sí, quizás haya... una o dos cosas... que no te he contado. No me voy a disculpar. Sólo te pediré que creas que fue por los mejores motivos. He estado intentando protegerte, seguir protegiéndote cuando quizá ya es demasiado tarde para protegerte a base de ocultarte las cosas.

"Pero, Alex —prosiguió el abuelo, que se dejó caer sobre una rodilla y miró a su nieto a los ojos, buscando su mirada con urgencia—, esto es lo único que importa: ¿confías en mí?"

Alex, sorprendido por la intensidad de la mirada del abuelo, sintió que se le hacía un nudo en el estómago. Asintió con la cabeza.

—Por supuesto que confío en ti. Sabes que sí.

—Buen muchacho —el abuelo se desinfló—. Bien, te propondré un trato. Confía en mí un poco más. Sigamos adelante con este asunto que tenemos entre manos y después te lo contaré todo. Bueno... la mayoría, en cualquier caso. Es mucho, supongo. Y también supongo que, ya que estamos en esto, prefiero que te enteres por mí en vez de por alguien de esta calaña —dijo con un gesto despectivo hacia Von Sudenfeld antes de voltear otra vez hacia Alex—. ¿Trato hecho?

—Trato hecho —asintió Alex—. Siempre que lo cumplas.

—Ah, yo siempre cumplo mis tratos. Casi siempre —el abuelo se levantó—. Muy bien. ¿Tienes ropa limpia, Alex? Yo voy a cambiarme, y creo que tú también deberías aprovechar la oportunidad. No tardarán en aparecer por aquí, y entonces no tendremos tiempo para bromas.

—Voy a salir a echar un vistazo —dijo Harry—. Tengo un par de cosas que puedo montar para darles una bonita bienvenida esta vez —hizo un gesto hacia Von Sudenfeld—. Tú, mientras tanto, puedes empezar con esos platos.

—Ah, eso es lo que tienen los huevos revueltos —dijo el abuelo con el ceño fruncido—. Están deliciosos, pero lo pagas con el desastre de sartenes que se arma. Aunque me han dicho que esos antiadherentes son milagrosos.

—Pero ¿de verdad tenemos que destruirla? —dijo Alex desconsolado—. Creía que habías dicho que sólo era… un cuento.

—Lo es, Alex —dijo su abuelo mientras salía de la cocina—. Todo esto no es más que un cuento. Y seremos nosotros quienes escribamos su final.

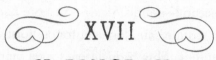

XVII

EL PANORAMA
DESDE UNA COLINA

El ataque se produjo al amanecer, justo cuando los primeros y frágiles rumores de la luz se extendían por un cielo negro azulado, con unas trazas rojizas que no auguraban nada bueno.

El hombre alto llegó primero, una sombra con paso firme sobre la nieve, todo aristas en la penumbra. Se movía con cuidado, se acercaba a la casa con cautela.

Se detuvo ante la puerta principal y se inclinó apoyado en su bastón, para estudiar la sal recién puesta en el escalón. La barrió con un cuidado que rozaba lo maniático y la arrastró con una bota brillante, para formar un montoncito perfecto que cubrió con un pañuelo de seda roja y, en cada esquina del pañuelo, colocó una piedrecita negra brillante que hacía de peso. Acto seguido, se desplazó de ventana en ventana y fue recogiendo la sal de los alféizares con las manos enguantadas.

Retrocedió, se sacudió las manos para librarse de los granos de sal que quedaran y contempló la casa. Permaneció allí de pie durante un minuto entero, con la cabeza ladeada, observando, escuchando. Las finas nubes de su aliento se elevaban y se desvanecían en la mañana cortante. Se quitó un guante y dejó a la vista una mano larga y pálida, se llevó dos dedos a los labios y silbó una nota estridente.

Salieron todos de entre los arbustos deshojados y negros en una procesión de curiosa formalidad. La niña iba delante con dos voladores en los hombros, seguida del pequeño Beckman, en cuyos lentes se reflejaban los primeros tonos rojos del cielo. Después iban los calvos, que llevaban unos gorros militares de lana para protegerse del frío. Detrás de ellos, dos humanoides y unos doce voladores en una formación poco definida.

Alrededor de sus pies, un difuso desfile de robots más pequeños avanzaba con paso lento y se tambaleaba sobre la nieve, quizás unos treinta, todos brillantes, cochecitos robot, trenes robot y cohetes robot, minúsculas excavadoras espaciales con sus conductores robot. Unos cacharritos con patas, con ruedas y orugas, cacharros que caminaban, que trepaban y rodaban, cacharros que miraban, que perseguían, rastreaban y se ocultaban, cacharros que escarbaban y perforaban. Trastos que podían pinchar, cortar, herir y cosas peores.

El hombre alto agitó el bastón. Uno de los humanoides avanzó con grandes zancadas, apoyó las enormes manos en la puerta principal y comenzó a empujar. Unos segundos después, retrocedió, se quedó allí de pie como si estuviera estudiando el problema y descargó un solo y terrible golpe sobre la cerradura.

En cuanto tocó la placa metálica que rodeaba el ojo de la cerradura, el hombre mecánico dejó de moverse, clavado en el sitio. Cualquiera que hubiera estado lo bastante cerca habría escuchado el zumbido de la corriente eléctrica que lo atravesó. Cualquiera que hubiera estado lo bastante cerca habría percibido el olor acre, a quemado, cada vez más fuerte, en el cortante aire de la mañana.

El hombre alto gritó una brusca serie de instrucciones. Los calvos desaparecieron corriendo entre los arbustos, uno de ellos frotándose la frente. Unas volutas de humo se elevaban de la manga del abrigo del humanoide. El hombre alto, la niña, Beckman y todos los demás robots retrocedieron y formaron un semicírculo silencioso alrededor de la máquina inmóvil, observando cómo empezaba a arder.

En ese momento regresaron los dos hombres, cada uno con una rama grande recién arrancada de un árbol. Se colocaron a ambos lados de la puerta, se apoyaron en la pared y utilizaron las ramas para sacar de allí al humanoide. Finalmente, y con gran esfuerzo, aquella máquina tan grande se cayó de espaldas, tiesa como un árbol caído, y aterrizó boca arriba, con el brazo aún estirado.

El hombre alto le hizo caso omiso. Retrocedió, recorrió con los ojos la fachada de la casa y señaló con un dedo. La niña dio un paso al frente. Con girar la cabeza, envió a un volador disparado hacia la ventana más próxima. A unos centímetros del marco de la ventana, un nítido fogonazo azul estalló a su alrededor. El cacharrito volador cayó con una lluvia de chispas.

El grito ahogado de la niña y el juramento que soltó el hombre se oyeron a una cierta distancia.

El abuelo de Alex se puso a tararear feliz y bajó los binoculares.

—Un trabajo excelente, Harry. Mira que eres taimado cuando te lo propones.

—Viniendo de ti, me lo tomaré como un cumplido —sonrió Harry—. Pues espera a que entren en la casa: será entonces cuando de verdad empiece lo divertido. Una pena que no vayamos a estar para verlo, aunque espero que lo intenten con esa ventana de arriba antes de que nos marchemos. La dejé abierta sólo un poquito. Quizá sea un poquito obvio, pero bueno.

—Son como niños, ¿lo sabían? —refunfuñó Von Sudenfeld detrás de ellos—. Como unos niños tontos, patéticos y estúpidos.

—Ah, sí —respondió el abuelo, que volvió a levantar los binoculares—. Pero tenemos los mejores juguetes del mundo, ¿verdad? Y ahora, Willy, cierra la boca, hazme el favor.

Se encontraban en la cresta de una colina en el lindero del bosque, a poco menos de un kilómetro de la casa, vigilando desde lo alto sobre los campos helados. El coche de Harry estaba escondido entre los delgados árboles que tenían a su espalda, una silueta negra de curvas suaves contra la oscuridad todavía mayor del bosque. El abuelo de Alex se había cambiado y se había puesto un impoluto traje de tres piezas y un abrigo prácticamente igual que el que llevaba antes, aunque, quizás, éste tenía un tono ligerísimamente más claro de gris, y ahora iba rematado con un bombín del mismo color.

—Si el cielo amanece rojo, marinero, ándate con ojo —murmuró el abuelo mientras peinaba el paisaje helado con los binoculares. El mundo surgía ante ellos en tonos blancos, azules y grises, y el rojo comenzaba a teñirlo de dorado. Respiró muy hondo y echó el aliento con un suspiro neblinoso de satisfacción—. Un aire increíble, una luz asombrosa, ¿verdad, Alex?

Alex, que estaba mirando a través de otro par de binoculares, no le respondió. Estaba fascinado con lo que estaban haciendo los dos hombres calvos.

Estaban ocupados con el humanoide que había caído. Uno de ellos, arrodillado junto a la máquina, le quitó el sombrero chamuscado y se puso a desatornillar una placa de la cabeza. El otro hombre había sacado de una maleta una bolsa de plástico transparente que contenía un líquido oscuro y espeso. Aquello hizo que Alex recordara algo vagamente.

El hombre arrodillado abrió la placa. Su compañero tenía ahora un tubo transparente que salía de la bolsa que estaba sujetando. Lo metieron en la cabeza del robot, y el líquido comenzó a descender espeso por el tubo. Alex sintió un escalofrío al darse cuenta de por qué le resultaba tan familiar aquella bolsa: había visto a los médicos y las enfermeras utilizarlas muchas veces en las series de médicos que su madre veía en la tele. Le dio la terrible sensación de que lo que discurría lentamente hacia el interior de la máquina era sangre.

Después de quedar satisfecho con la sujeción de aquel gotero, el hombre arrodillado rebuscaba dentro de la maleta. Sacó un bolso de lana muy grande. Abrió el cierre y sacó un puñado de algo oscuro. Sacó un encendedor y mantuvo la llama debajo hasta que aquello comenzó a echar humo; entonces lo esparció en el interior del panel del robot y lo aplastó alrededor del tubo.

—¿Qué es eso? —dijo Alex.

—¿Mmm? —respondió su abuelo, que desplazó sus binoculares hasta que vio lo que le había llamado la atención a su nieto.

—Ah. Pelo, probablemente. Algo repugnante. Tú nunca deberías quemar pelo, Alex. El olor más terrible que hayas olido jamás. Bueno, o uno de los más terribles, de todas formas —añadió cuando el hombre arrodillado sacó un tarro ancho y bajo, se puso un guante de látex, desenroscó la tapa y empezó a sacar pegotes espesos y pegajosos de su contenido, algo oscuro, y metió aquella sustancia viscosa dentro del robot—. Asqueroso.

—¿Qué es…? —empezó a decir Alex.

—Bueno —el abuelo carraspeó—. Olvídate de todo eso. No le quites ojo a la ventana de arriba; esto debería ser bueno.

Alex dirigió los binoculares hacia donde le habían dicho. Tras unos segundos borrosos intentando enfocar la imagen, vio a cuatro voladores suspendidos en el aire a una cautelosa distancia de la ventana de la torre. Uno de ellos sujetaba lo que parecía un clavo oxidado, en equilibrio entre los dos brazos, con el garfio y el bisturí. Con una sacudida, lo lanzó hacia delante. No pasó nada. El clavo chocó contra el cristal, rebotó en el marco de la ventana y cayó al suelo.

Abajo, el hombre alto lo observaba todo. A su espalda, la niña también miraba hacia arriba con el cuello estirado, hacia los voladores, con una gran concentración. Beckman y el pequeño ejército de robotitos se agolpaban detrás de ella.

El hombre alto hizo un movimiento con la mano. La niña parpadeó. Los voladores avanzaron.

La ventana estaba ligeramente entreabierta. Unas cortinas blancas estaban pegadas contra los cristales por el interior. Los cuatro robots pequeños adoptaron una formación en vuelo a lo largo de la parte baja del marco, metieron los garfios en él y se pusieron a tirar de la ventana para abrirla más. Era evidente que estaban encontrando resistencia. Las máquinas se esforzaron y tiraron hasta que la ventana se abrió de golpe, de una forma tan súbita y tan violenta que envió a dos de ellos disparados hacia atrás, a varios metros por los aires.

Un inmenso torrente blanco surgió en una cascada y cayó directo sobre las personas y los robots que había allá abajo.

—¿Sal? —preguntó Alex.

—Así es —dijo Harry con voz alegre—. Un maravilloso cargamento de sal francesa, *fleur de sel*. Es el truco más viejo del mundo, pero bueno, los trucos de toda la vida son los mejores.

Abajo, al pie de la casa, todos intentaron retirarse en desbandada, pero no fueron lo bastante rápidos. El hombre alto tenía el sombrero y los hombros cubiertos de blanco. Los dos voladores que habían seguido tirando de la ventana quedaron engullidos y cayeron al suelo. La niña se llevó la mano a la frente en un gesto de dolor.

—La niña lo siente —dijo Alex.

—Ah, sí —le respondió su abuelo.

—Cuando dijiste que no te gustaba matarlos... ¿qué le pasaría a ella si matas a uno de los robots que controla?

—Bueno —el abuelo bajó los binoculares y lo pensó—. Supongo que sentiría algo parecido a como si le cortaran una mano. O un dedo, quizá, dependiendo de lo que fuera. Pero conservando las manos y los dedos. Sentirías como si los perdieras, el mismo trauma, esa separación. Esa pérdida. ¿Sabes a qué me refiero?

Alex se quedó pensándolo.

—Más o menos. ¿Y por eso no te gusta matarlos?

—Ah, no —dijo el abuelo—. A mí no me preocupa la gente que los utiliza. No, son las máquinas: si puedes utilizar la sal con ellos, eso interrumpe la conexión. Es un escudo. Pero aún les queda algo de energía dentro: ya no están enchufados, pero es como… una pila cuando se gasta. No dura mucho, pero, durante ese rato tan breve, cuando no los controla nadie, a lo mejor es como si… los liberaran. Por bobos que sean esos cacharros, es la única vez que prueban la autonomía. A ver, es probable que no sientan nada, pero… ¿quién sabe? Empecé a preguntarme cómo debía de ser para ellos. La libertad, la vida. Desconcertante, supongo. Sé que para mí lo es —volvió a levantar los binoculares.

Después de permanecer un segundo mirando fijamente a su abuelo, Alex hizo lo mismo. Varios de los robots más pequeños daban vueltas alocadas o deambulaban por ahí tontamente. Cuando la sal terminó de caer, la ventana se cerró sola de golpe.

—¿Cuánto tiempo crees que tardarán en darse cuenta de que están intentando entrar en una casa vacía? —preguntó el abuelo de Alex.

—Pues deberían seguir bastante entretenidos una vez que consigan atravesar esa puerta —dijo Harry—. Pero, sí, quizá deberíamos ir pensando en ponernos en marcha.

El hombre alto estaba dando órdenes. Daba la impresión de que los calvos habían terminado de reparar el humanoide. Le volvieron a poner el sombrero en su sitio, lo dejaron y comenzaron a limpiar tanta sal como pudieron. Unos segundos después, la máquina bajó el brazo que tenía estirado, se incorporó, sentada, se levantó con movimientos agarrotados y se dirigió con grandes zancadas a unirse a su compañero. Los dos humanoides permanecieron mirándose el uno al otro en silencio durante un momento; acto seguido se dieron la vuelta al mismo tiempo y desaparecieron a paso ligero entre los arbustos.

La niña seguía frotándose la frente con una mano. Con la otra, sujetaba contra su pecho el volador que se había quemado junto a la ventana, como cualquier niña consolaría a su muñeca. Los dos voladores que habían conseguido evitar la sal se mantenían suspendidos en el aire a su alrededor, para protegerla.

Con una mano en la sien, Beckman corría en círculos cada vez más grandes y trataba de reunir a los robots más pequeños. Aquellas maquinitas daban tumbos sin ton ni son por todo el jardín. Reaparecieron los dos humanoides, y entre los dos cargaban con una farola de hierro muy ornamentada que, obviamente habían arrancado del suelo. Sin detenerse, arremetieron contra la puerta.

En el camino, detrás de ellos, los robots a los que no había alcanzado la sal se colocaron en formación, igual que los coches en una carrera de Fórmula Uno. Los situados en la parte frontal iniciaron un horrible despliegue de agujas y cuchillas. Los humanoides continuaban embistiendo la puerta. El aire de aquella mañana fría y despejada transportaba hasta la colina el sonido seco y lejano del metal contra la madera.

—Eso no va a aguantar mucho —suspiró Harry, que miraba la puerta de su casa a través de los binoculares con los ojos entrecerrados—. Con la pintura tan preciosa que tenía y todo lo demás.

—No —dijo el abuelo de Alex—. Parece que se están poniendo serios. Pues bien, ¿estamos todos listos para arrancar? ¿Alex?

Alex no respondió. Estaba hipnotizado. Observaba con sus binoculares al hombre alto, allí de pie, inmóvil en el centro de toda la actividad.

Había poca luz, y la imagen no era muy nítida. Aquella figura se desenfocaba y se sacudía en las lentes. De todos modos, por poco iluminada que estuviera, aquella era la primera vez que veía de verdad al hombre que los había estado persiguiendo. Mientras lo observaba, el hombre se quitó el sombrero: era un hombre con aspecto de tener unos cuarenta y tantos años, que se echaba el pelo hacia atrás.

A Alex le corrió la misma sensación indescriptible por el cuero cabelludo, esa rareza tan intensa que había experimentado al mirar fijamente a la cara de la niña.

La puerta cedió y se abrió con un crujido distante. El hombre volvió a ponerse el sombrero y salió del plano de visión de Alex, que giró los binoculares detrás de él, pero sólo encontró un remolino de aire vacío. Bajó los binoculares y se quedó mirando hacia la casa, aunque sin verla.

El hombre era un extraño. No lo conocía.

Y, aun así, se sentía como si le hubiera estado viendo la cara durante toda su vida.

XVIII
EL TIBURÓN Y LA MÁQUINA

—Ya no los hacen como éste —canturreaba feliz Harry al volante por tercera vez.

—¡No los hacían como éste ni siquiera entonces! —le gritó como respuesta el abuelo por tercera vez desde el otro asiento de adelante.

Un viento frío entraba a raudales a través de la ventanilla entreabierta a su lado.

La mañana seguía siendo oscura. Las carreteras estaban desiertas. Harry conducía a toda velocidad. El bosque había pasado por las ventanillas como una neblina enrevesada y ya había quedado muy atrás. El coche ascendía ahora por un camino de grava que serpenteaba hacia las cumbres de unas montañas, altas, grises e inhóspitas.

Alex iba hundido en silencio en el asiento detrás de Harry, sin saber muy bien si tratar de quitarse de encima la sensación que había experimentado al observar al hombre alto, o tratar de averiguar con todas sus fuerzas qué era lo que había sentido.

Tenía el rostro de aquel hombre suspendido en la imaginación: un borrón difuso y distante, desconocido, familiar, que se daba la vuelta y se desvanecía cada vez que él trataba de verlo con más nitidez.

Mirando el desolado paisaje que iba discurriendo por la ventanilla, tuvo la extraña sensación de que el mundo se abría y se le revelaba en unas secuencias incomprensibles. Al distinguirlo en aquella luz tan deprimente, todo parecía nuevo, o, más bien, percibía con ojos nuevos lo antiguo que era todo ahí afuera. Le dolía el hombro por el encontronazo con el humanoide. El cansancio y la confusión le enturbiaban la mente. Sentía que se había acercado más que nunca a su abuelo, para encontrarse con un abismo de secretos entre los dos.

Pero él sabía que también sucedía en sentido contrario. Alex no le había contado a nadie todavía que había estado a punto de hacerle daño al chico del tren. Pensó en Kenzie en el autobús, en la angustia de su rostro. Pensó en el robot de juguete, en la oscuridad que encerraban sus ojos.

Alzó la mirada y se miró él mismo a los ojos en el espejo retrovisor. Y vio en un breve fogonazo los ojos oscuros de la niña de cara redonda, que se clavaban en los suyos en aquella calle de París.

Algo comenzó a surgir y a parpadear en un rincón de su pensamiento.

El zumbido de la carretera cambiaba de tono cuando ellos cambiaban de velocidad. Su abuelo volteó para decirle algo a Harry. Alex sintió que sus pensamientos se aceleraban con el coche. Tenía el perfil de la cara del abuelo ante sus ojos, ensombrecido en contraste con la luz de la mañana invernal. Pensó en el hombre alto, moviéndose tan cerca pero tan lejos en las lentes de sus binoculares, en la penumbra, a medio girarse.

Alex se pasó la mano por la cara y trazó la línea de la nariz, el mentón, la mandíbula.

"Un gran parecido", había dicho Beckman.

"Tu abuelo y él se conocen desde hace mucho", había dicho Von Sudenfeld. "Desde el mismo principio".

"¿Sabes que te pareces mucho a tu padre cuando tenía tu edad?", le había dicho su abuelo muchas veces.

Un hombre de cuarenta y tantos años.

La mochila descansaba entre sus rodillas. Tenía una mano metida dentro y frotaba con el pulgar el robot en su caja, de forma inconsciente. Lo soltó, metió la mano más adentro y buscó a ciegas hasta que tocó con los dedos lo que trataba de agarrar. Sacó la fotografía de sus padres hasta que fue visible la imagen difusa de su padre y se quedó mirando aquella figura fantasmal.

Un hombre alto, borroso.

El cabello negro peinado hacia atrás.

Dándole la espalda.

Levantó la foto y la alejó cuanto pudo, se la acercó mucho, la giró en la luz oblicua y en movimiento.

Y así, por las buenas, de golpe, con un solitario camino de montaña que daba vueltas y vueltas por debajo de él y el cosquilleo de un escalofrío que le recorría la espalda, todo su mundo cambió una vez más. Las piezas caían y encajaban en su sitio. Aquella idea que tenía en un rincón del cerebro salió de entre las sombras, con una reluciente y perfecta nitidez. Lo aterrorizó. Formó unas grietas, que avanzaron y resquebrajaron lo que quedaba de la imagen que él se había hecho de cómo funcionaban las cosas. No tenía ningún sentido, pero, sin embargo, de manera inesperada, le daban un perfecto sentido a la determinación de su abuelo por ocultarle la verdad, a todas aquellas alusiones veladas que él había ido oyendo, aquí y allá, en conversaciones a su alrededor.

Alex sabía quién era aquel hombre alto...

Un prolongado y doloroso eructo junto a su codo interrumpió los pensamientos de Alex. Von Sudenfeld estaba sentado junto a él, doblado hacia delante con una mano sobre los ojos, y emitía unos gruñidos y unos profundos ruidos de gases que le generaban a Alex una inmensa inquietud. Levantó la mirada de la fotografía y se encontró entonces con los ojos de Harry, que lo estudiaba con atención en el retrovisor y fruncía el ceño. Tuvo la irracional sensación de tener escritos en la frente sus pensamientos.

—¿Y qué tipo de coche es éste? —preguntó Alex por tener algo que decir mientras se apresuraba a guardar la fotografía sin que lo vieran.

El vehículo, negro y reluciente, era alargado y bajo, todo curvas, una mezcla de un cohete y un tiburón de los dibujos animados.

—¿Que qué tipo de coche es éste? —repitió Harry, incrédulo, pero con una sonrisa. Volteó hacia el abuelo de Alex—. Pero ¿qué diantre le has estado enseñando al chico?

Gritó hacia atrás, a Alex:

—Un Citroën DS Diecinueve, hijo. ¡El Tiburón! El coche más bonito que se haya fabricado jamás. Y este es el segundo que tengo. Lo compré nuevo en 1961. Verás, antes tuve otro, del 57, pero ése… mmm…, quedó hecho polvo gracias a su señoría, aquí presente.

—A ver, no hace falta que entremos en eso —dijo el abuelo de Alex con la cara girada hacia la ventanilla—. Eso fue hace mucho tiempo.

El camino giraba en una curva cerrada en forma de herradura mientras continuaban ascendiendo. Alex miró hacia el exterior. El borde de un barranco profundo aguardaba tembloroso a poco más de un metro. Abajo, ya podía ver la línea pálida del camino que serpenteaba detrás de ellos.

—¿Cómo van las cosas por ahí, Willy? —dijo el abuelo al darse la vuelta en el asiento—. Qué mala cara tienes. Eso es lo que pasa por comer llaves, hombre. No vayas a vomitar. Harry jamás te lo perdonaría.

—¿Y por qué no me sueltan? —se quejó Von Sudenfeld—. Sólo tienen que parar y dejar que me baje.

—Willy, Willy —el abuelo de Alex chasqueó la lengua en un gesto de desaprobación—. Eso no puede ser. No podríamos hacerte eso, viejo amigo, abandonarte aquí en la nada y solito.

—Aj —Von Sudenfeld se dobló más todavía, se agarró el estómago y soltó una serie de eructos leves.

—¿Por qué tenemos que llevarlo con nosotros? —preguntó Alex—. Me está poniendo nervioso.

—Bueno, por un lado —le respondió su abuelo—, todavía tengo la esperanza de que esa llave no tarde en reaparecer. Como ya te dije, no nos hace falta sacar la tablilla del robot para destruirla; podemos librarnos de los dos a la vez, pero yo prefiero no perder la esperanza de que podamos conservar el juguete intacto. Es una belleza. Y qué maravilloso sería ver funcionar esa cerradura. Y, por otro lado, tampoco me gusta especialmente la idea de dejar suelto a Willy para que le cuente a cualquiera todo lo que hemos estado diciendo.

—Pues tampoco es que hayamos dicho mucho —masculló Alex—. Todavía no sé siquiera adónde vamos.

—Ah, bueno, eso sí lo sabe Willy, ¿verdad que sí, viejo amigo?

—Aj —se quejó Von Sudenfeld.

—Vamos, únete a la conversación. ¿Por qué no le cuentas a Alex adónde vamos?

Von Sudenfeld se balanceaba hacia delante y hacia atrás y se agarraba la tripa. Habló sin abrir los ojos.

—Vamos a Praga.

—A la maravillosa ciudad de Praga. ¿Y por qué vamos allí? —lo animó el abuelo.

—Porque allí es donde vamos… donde van a destruir el nombre de Dios —eructó y soltó otro gruñido.

—Ahí lo tienes —sonrió el abuelo de Alex mirando feliz a su nieto.

—¿Tenemos que estar en Praga, entonces, para destruir la tablilla?

—Eso es. Verás, tanto el gólem como la tablilla se hicieron el mismo día con el mismo barro, recién sacado de la orilla del río Moldava, que discurre por el corazón de la ciudad. La manera apropiada de destruir la tablilla es devolverla al Moldava, tirarla de nuevo al río: "… de nuevo al lugar de donde salió", por citar una tosca traducción del viejo libro que contenía las instrucciones.

—¿Tirarla al río? ¿Eso es todo?

—Eso es. Sin alborotos, sin abracadabras. Y qué agradable es tener una excusa para volver a Praga. La ciudad más encantadora. Hay un sitio muy pequeño, justo al lado de la plaza de la Ciudad Vieja, donde hacen unos buñuelos impresionantes. Es que no lo vas a creer.

—¿Y no deberíamos… atarlo, o algo así? —dijo Alex con un gesto de la barbilla hacia Von Sudenfeld.

—¿Atarlo? Cielo santo, Alex. No somos unos bárbaros. No vamos por ahí atando a la gente, como lo que esa pandilla le hizo a Harry. Bueno, a menos que tengamos que hacerlo. De todas formas, tampoco hay mucho peligro en que Willy se nos pierda. Por un lado, sabe lo que le pasará si lo intenta. Y, por otro, por mucho que diga que quiere que lo soltemos…, en realidad no quiere. Prefiere sin duda mantenerse cerca del robot.

Se dio la vuelta hacia Von Sudenfeld y le gritó alegremente como si hablara con un jubilado ligeramente sordo.

—Te gusta estar cerca del robot, ¿verdad?

—Bah —dijo Von Sudenfeld.

El abuelo se inclinó hacia delante y comenzó a rebuscar en la guantera.

—Debes tener algún tipo de caramelos escondidos por aquí en alguna parte, Harry, te conozco. Ah —volvió a girarse, triunfal, mostrando una bolsa de papel blanco y arrugado.

Alex le dijo que no con la cabeza. Von Sudenfeld ni siquiera le hizo el menor caso.

—Pues no te voy a decir que no —dijo Harry cuando la bolsa giró hacia él—. Eso sí, quizá debería advertirte, no tengo *nidea* de cuándo los compré. O de qué son. Podrían llevar años ahí.

—Los caramelos duran toda la vida —dijo el abuelo de Alex, que se metió una bola incolora en la boca y le dio vueltas—. No sé muy bien a qué saben. Pero aun así.

El camino despejado seguía pasando sin cambios por la ventanilla mientras ascendían por la ladera rocosa. Alex se apoyó en el respaldo, cerró los ojos y trató de analizar sus pensamientos secretos mientras el abuelo seguía parloteando animado.

Aquella idea nueva no le ofrecía ningún consuelo, sino más bien todo lo contrario, pero ahí seguía inmóvil, sólida y clara, como el agua, en sus pensamientos, mientras él intentaba dejar de pensar en ella. Se imaginó al hombre alto una vez más. No podía ser, ¿verdad? Sí lo era. Él lo sabía.

Aquello supondría ir hacia atrás otra vez, volver a examinar todo cuanto había sucedido, todo lo que su abuelo y su madre le habían contado alguna vez. No querían que él lo supiera. Tenía que andarse con pies de plomo.

Su madre. No se había parado a pensarlo. Eso era otra...

—Qué camino tan terriblemente aburrido —dijo el abuelo—. Qué paisaje tan deprimente por todas partes. ¿Quién quiere cantar? Tenemos que animarnos. ¿Nos sabemos todos la del *Barquito chiquitito*, o la del *Auto nuevo*? Podemos cambiarla por un *Auto viejo*... Un momento, ¿qué es eso?

Se incorporó de golpe en el asiento y estiró el cuello para mirar por la ventanilla del lado de Harry. Al sentir su inquietud inesperada, Alex salió de golpe de su ensimismamiento y siguió la dirección de la mirada de su abuelo.

A lo lejos, abajo, los faros de un vehículo viajaban a gran velocidad por el camino, detrás de ellos.

—Para, Harry.

El abuelo ya se había bajado del coche antes de que se hubiera detenido. Rodeó el cofre con grandes zancadas hasta llegar al borde del camino y miró por los binoculares. Un momento después, se los entregó a Harry, que se había asomado por su ventanilla.

—Un Renault 16 TS. De 1971, parece —dijo Harry después de estudiar el camino unos instantes—. Son ellos, seguro. No es un mal coche.

—¿Pueden alcanzarnos? —preguntó el abuelo de Alex.

—Bueno, eso depende de quién conduzca —respondió Harry con una sonrisa—. Si condujeras tú, diría que tal vez. Si condujera yo… imposible.

El abuelo se volvió a meter en el coche.

—Buen muchacho. Pues bien, veamos qué tal lo haces.

Alex se sintió aplastado contra el asiento cuando salieron disparados, a una velocidad todavía más alarmante que la anterior.

Pasaron disparados por otra curva en herradura, y el borde del camino se vino hacia él y desapareció de su vista bajo la ventanilla por un breve instante. Se quedaron al mismísimo borde de la profunda caída mientras los neumáticos luchaban por agarrarse a la superficie de tierra suelta. Se le revolvió el estómago, pero le alegró ver que los faros ya habían desaparecido de su vista allá abajo. Se inclinó hacia delante, alerta.

Por delante, el camino se enderezaba en una larga recta. El paisaje era gris en la débil luz de la mañana. Había poco que ver salvo la pista de grava, el suelo polvoriento, grupos de rocas, algún árbol sin hojas de vez en cuando, zonas nevadas, y todo se fundía en un borrón incoloro al pasar disparados.

Iban en silencio, salvo por algún gruñido de Harry al manejar las velocidades y el freno, y algún quejido gaseoso ocasional de Von Sudenfeld, que ahora tenía la cara tan grisácea como el universo a su alrededor. El camino lleno de baches pasaba dando tumbos bajo las ruedas a toda velocidad.

Un rato después, el abuelo soltó un murmullo corto y descontento. Se giró para mirar por el cristal trasero. Se volvió a sentar mirando hacia delante. Tamborileó con los dedos sobre el salpicadero. Se inclinó hacia la ventanilla para mirar por el retrovisor exterior. Volvió a mirar por el cristal de atrás. Finalmente, miró a Harry.

—No me gusta nada la pinta que tiene esto.

—No —respondió Harry sin apartar los ojos del traqueteo del camino—. A mí tampoco. Y no tengo ni la más remota idea de lo que es.

Alex se dio la vuelta en un movimiento torpe para mirar hacia atrás. En un principio, todo lo que pudo ver fue el camino vacío que se iba alejando a gran velocidad. Entonces, captó un vistazo de algo. Una forma oscura, alargada y baja que se sacudía bastante lejos. Apretó los ojos para intentar ver mejor. No podía distinguir lo que era, pero les ganaba terreno con rapidez.

El abuelo se había dado la vuelta completamente y estaba de rodillas sobre el asiento de adelante, mirando hacia atrás con los binoculares en los ojos.

—Mmm —bajó los binoculares—. Bien, ahí hay algo que no había visto nunca —se giró hacia Harry—. ¿Puedes verlo tú?

—Apenas, lamento decirte.

—Quizá sea una buena idea pisarle a fondo, Harry, viejo amigo.

—Si tú lo dices.

El coche se quejó con un gruñido.

El abuelo de Alex volvió a levantar los binoculares.

—La verdad es que es algo impresionante —farfulló—. Jamás había visto nada similar, debo decir.

Dio unos toques a Alex en el codo y le ofreció los binoculares.

Al principio, todo lo que pudo ver fue la imagen movida de un fogonazo gris. Apartó los binoculares, apuntó hacia la silueta negra, lo volvió a intentar y frunció el ceño como si fuera una imagen misteriosa en un libro de pasatiempos. El objeto enigmático se zarandeó en las lentes cuando varió el enfoque. De repente, vio lo que era.

Un humanoide. Tumbado boca arriba, de cabeza, venía disparado hacia ellos como un misil, muy bajo sobre el camino, a una velocidad inimaginable.

Se quedó mirándolo con la boca abierta, perplejo e hipnotizado. La máquina, que aún llevaba puesto el sombrero y el abrigo, iba suspendida de alguna manera sobre el suelo, a unos cinco o seis centímetros del camino. Al final, Alex vio que había algo debajo del humanoide, o, mejor dicho, montones de cosas muy pequeñas. Forzó la vista y comenzó a distinguir los detalles cuando se acercó un poco más. Venía tumbado sobre, aproximadamente, una docena de robots más pequeños, reunidos en grupos para sostenerlo por los hombros, las caderas y los talones. Distinguió de forma vaga las puntas de unos cohetes minúsculos, pequeños coches robot, el frente de unos cacharritos disparados que parecían trenes. El conjunto entero venía lanzado por el camino, y algunas de aquellas maquinitas soltaban, tan felices, chispas rojas.

Boquiabierto, se dio la vuelta hacia el abuelo.

—Qué emocionante, ¿verdad? —le dijo el anciano.

El coche chirrió al trazar otra curva cerrada en aquel camino que no dejaba de ascender. Alex miró hacia atrás. El humanoide estaba a punto de echarse encima de ellos… y lo hizo.

Alex miraba asombrado por su ventanilla cuando la máquina se colocó rodando a su altura. Sus ojos ciegos le lanzaron una mirada inexpresiva. Luego, el robot comenzó a avanzar y se situó a la altura del frente del coche. Una vez allí, redujo ligeramente la velocidad hasta que igualó la del Citroën Tiburón con exactitud.

Durante un rato, el humanoide fue a toda velocidad a su lado sin hacer nada más que mantener el ritmo entre el coche y el borde del camino. Finalmente, giró la cabeza un poco hacia el coche. Muy despacio, levantó un brazo. Acto seguido, descargó un puñetazo tremendo y violento contra la rueda delantera, como un látigo.

Harry soltó una maldición cuando el coche dio un bandazo lateral. Se las arregló para conseguir más velocidad, y Alex vio cómo el humanoide se deslizaba hacia atrás hasta desaparecer de su vista. Unos segundos más tarde, el sombrero negro comenzó a asomar de nuevo.

—¡Aquí viene otra vez! —gritó Alex.

—Lo veo —dijo Harry, que dio un volantazo a la izquierda para tratar de desplazar a la máquina hacia el borde del precipicio.

El robot volvió a quedarse atrás por un breve momento, y regresó al ataque. El humanoide se puso a la altura del coche y comenzó a descargar una prodigiosa serie de puñetazos sobre la rueda delantera con un brazo que se volvió borroso.

Harry soltó una palabrota cuando el coche se bamboleó bajo la incesante lluvia de golpes. Pisó los frenos tan de sopetón, que Alex sintió que el cinturón de seguridad lo iba a partir en dos. El humanoide salió disparado varios metros más adelante, se detuvo con un derrape, dio la vuelta y regresó hacia ellos con un chirrido. Harry aceleró de nuevo el coche, que pasó como un cohete al lado de la máquina y la dejó atrás.

—¿Hay alguna posibilidad de tirarlo por el barranco? —preguntó el abuelo.

—¡Las mismas que de caernos nosotros con él! —gritó Harry—. Agárrense.

El humanoide estaba de nuevo a su altura y descargó otra rápida serie de golpes. El coche se balanceó, derrapó y se dio la vuelta, fuera de control. Por un momento terrible y eterno, mientras Harry forcejeaba con el volante, el coche discurrió marcha atrás a lo largo del borde del precipicio.

—Maldita sea —refunfuñó Harry, que consiguió darle otra vez la vuelta al coche—. Disculpa mi lenguaje, Alex.

—Bueno, no hay mucho que yo pueda hacer desde aquí dentro —suspiró el abuelo de Alex, que se desabrochó el cinturón y abrió la puerta del coche.

—¡Abuelo! —gritó Alex.

Las piernas del abuelo desaparecieron de su vista cuando salió y se subió al techo. Una bota reluciente reapareció y cerró la puerta de una patada.

Alex lo miraba y parpadeaba enmudecido. El coche volvió a sacudirse. Se inclinó hacia delante y comenzó a rebuscar a ciegas, frenético, dentro de su mochila. Von Sudenfeld emitía ahora los ruidos desesperados de unas arcadas, como si tratara de vomitar.

Alex encontró lo que estaba buscando: un salero lleno que su abuelo le había obligado a agarrar antes de salir de la casa de Harry, "por si acaso". Se desabrochó el cinturón de seguridad, bajó su ventanilla, se agarró al marco de la puerta y sacó medio cuerpo, estirándose tanto como pudo.

Allí colgado, en un equilibrio precario sobre las vibraciones de la puerta y con el profundo barranco que pasaba disparado a poco más de un metro, de repente se percató de lo que estaba haciendo y se quedó impresionado, pero las ráfagas cortantes del viento helado y el escozor de la arenilla se llevaron aquella impresión de un soplo cuando le aullaron en la cara. Las piernas del humanoide temblaban justo debajo de él.

Se agarró más fuerte y se estiró más hacia fuera con la intención de espolvorear la sal sobre la máquina y después volver dentro. Era inútil: a la velocidad con que se desplazaban, el viento se la llevaría antes de que se acercara lo más mínimo al robot.

El humanoide continuaba aporreando la rueda de adelante, que ya estaba bastante maltrecha. Salía un humo negro de aquella zona.

—¡Desenrosca la tapa! —le gritó una voz en el oído por encima del rugido ensordecedor del viento.

Alex se retorció para mirar. La cabeza de su abuelo se asomaba por encima de él, recortada contra el cielo gris. Estaba tumbado sobre el techo del coche, con las piernas y los brazos abiertos en el azote del viento. Como un tonto, Alex se preguntó cómo era posible que conservara el bombín en la cabeza.

—¿Qué? —gritó Alex.

—¡No intentes echarle la sal por encima! ¡Quítale la tapa al salero! —le gritó su abuelo—. ¡Después, se lo tiras todo! ¡Como una granada de mano! ¡Apunta a la boca!

Alex volvió a meterse rápidamente en el coche, siguió sus indicaciones y se volvió a descolgar. Apuntó con cuidado y lanzó el salero de cristal con todas sus fuerzas.

Rebotó en el metal gris del pómulo del humanoide sin causarle ningún daño, pero, cuando impactó contra el camino, se hizo añicos. El estallido de sal y cristal alcanzó a los tres pequeños robots que iban debajo del hombro izquierdo, que cayeron de inmediato al lanzarse como tontos por el borde del precipicio.

El humanoide se escoró hacia un lado, y el hombro que quedó sin apoyo rozó contra el suelo, y soltó una lluvia de chispas de un impactante color blanco contra el humo negro en la penumbra del amanecer. El robot grande redujo la velocidad mientras las máquinas más pequeñas que llevaba debajo corrían para reagruparse y redistribuir el peso entre todas.

—¡Justo lo que necesitaba! —gritó el abuelo.

Su cabeza desapareció de la vista de Alex. Entonces volvió a aparecer de inmediato.

—¡Por cierto, no deberías sacar nunca medio cuerpo por la ventanilla de un coche de ese modo! —le gritó a su nieto—. ¡Es peligrosísimo!

Volvió a desaparecer. Alex se quedó entonces petrificado de horror, cuando el abuelo reapareció volando por los aires con el bastón en alto, al saltar del techo del coche hecho la raya.

Aterrizó en cuclillas sobre el pecho del robot grande y bajó el bastón en un golpe brutal, como si le clavara una estaca en la rejilla que formaba la boca de la máquina. Allí de pie, apoyado con fuerza sobre el bastón, retorció la punta de plata con violencia dentro de la cabeza del humanoide, que forcejeaba.

Alex oyó el sonido de un vómito a su espalda. De pronto, cayó en la cuenta de que Von Sudenfeld debía de estar echando la llave. Sin embargo, no se dio la vuelta, paralizado por la imagen de su abuelo a toda velocidad por el camino, subido encima del robot, como un anciano que fuera montado en una escúter enorme, rarísima y monstruosa. De vez en cuando daba unos saltitos, cada vez que la máquina intentaba barrerlo y quitárselo de encima, pero estaba claro que el humanoide se estaba debilitando, frenando y perdiendo terreno.

—¡Maldición! —exclamó Harry—. ¡Alex!

Alex se dio la vuelta.

Von Sudenfeld, aún doblado hacia delante, estaba vomitando. Y, mientras aún vomitaba, comenzó a sonreír, poco a poco, con una expresión diabólica. Con la convulsión de otra arcada, algo largo y azul le salió por la boca.

Alex lo miraba con cara de repugnancia y confusión. Unos hilos de saliva le goteaban al hombre sobre el regazo, donde brillaba un charquito de vómito acuoso. Del charquito salían unas huellas diminutas que ascendían por detrás del respaldo del asiento de adelante. Y allí, en lo alto del respaldo del asiento, aún cubierto de una capa de vómito, había un robot azul, pequeño y liso, que desplegaba poco a poco unos brazos largos y delgados que terminaban en unas puntas tremendas.

Mientras Alex lo miraba, el cacharrito saltó sobre el hombro de Harry y empezó a treparle rápidamente por la cabeza.

El camino describía otra curva cerrada. Harry luchaba para hacer girar el coche. La pequeña y sanguinaria máquina iba arrastrándose por su pelo, picándole el cuero cabelludo, camino de la cara.

Alex se lanzó hacia el asiento de adelante y lo agarró justo cuando parecía dispuesto a sacarle los ojos a Harry. Lo rodeó con una mano, asqueado al ver que aún estaba resbaladizo y caliente del vómito de Von Sudenfeld. El robot le lanzaba cuchilladas como un maníaco, mientras él trataba de abrir su ventanilla lo suficiente como para tirarlo.

—¡Alex! —gritó Harry, que tiraba con furia del volante—. ¡La tablilla!

Alex alzó la mirada, demasiado tarde. En el asiento de atrás, Von Sudenfeld tenía su mochila y ya había abierto la puerta. Volteó con una sonrisa malvada, saltó del coche en marcha como un paracaidista y desapareció más allá del borde del precipicio.

Alex pasó como pudo al asiento de atrás y se preparó ante la puerta para saltar detrás de él. Se fue hacia atrás con una sacudida cuando Harry se peleó con otra curva. El camino pasaba a toda velocidad a escasos centímetros de sus pies, en una mancha borrosa, grisácea y letal. El barranco que había más allá le pareció mortífero. Se puso en tensión para saltar.

El robot azul lo apuñaló con fuerza en la mano, entre el pulgar y el índice, y le provocó un espasmo que le abrió la mano. En cuanto lo dejó caer, el robot se abalanzó de inmediato contra Harry otra vez, soltando cuchilladas. Alex se quedó un instante colgado de la puerta, sin saber qué hacer, y entonces se lanzó hacia el asiento de adelante, agarró la máquina con ambas manos y se la quitó de encima a Harry cuando él consiguió por fin detener el coche, con un largo frenazo y un derrape.

Se quedó mirando a Alex, enmudecido. Alex miró a Harry igual de enmudecido. Dejó escapar un grito cuando el robot que tenía en la mano volvió a apuñalarlo.

Abrió la puerta de golpe, salió corriendo al borde del precipicio y lo lanzó tan lejos como pudo. El robotito salió volando hacia abajo, rebotó en una roca y desapareció dando volteretas. Más abajo, allí mismo, pudo distinguir a Von Sudenfeld, todavía de una pieza, que descendía por la larga y empinada pendiente hacia el camino del fondo en una serie alocada de saltos y tambaleos. Alex empezó a salir detrás de él desesperado, hasta que la mano de Harry lo agarró del brazo y tiró de él hacia atrás.

—Aunque consiguieras no romperte el cuello, jamás lo atraparías, hijo.

—Pero… —empezó a decir Alex.

Se detuvo. Harry tenía razón. En aquel punto, la pendiente era casi vertical.

Mientras lo observaban, los faros del coche oscuro que los había estado siguiendo reaparecieron detrás de un recodo lejano más abajo. Un sonido agudo y desaforado ascendió de forma súbita en el silencio: Von Sudenfeld gritando de alegría. En el mortecino azul de la mañana, era como si la caja blanca de cartón que contenía el robot brillara en su mano.

—En serio, ¿no me volví loco? ¿De verdad vomitó esa cosa? Quiero decir... ¿del estómago? —preguntó Harry en voz baja.

—Creo que sí —asintió Alex.

Permanecieron allí contemplando la última etapa del descenso de Von Sudenfeld, en silencio. El coche se había detenido un poco más abajo de él.

—Qué asco —dijo Harry pasado un rato.

Alex volvió a asentir con la cabeza.

Se abrió la puerta trasera del coche que esperaba. Salió una silueta pequeña que miró hacia arriba, en su dirección, la pálida tez de la niña reluciente en una luz tan escasa. Se levantó un poco de viento.

Alex se derrumbó y se sentó. Un poco más atrás, por el camino, le pareció ver su mochila, tirada poco más de un metro pendiente abajo por el barranco. Sus pertenencias, tan conocidas para él, estaban tiradas por la tierra a su alrededor. Debería deslizarse hasta allí abajo y recogerlo todo, pensó, pero no se movió. No tenía muchas ganas de volver a moverse. La cabeza le martilleaba de tanto tratar de procesar demasiadas cosas.

Lo que parecía un trozo de cartulina blanca llegó con un suave bamboleo hasta él, en una ráfaga de brisa que decaía. La atrapó con el pie, la recogió y le dio la vuelta. La fotografía. Sus padres, como siempre en aquella fiesta. Su padre, siempre desenfocado. La mañana se aclaraba cada vez más, pero la luz era fría y azulada.

—¿Qué tienes ahí? —le preguntó Harry, que se inclinó para verlo—. Ah, sí.

—¿Harry? —dijo Alex.

—Dime, hijo.

Alex hizo un gesto vago hacia el coche de allá abajo.

—Esa niña. El hombre alto. ¿Sabes quiénes son?

—Mmm —Harry se quedó inesperadamente absorto en el estudio de la arena que tenía entre los pies—. Bueno, veamos…

—Está bien. No tienes que contármelo si no quieres. Ya me estoy acostumbrando.

Harry suspiró. Volvió a mirar pendiente abajo. Y volvió a hablar pasado un rato.

—No, escucha, Alex, tienes razón. Nada de esto es justo para ti, pero, mira, tienes que recordar que tu abuelo tiene sus motivos, hijo. De verdad, está tratando de hacer lo mejor para ti. Él y yo nos conocemos desde hace mucho, muchísimo tiempo, y le confiaría mi vida. Es más, ya lo hice, más veces de las que me gustaría recordar —resopló con una carcajada repentina—. Oye, ¿te contó alguna vez lo de aquel día en que estábamos robando en el Louvre, sí, y entonces…?

Harry carraspeó mientras Alex lo miraba fijamente.

—Ya… no. No, claro que no te lo contó. A lo mejor no debería yo… puf. Da igual, fue hace mucho ya. Y había un buen motivo para ello, y todo eso. Para empezar. Aunque la verdad es que a él le dio por meterse en esa historia del robo de arte durante una temporada. Sólo fue una manía pasajera. Eran los años sesenta, ya sabes. Pero, bueno…, es que no se me da muy bien eso de hablar, Alex. Lo que estoy tratando de decir es que deberías darle el beneficio de la duda, hijo. Confiar en él. Ha estado intentando protegerlos de muchas cosas, a ti y a tu madre. Pero, no, tú tienes razón en que esto no es justo, en realidad. Yo ya se lo he dicho. Pero es que, mira, no me corresponde a mí contártelo. Una cosa que he aprendido, Alex, es a no meterme nunca en las cuestiones familiares de los demás…

Se calló de forma brusca, con una mueca de dolor, como si ya hubiera hablado de más. Alex respiró hondo, retuvo el aire y lo soltó. Era el momento de insistir.

—¿Harry?

—¿Ajá?

—¿Tú conocías a mi papá?

—Ah…, claro, hijo. Lo conocía.

—¿Cómo era?

—Pues…, caray. Era un poco como tú. Me caía fenomenal.

—Era alto, ¿verdad? —Alex se giró y le miró con los ojos entornados. Hizo un gesto con la foto—. Más o menos tan alto como ese hombre alto de ahí abajo. Más o menos tan alto como mi abuelo. Son casi igual de altos, ¿verdad?

Harry frunció el ceño y desvió la mirada hacia el barranco. Se le abrieron mucho los ojos y miró a Alex como si lo estuviera viendo por primera vez.

—Ay, *malditasea* —masculló después de una larga pausa, cerró los ojos y los apretó con fuerza.

Alex tuvo la sensación de que el hombre estaba sufriendo al tratar de decidirse, peleándose consigo mismo.

—Mira, Alex —le dijo por fin—. Todo esto... todo esto es complicado. Hay cosas... Es tu abuelo quien tiene que contarte lo que tienes que saber. Aunque yo sí te voy a contar algo. Mejor, te lo voy a enseñar.

Se metió la mano en el bolsillo, sacó una cartera negra, grande y desgastada y comenzó a rebuscar entre su contenido.

—Aquí estamos.

Le mostró una pequeña fotografía en blanco y negro, con una esquina arrugada. Alex la agarró y vio la imagen de dos personas. A una la reconoció al instante: era su abuelo, pero más joven de lo que jamás lo hubiera visto. Veinte años más joven, quizá, con cincuenta y pocos años, con el cabello oscuro, aunque ya bastante salpicado de mechones plateados. Estaba de pie, sonriente, luciendo lo que parecía un elegante uniforme militar. En una mano sostenía una gorra con una visera reluciente. Con la otra mano sujetaba el hombro de un niño flaco de pie a su lado, muy orgulloso, de unos seis años, quizá, sonriendo a la cámara con una expresión de descaro. Posaban juntos con aire arrogante en un paisaje en ruinas, destrozado, sobre un montón de escombros blanquecinos. Se veían los fantasmales restos de unos edificios calcinados en el espacio granulado detrás de ellos, fachadas maltrechas, ventanas rotas. Parecía un ambiente frío y cargado de humo.

—Vaya —susurró Alex—. Esta es la única fotografía de él que he visto. Siempre dice que odia que le tomen fotos. ¿Dónde es esto? ¿Quién es ese niño?

Harry dejó escapar un suspiro que sonó triste.

—Ese soy yo, hijo. No mucho después de que nos conociéramos. En Londres. Justo después de la guerra. Me quedé huérfano, ¿sabes? Vivía entre los edificios bombardeados, era un poco sinvergüenza. Él me encontró y se puede decir que se hizo cargo de mí.

Alex miró a Harry, miró la fotografía. Le dio la sensación de que el cerebro ya le fallaba de tanta sacudida.

—Pero... Un momento. No puede... —volvió a mirar a Harry, pensando a un ritmo frenético—. ¿Cuántos años tienes tú, Harry?

—Tengo setenta y nueve, hijo —le dijo, y añadió para sí—: ¿Cómo pasaron tan rápido?

Harry vio que Alex se quedaba mirando la fotografía unos segundos más, después la levantó muy despacio y se la volvió a guardar con cuidado en la cartera.

—Pero eso no tiene ningún sentido —se trompicó Alex, que señaló la foto con un gesto inútil—. Los dos tienen más o menos la misma edad ahora.

—Ahí lo tienes —dijo Harry—. Uy. Hablando del rey de Roma. Ahora, callado.

El abuelo de Alex venía de paseo por la curva del camino, con el bastón al hombro en una pose desenfadada.

—¡Hola! —hizo un gesto con la barbilla hacia abajo, más allá del borde del precipicio—. Vi al viejo Willy dando saltos cuesta abajo por ahí. ¿Quién iba a decir que sería capaz de eso? ¡Mira cómo va! Como una cabra montesa.

—Eso no es todo lo que fue capaz de hacer —farfulló Harry.

—¿Eh? —dijo el abuelo.

—El robot —dijo Harry—. Lo tiene él.

—Ah. Ya veo. Eso no es muy bueno, ¿verdad, Alex? ¿Alex? ¿Te sientes bien?

Alex lo miraba fijamente e intentaba obligarse a ver a su abuelo como jamás lo había visto, dándole furiosas vueltas a la pregunta sobre la edad que aparentaba.

El abuelo se unió a ellos y miró hacia el camino, allá abajo.

—Por cierto, quizá deberíamos haberlo atado —el abuelo se echó el sombrero hacia atrás y se rascó la frente—. Pero, bueno. Ya no se puede evitar.

Alex miró hacia abajo. Apenas podía distinguir a Von Sudenfeld y al hombre alto en una animada conversación. Era como si la niña los estuviera saludando con la mano, tan alegre. Entonces, se oyó distante en la mañana el sonido seco de una puerta al cerrarse. El coche giró en redondo y salió disparado por donde había venido.

—Se acabó, entonces —murmuró con voz monótona.

—¿Mmm? ¿Cómo dices? —le preguntó su abuelo.

—Bueno, que se acabó, ¿no? —dijo Alex, que observaba con el rostro sombrío la foto de su padre que tenía en la mano—. Tiene el robot, tiene la tablilla, tiene la llave. Lo tiene todo. Se acabó. Perdimos. Ellos ganaron.

—Ah, bah —dijo el abuelo—. Levanta esa barbilla. No seas tan derrotista.

—Pero ¿qué podemos hacer?

—Bueno, pues, ya sabes, recuperar el robot y ya está.

—¿Y cómo piensas alcanzarlos? —dijo Alex señalando con un gesto hacia el camino desierto más abajo y después hacia su coche, donde Harry estaba arrodillado examinando la rueda destrozada.

—Ah, pues Harry arreglará algo para que nos pongamos en marcha, ¿verdad que sí, viejo amigo?

—Eh, podría ser —le respondió Harry—. Lo fantástico que tiene este coche es que puede seguir rodando sólo con tres ruedas. Es lo que llaman —carraspeó— "suspensión hidroneumática".

—Jamás los alcanzaremos —dijo Alex.

—Ah, bueno, tampoco es que queramos "alcanzarlos" —dijo su abuelo mientras se daba unos golpecitos en la bota para quitarse algo de polvo—. Queremos adelantarlos.

—¿Qué quieres decir?

—Veamos, tienes razón: él tiene el robot, la llave y todo eso, pero nosotros sabemos adónde va con ello, ¿verdad?

Alex se metió la fotografía dentro de la chamarra y se quedó mirando a su abuelo con cara inexpresiva. A pesar del ánimo que su abuelo trataba de infundirle al tono de su voz, el anciano tenía un aire muy serio mientras miraba hacia el mundo de más abajo.

—El gólem, Alex. Van a buscar el gólem. Lo único que tenemos que hacer es llegar allí primero.

Se le oscureció el rostro.

—Tendremos que tomar un avión. Y no me gustan los aviones.

XIX
MERODEANDO POR PRAGA

El abuelo se pasó el vuelo con los ojos clavados en el respaldo del asiento que tenía delante, y, de vez en cuando, farfullaba una especie de mantra para el cuello de su camisa:

—No me gustan los aviones.

Alex iba sentado junto a la ventanilla. Nada más que nubes. Todo el mundo oculto.

El recuerdo de aquella fotografía imposible de Harry se había unido a esa galería tan poco fiable de imágenes que tenía en la cabeza, y se balanceaba borrosa junto a la breve instantánea del rostro del hombre alto, la vívida imagen que tenía del de la niña. En un momento dado se sentía seguro de lo que había visto, y un instante después dudaba de estar recordándolo todo con claridad.

Sacó la foto de sus padres, ahora arrugada.

Si aquel hombre alto era su padre…

En cuanto lo pensó, sintió que se volvía a apartar de la idea con un respingo. Aun así, era lo único que tenía sentido, si es que había algo que siguiera teniendo sentido a estas alturas: el parecido que había percibido casi como una sensación física; la determinación de su abuelo por mantener oculta la identidad del hombre alto. Miró hacia él, con miedo ante la idea de que su abuelo pudiera oír sus pensamientos. Guardó la fotografía.

Su padre había muerto antes de que él naciera. Un accidente. Un coche en Alemania. Estaba trabajando. Su abuelo había ido a verlo allí. Eso era lo que siempre le habían contado, lo que él siempre había aceptado. Tenía un montón de preguntas más —un millón de ellas, que se reducían todas a una: "¿cómo era él?"—, pero se percató de que había estado esperando el momento preciso para formularlas, y aquel momento nunca había llegado, ni mucho menos.

Ahora bullía un millón de preguntas nuevas. Si aquel hombre alto era su padre..., ¿por qué no había venido nunca por él? ¿Por qué se había marchado? ¿Por qué le habían dicho que estaba muerto? Se detuvo en aquella pregunta, frotándose con fuerza los labios con el dedo, de un lado a otro y sin darse cuenta.

¿Sabía su madre que él seguía vivo? No. No podía saberlo. De ninguna manera. Su dolor, su pena durante todos aquellos años había sido inconfundible, inequívocamente real. Él lo entendió incluso cuando era pequeño. Y el dolor no había abandonado a su madre, una ligera cicatriz que jamás desaparecería por completo. Ella no querría que desapareciera. ¿Qué le haría todo aquello a su madre?

Entonces, su abuelo se lo había ocultado a los dos, a su madre y a él. Para protegerlos, había dicho Harry. Alex sabía mucho de eso, sobre guardar silencio y mantener los problemas al margen. "Fragmentos de personas... vudú... el gólem... el nombre de Dios".

Intrigas extrañas y desesperadas. Algo violento..., espantoso..., malvado.

Pensó en aquella palabra. ¿Cómo era él? ¿Era aquella su respuesta? ¿Había descubierto que su padre seguía vivo para descubrir inmediatamente después que era un monstruo? ¿Qué tipo de milagro cruel era aquel? Entonces volvió a pensar en la tristeza de su madre. En su amor. Tenía que haber algo más, alguna razón para que él los abandonara y dedicarse a hacer aquellas cosas. Un propósito. Si pudieran hablar, quizá... la sola idea lo dejó pasmado conforme la pensaba: "a lo mejor podían hablar". Quizás hubiera habido algún error, algún malentendido. Algo más. Alguna pieza que faltara. Era tanto lo que no le había contado su abuelo...

Su abuelo. Era él quien estaba en el centro de todo aquello. Lo sabía todo sobre aquel universo oculto, oscuro y absurdo. ¿Qué más estaba ocultando? ¿Y cómo preguntárselo? Hizo un gran esfuerzo para volver a imaginarse la foto de Harry. El amigo de su abuelo estaba intentando decirle algo.

"Esto es lo único que importa: ¿confías en mí?", le había preguntado su abuelo. ¿Confiaba en él? ¿Lo conocía, siquiera?

El avión se sacudió. La zona de los pasajeros se llenó de exclamaciones ahogadas. Era como si cayeran a plomo y rebotaran con fuerza en el aire. Alex trató de agarrarse de forma inconsciente a la mano de su abuelo, y sintió que era él quien le apretaba la muñeca. Permanecieron así aferrados el uno al otro por un instante, mirándose a los ojos en las alturas, sobre la tierra.

La mano de su abuelo se relajó cuando la voz del piloto sonó plácida y monótonamente por los altavoces para hablarles de unas turbulencias.

—No me gustan nada los aviones —dijo con una sonrisa de alivio.

Los fragmentos de los recuerdos aparecieron en fogonazos. La figura tenebrosa que saltaba, unas extrañas máquinas que lanzaban puñaladas. Cuchillos y sangre. La caída de su abuelo.

Alex le apretó con la mano en el brazo. ¿Y cómo iba a dudar alguna vez de él?

—Todo va a salir bien —le dijo.

Y volteó hacia las nubes, cada vez más densas.

La lluvia martilleaba por todas partes a su alrededor cuando aterrizaron en Praga, al comienzo del anochecer. Alex vio cómo caía con fuerza en unas oscuras cortinas mientras rodaban por la pista hasta detenerse. Su abuelo despertó a Harry, impaciente por bajarse.

Reunieron su escaso equipaje en aquella concurrencia, todos de acuerdo en la necesidad de darse prisa. Harry se encargaría de registrarlos en el hotel, y luego "husmearía por ahí, haría unas llamadas y vería si encontraba algún rastro", antes de reunirse de nuevo con ellos.

—Toma, hijo —dijo Harry, que le dio un golpecito a Alex con el codo y le señaló hacia un pequeño puesto en la otra punta del vestíbulo—. A ver si puedes acercarte ahí y traerme un café antes de irnos —le puso unas monedas en la mano a Alex.

—Harry —suspiró el abuelo—. Tenemos un poquito de prisa…

—Mira —le dijo Harry con una mirada significativa—, estoy que me muero de sed.

El abuelo frunció el ceño.

—Muy bien, Alex, ve para allá, tan rápido como puedas. Yo no quiero nada, gracias.

—¿Café, Harry? —suspiró el abuelo en cuanto Alex se alejó al trote—. ¿Ahora? ¿En serio? ¿Un café de aeropuerto?

—Escucha —lo interrumpió Harry con voz urgente—. Ya sabes lo que piensa, ¿verdad?

—¿Eh?

—Alex —Harry sacó un pulgar en dirección al puesto de café—. Creo que piensa que es su papá.

—¿Qué? No te entiendo, viejo amigo. ¿Quién cree Alex que es su padre?

—¡Él! Nuestro amigo el saltimbanqui. El chico cree que él es su papá.

El abuelo de Alex dio un paso atrás como si le hubieran dado una bofetada.

—Su pa… —se quedó en silencio con la mirada perdida antes de volver a intentarlo—. No puede… o sea, ¿por qué iba a pensar eso? Él ya sabe que su pa… —carraspeó y parpadeó—. Él sabe que su papá está muerto. Harry, ¿qué te hace pensar eso? ¿Estás seguro?

—Bueno, tampoco es que haya venido a decírmelo directamente, pero, sí. Por las cosas que me ha preguntado, las que ha dicho, o ha intentado decir. Por cómo ha estado mirando esa foto de sus padres que lleva siempre con él. Estoy seguro. ¿Es que no te has dado cuenta?

—A ver, no. O sea… Nunca se me ha dado bien este tipo de cosas, Harry.

—Sí, claro. Aunque esto pueda ser como tratar de enseñar a un cura a decir misa, a lo mejor deberías considerar que es posible que el chico tenga la cabeza hecha un lío con todo este alboroto. Y lo digo con conocimiento de causa. Todavía recuerdo cómo tuve que enfrentarme a mis propios fantasmas y mis maquinitas de latón cuando tenía unos diez años. Ahora ya estoy acostumbrado a todo esto, pero él no lo está. Él tiene la cabeza hecha un desbarajuste. Vas a tener que decirle algo. Y a lo mejor no es tan mala idea contarle al chico la verdad.

—Ja. Eso tampoco se me ha dado nunca bien —el abuelo dejó escapar una risa entristecida y se quedó mirando hacia el lugar donde Alex aguardaba a que lo atendieran, pequeño, entre los adultos de la fila—. No —dijo con decisión. Enderezó los hombros y sacudió la cabeza para desterrar aquella idea—. No, Harry, no puedes tener razón. Él siempre ha sabido sobre su papá. Tienes que haber entendido mal todo esto. Alex sabe que su papá ya no está entre nosotros. Él lo sabe. En cuanto a lo demás…, yo nunca quise que se viera implicado, pero siempre he tenido la idea de contarle algo algún día. También sobre su papá. Tú lo sabes. Pero más adelante, ahora no.

Volvió a girarse hacia Harry, con la voz temblorosa.

—No está preparado. Yo tampoco estoy preparado aún. Quiero decir, Harry…, él podría pensar que soy una especie de… monstruo. Podría pensar que él es una especie de monstruo.

Harry suspiró y le dio unas palmaditas en la espalda.

—No puedo decirte qué hacer ni cuándo hacerlo. Eso ya lo sé a estas alturas. Pero sí te puedo decir una cosa: cuando llegue el momento, hagas lo que hagas, será lo correcto.

—Ja —exclamó el abuelo al ver que Alex regresaba a toda prisa hacia ellos—. Supongo que eso ya lo veremos, ¿eh?

Una hora después de haberse separado de Harry, a Alex le costaba seguir el paso de las grandes zancadas de su abuelo sobre los adoquines de la plaza de la Ciudad Vieja.

Un edificio alto y extraño dominaba la silueta de la ciudad en el cielo. Unos focos lo iluminaban desde abajo con una potente luz blanca que proyectaba unas sombras negras muy nítidas sobre la enorme fachada. Un par de torres terminadas en punta se elevaban a cada lado, como unos cuernos góticos estrafalarios, o unos cohetes de piedra de otra época que quisieran despegar hacia los cielos. Aquello parecía un mal presagio. "El castillo de Drácula", pensó Alex, y se quitó aquella idea de la cabeza.

Había dejado de llover. Bajo unas nubes que no cesaban de descender, la plaza bullía animada de turistas, vendedores y artistas callejeros. Habían montado un mercadillo navideño. Habían dispuesto docenas de cabañitas de madera que relucían en rojo y verde, y vendían gorros, bufandas, velas y juguetes de madera, salchichas, dulces y un ponche de vino caliente con azúcar y especias que inundaba el aire con aroma a canela.

Un árbol de Navidad gigantesco se alzaba sobre ellos, de unos veinticinco metros de alto, decorado con infinidad de luces fulgurantes. Un coro cantaba villancicos debajo del árbol. La gente sostenía los celulares con las manos enguantadas y se tomaban fotos con aire de felicidad. Unas luces decorativas inmensas parpadeaban, desaparecían y volvían a aparecer con las sencillas siluetas de unos renos saltarines, o unas estrellas de Navidad.

Todo el lugar rezumaba emoción y buen humor, como si fuera una postal navideña que hubiera cobrado vida. Sin embargo, su abuelo no le prestaba atención a nada de eso, ni siquiera a la comida, y atravesaba las multitudes mascullando con brusquedad unos "perdone" y unos "disculpe". Aparte de aquello, guardaba un curioso silencio y apenas le decía nada a Alex, absorto en sus pensamientos. En una mano llevaba bien sujeto su bastón. En la otra, un maletín de viaje que había tomado de la casa de Harry, muy parecido al que había dejado en París.

Poco después ya recorrían una calle larga y flanqueada por hileras de árboles que se alejaba de la plaza y serpenteaba al norte y el oeste. Todo apuntaba a que iba a helar por la noche. Una niebla fina y glacial se aferraba a todo. Las luces de las farolas flotaban tímidas en una neblina cortante. La gente se desplazaba como si fuera el eco de unas sombras.

Alex se afanó con tal de no perder el paso. Sintió unas náuseas que le asomaban por el estómago. Notó lo mismo que antes, cuando pensó que había perdido el robot. Intentó recordar cómo era sentir su presencia, pero sólo sintió su ausencia. La idea de haberlo perdido le resonaba en la mente. Esa idea, y también la de recuperarlo.

El gentío era cada vez menor. Era como si la Ciudad Vieja se volviera cada vez más antigua a su alrededor, mientras caminaban. Por fin, el abuelo se detuvo a la frágil luz de una farola y levantó el bastón.

—Ya llegamos.

El edificio al que señaló no era muy grande, pero se alzaba y destacaba de un modo sorprendente en el anochecer cada vez más oscuro.

Era una construcción sencilla, de una piedra gris del color de los champiñones, puras aristas descarnadas, que tenía más pinta de haber brotado de la tierra que de haber sido erigida allí, como si siempre hubiera estado en aquel lugar. A contraluz de las farolas de la calle de atrás, casi parecía emitir un resplandor neblinoso.

Un añadido de una sola planta, que estaba fuera de lugar, se apiñaba y sobresalía con el vuelo de una falda alrededor del edificio principal: un rectángulo grande y basto, coronado por un tejado alto, triangular y oscuro, una estructura dentada con el aspecto de un granero de ladrillo y de tejas, que se alzaba a una altura de unos cinco pisos. La única decoración consistía en unas pocas ventanas pequeñas y oscuras.

—¿Es eso? —preguntó Alex.

—Es eso. La Altneuschul. La sinagoga Vieja-Nueva.

—Creía que iba a ser más... grandiosa.

—Y lo es —dijo su abuelo—, pero de un modo distinto.

—Y el gólem, su cuerpo, ¿de verdad está ahí?

—En lo alto, en el ático. Ahí es donde el rabino Loew lo guardó hace tantos años —dijo el abuelo, que añadió después de una pausa—: si crees lo que dice la historia.

—Y ¿qué hacemos, entonces?

El abuelo miró a su alrededor. Algunas siluetas se movían por la penumbra de las aceras. Observó su reloj de pulsera.

—Bueno, yo creo que lo que hay que hacer ahora es un poco de merodeo —dijo, y añadió su aliento a la niebla—. Tú te quedas aquí, y yo voy a dar una vuelta, a echar un vistazo y a colocarme en posición al otro lado. Ten cuidado. Si ves alguna señal de ellos, ven por mí. Estaré justo en este punto, pero a la vuelta, en el otro lado, ¿okey?

—Okey.

—Buen muchacho. Si veo que no pasa nada, vendré a buscarte. Da unos pisotones; así entrarás en calor.

Alex miró cómo su abuelo se alejaba deprisa en los destellos de la oscuridad. Retrocedió entre las sombras. Comenzó a llover de nuevo, muchísimo y de repente, como si alguien hubiera abierto el grifo de una inmensa ducha en los cielos. Caía con fuerza a su alrededor, con un siseo en negro y plata. No tardó en estar empapado. Los pantalones se le adherían al dolor de las piernas. Pasó el tiempo. ¿Cuánto tiempo hacía que se había marchado su abuelo?

De vez en cuando, unos pasos. Aparecía gente, sombras que se apresuraban en el chubasco, y Alex se ponía tenso, inquieto. Pero nadie se detenía.

El frío descarnado de las piedras del pavimento se le filtraba a los pies doloridos. Dio unos pisotones. No sirvió de nada. El tiempo transcurría en un nudo inconmensurable. El aguacero disminuyó a una llovizna, y le dejó la sensación de un frío aún mayor.

La voz le sobresaltó.

—¿Qué tal vamos?

Tenía a su abuelo delante, de pie sobre él, con el agua goteando del sombrero. Traía dos vasos de plástico humeantes y le ofrecía uno.

—Prueba esto.

Alex lo aceptó agradecido. Café. Caliente. Dulce. Su abuelo sacó una pequeña botella con un brillo cromado y se sirvió un buen chorrito de algo en su vaso.

—Sólo es una pizca. Te ofrecería un poco, Alex, pero eso no sería muy responsable por mi parte.

Se quedaron allí tomándose sus bebidas, con Alex encantado de tener el vaso caliente en las manos frías y la ardiente sensación del café caliente al caerle por la garganta.

—Agarré un periódico —dijo su abuelo. Hizo un leve gesto hacia la ciudad empapada y oscura—. Hay avisos de inundaciones por todas partes. Mucha lluvia y la nieve que se derrite. Nieva y después se funde, luego nieva, se funde y vuelve a nevar otra vez. El nivel del río está muy alto, cerca de desbordarse.

Remató el vaso con un suspiro de satisfacción.

—Pues bien, hasta aquí el parte meteorológico. Doy por sentado que no ha habido ninguna señal, ¿no?

—Nada.

—Excelente. Bueno, la calle parece bastante desierta ahora. Yo diría que podríamos pasar del merodeo a la fase dos de nuestro plan. Por aquí, por favor.

Condujo a su nieto alrededor del viejo edificio, descendieron por unas escaleras poco pronunciadas hacia un callejón más pequeño y más gris en la parte de atrás. Dejó el maletín en el suelo después de comprobar que no había nadie observándolos, se agachó y comenzó a rebuscar en el interior.

—Vigila.

Alex miraba nervioso a su alrededor mientras su abuelo estaba ocupado con su maletín. El anciano se puso de pie y se dio la vuelta hacia él de nuevo. Ahora lucía una máscara negra y estrecha en los ojos bajo el bombín.

—¿Qué se supone que es eso? —le preguntó Alex.

Casi le entraron ganas de echarse a reír, pero tampoco muchas, así que se limitó a pestañear.

—¿Qué es lo que parece? Es mi máscara —el abuelo extendió la mano y le ofreció a Alex otra exactamente igual—. Y esta es la tuya.

—Yo no me pongo eso.

—Sí, te la vas a poner. Esto es cosa de máscaras.

—Es una estupidez.

—De eso nada. Si yo lo digo, es muy elegante. Y "todo lo que es profundo ama la máscara", o algo por el estilo.

—Pero si tienes exactamente el mismo aspecto.

—Ah, pero eso lo dices porque me viste ponérmela —le dijo su abuelo, que le insistía para que agarrara la tira de tela negra—. Si no hubieras sabido ya que era yo, jamás me habrías reconocido, ni en un millón de años. No, créeme, es el disfraz perfecto, de toda la vida.

—Pero… —comenzó a decir Alex. Se interrumpió y se rindió al darlo por otra causa perdida.

Suspiró, se ató la máscara detrás de la cabeza, se quedó allí de pie, y su sensación de inseguridad, de ansiedad y de miedo se desplazaron un poco para hacer sitio a la sensación de tener un aspecto ridículo.

Su abuelo se volvió a inclinar sobre el maletín. Esta vez sacó una cuerda con nudos y un garfio de tres puntas en un extremo, con una pinta muy peligrosa.

—Ahora —dijo el abuelo—, por aquí.

Se desplazaron con sigilo por el lateral del edificio, pasaron por delante de una puerta oscura y llegaron a un saliente de la pared.

—¿Ves esa ventana?

Alex miró hacia arriba. En lo alto había un agujero redondo y oscuro, a unos cuatro metros.

—Ahora, mira justo a la derecha.

Alex siguió la dirección del dedo de su abuelo. Junto a la ventana, apenas pudo distinguir una barra fina de hierro, oxidada e incrustada de forma tosca en el cemento. Había otra por encima de la primera, y otra más, y otra, que ascendían por la pared hacia las sombras del tejado como los peldaños de una escalera.

—Esa es la subida al ático —dijo el abuelo—. La historia cuenta que, antes, los escalones llegaban hasta el suelo, pero quitaron los peldaños de abajo cuando guardaron el gólem allá arriba, para impedir que algún chismoso subiera a hacerle una visita.

Desplegó la cuerda y, con un gruñido, lanzó hacia arriba el gancho. Lo consiguió al primer intento y lo enganchó en el segundo peldaño. Tiró de la cuerda con fuerza y retrocedió, satisfecho. Dio una palmada.

—Muy bien. ¿Qué tal se nos da lo de trepar por una cuerda? Esto podría ser un trabajo para dos personas, Alex, y Harry ya no es tan ágil como antes.

—Cierto —dijo Alex—. Oye, sólo por saberlo: la idea es subir hasta allí y entrar a la fuerza en el ático, ¿no? En ese ático donde descansa ese monstruo de barro divino enloquecido. Eso es lo que vamos a hacer.

—A ver, tampoco hay que hacer nada "a la fuerza". Espero sinceramente que no tengamos que romper nada —el abuelo rescató de un bolsillo su bolsita con las ganzúas y la agitó delante de Alex—. Pero, en esencia… sí —asintió con un brillo en los ojos detrás de la máscara.

—Okey, sólo quería asegurarme —farfulló Alex—.Y ¿después qué?

—Todavía estoy trabajando en eso. Bien. Yo iré delante. Tú vigila.

Agarró la cuerda, dio un salto y plantó los dos pies en la pared; acto seguido, comenzó a ascender con facilidad, su silueta era cada vez más indefinida escalando por un lateral del edificio. Alex oía unos leves golpes metálicos cada vez que los pies de su abuelo daban con los peldaños de hierro allá arriba.

Su voz llegó desde lo alto como un susurro a voces.

—Se me olvidó decírtelo… Antes de subir, ¿te importaría atar la cuerda a las asas del maletín?

Alex lo hizo, y después se quedó mirando la cuerda suspendida a lo largo de la pared blanca. Miró a su alrededor. Allá al fondo de la calle neblinosa, la gente compraba regalos de Navidad y cantaba debajo del parpadeo de las luces, tomaba castañas asadas y se reía, y no se detenían a pensar ni una sola vez en monstruos de barro, ni en cómo la vida se te puede poner patas arriba sin previo aviso. Nunca se había comido una castaña. Cerró los ojos. Se sintió estúpido, asustado, perdido y un poco más que alterado. Abrió los ojos, se agarró a la cuerda y trepó.

Aquello costaba más de lo que su abuelo hacía que pareciera. Cuando llegó al primer peldaño ya le temblaban los bíceps. A pesar del frío, sintió que el sudor le goteaba por la espalda. Se subió hasta que los pies encontraron un peldaño inferior, pero tampoco pudo subir mucho más. El abuelo estaba unos pocos peldaños más arriba. Alex tenía la cara a la altura de la parte posterior de las piernas de su abuelo.

—Sigue vigilando. Esta cerradura tiene su chiste, pero me da la sensación de que no es tan complicada como lo fue esa de ahí. ¿La ves?

Alex forzó la vista hacia arriba. El abuelo estaba señalando hacia un orificio negro y viejo que había en el marco de la puerta del ático, a la altura de su codo. Allí, incrustados en la madera, brillaban pálidos los restos de una placa de metal.

—Debe de ser lo que queda de la cerradura original de Benjamin Loewy. Verás, los nazis la forzaron y entraron en la época de la guerra, en busca del gólem. Recuerdo a esos animales, que… —dejó la frase a medias y bajó la mirada a Alex a través del hueco que dejaba el interior del codo—. Bueno, todo aquello también tiene su historia. Ah, por cierto: ni tengo que decirte que jamás deberías ir por ahí colándote en lugares de culto.

Se dio la vuelta y continuó gruñendo durante unos segundos más mientras manipulaba la cerradura. Entonces:

—Bingo.

Alex vio que los pies de su abuelo ascendían y que las piernas desaparecían en el interior del edificio. Lo siguió. La escalerilla terminaba en una portezuela con forma de arco. Cuando estaba a punto de atravesarla, la cabeza de su abuelo se volvió a asomar desde el interior.

—Cucú —dijo el abuelo—. ¿La cuerda, por favor?

—¿Eh?

Su abuelo señaló hacia abajo con un gesto de la barbilla.

—No nos va a servir de nada dejar la cuerda ahí colgada de la escalera, socio. Nos delataría un poco.

—Ah. Claro.

Alex volvió a descender, se inclinó para agarrar el gancho y soltarlo. Cuando comenzó a tirar de la cuerda hacia arriba, estuvo a punto de caerse, desprevenido ante el peso del maletín atado en el extremo.

—A lo mejor te parece que el maletín pesa un poco —le dijo el abuelo a gritos.

Alex respondió con un gruñido, concentrado en volver a subir con la mano que tenía libre, cuya palma notaba cada vez más resbaladiza por el sudor sobre los peldaños. Al llegar a lo alto, el abuelo lo sujetó por la muñeca y lo subió hasta el ático.

Se quedó sentado, pestañeando al observar la oscuridad mientras su abuelo se descolgaba hacia fuera para subir la cuerda y el maletín con mucho brío. El ático olía a viejo, como una mezcla de papel, especias y una humedad de hace mucho tiempo. La luz tenue de la calle entraba y llegaba apenas a unos treinta centímetros a su alrededor. Más allá de eso, un negro impenetrable.

—Pero ¿qué tipo de nudo es este? ¿Qué es lo que les enseñan en estos tiempos? —farfulló el abuelo mientras desataba el maletín. Le dio unas rápidas vueltas a la cuerda en un pequeño rollo y la guardó; se giró después hacia Alex y le ofreció una linterna.

—Sujeta esto, ¿te importa? Vamos a estar completamente a oscuras cuando cierre esa puerta.

Y así sucedió cuando lo hizo.

Se sentaron en silencio, en la oscuridad total. Habló su abuelo.

—Bueno, Alex, ahora sería un buen momento para encender la linterna.

—Ah. Cierto. Espera, es que no encuentro el…

—Dame eso.

—Lo estoy intentando, pero es que no te veo… toma.

—¡Ay! ¡Casi me das en el ojo!

—Perdona, espera… ahí está, toma, agárrala.

Alex hizo una mueca de dolor con el resplandor repentino. El abuelo se colocó la luz por un instante bajo la barbilla, y la luz cegadora le inundó el rostro enmascarado, luminoso y suspendido en la oscuridad con un súbito aspecto estrafalario, brutal y malévolo.

—¡Buuuu, ja, ja! Toma, agárrala.

Se la entregó de nuevo a Alex, que la sostuvo apuntando hacia él.

—Excelente. Ahora, ¿podrías quitarme esa luz de los ojos y dirigirla hacia la puerta? Tengo que volver a echar la cerradura.

Arrodillado, Alex se movía inquieto en el sitio mientras su abuelo trabajaba con sus ganzúas.

—Ya estamos —dijo entonces—. Bien encerrados, sanos y salvos. ¿Me la prestas otra vez?

Tomó la linterna y exploró los alrededores con el haz de luz. En su camino danzaron brillantes unas motas de polvo que se habían levantado. Alumbró hacia arriba y recorrió el interior de aquel tejado tan alto y tan inclinado. Alex vio unos maderos y unas vigas de color pálido en el balanceo de las largas sombras. Unas complicadas columnas de madera se elevaban y se ramificaban como unos árboles estériles, deformes y cubiertos de arriba abajo de unas telarañas abandonadas. Divisó la zona de un balcón más elevado, con estanterías allá arriba.

El círculo de luz descendió para recorrer el suelo. Casi todo el espacio estaba cubierto por una extraña alfombra de papeles, páginas rasgadas y arrancadas, llenas de una escritura que no era capaz de leer: páginas sueltas, secciones enteras de libros hechos jirones y putrefactos, manuscritos maltrechos y cartas olvidadas.

—¿Qué es todo eso? —susurró.

—Justo lo que parece. Libros viejos. O lo que queda de ellos. Sobre todo, libros sagrados, biblias, pero también hay otros documentos.

—¿Y qué hacen aquí arriba?

—No mucho. Mira allí.

La luz se estiró hacia el extremo opuesto del ático. Allí había más papeles aún, apilados en montones altos contra la pared del hastial del tejado.

—Okey. Mmm… ¿Qué es lo que estoy viendo?

—El gólem, Alex. Es eso. Allí. Escondido debajo de los papeles.

Las viejas vigas que soportaban el peso del tejado se quejaron levemente cuando el viento azotó el edificio. La lluvia se había vuelto más intensa y acribillaba implacable las antiquísimas tejas. La mirada de Alex fue desde los pálidos montones de papeles arrancados hasta su abuelo, y de vuelta a los papeles, con la boca seca.

—Y bien —consiguió decir—. ¿Qué hacemos?

—Veamos —las sombras dieron un salto hacia arriba cuando el abuelo bajó la luz de la linterna sobre su reloj de pulsera—. Ahora no tenemos mucho que hacer salvo esperar. Podrían llegar en cualquier momento. Pero claro, también podría ser que no vinieran esta noche siquiera. Aunque sospecho que sí lo harán. Supongo que deberíamos escondernos. Y después, esperamos.

—Pero… —Alex volvió a mirar hacia el rincón, ahora oscuro.

Era como si la oscuridad fuera distinta allí. Más densa, de algún modo. Más fría.

—¿De verdad está allí? ¿El gólem? ¿Es real?

—Bueno…

—No. No me digas "eso cuenta la historia". Dime, ¿es real?

El abuelo suspiró.

—Mira, Alex, lo primero que tenemos que hacer es buscarnos un buen escondite que sea cómodo.

—¿Puedo mirar? ¿Puedo verlo?

—Quizá no sea una buena idea alterar el escenario. Se pondrían en guardia. No queremos que sepan que vino alguien antes que ellos. Lo van a sacar de ahí enseguida, y entonces lo verás. Vamos.

Las sombras iban cambiando y sonaba el roce de los papeles mientras ellos se adentraban más en el ático, alumbrando con la linterna hacia sus pies. Se detuvieron en el centro de aquel espacio y desplazaron el haz de luz a su alrededor.

A la izquierda había unas estanterías desvencijadas situadas entre las columnas de madera que sostenían el techo. Contenían más libros, unos volúmenes viejos y muy estropeados dispuestos en montones inclinados. El abuelo se acercó, apuntó la linterna a través de aquella estantería de aspecto improvisado e iluminó un pequeño espacio triangular que se formaba detrás de la caída del tejado, similar a un pasillo.

Volvió a recorrer las estanterías con la luz. Terminaban a poco más de un metro de la puerta por la que habían entrado. Se quedó pensando, desplazando una y otra vez el haz de luz desde el montón de papeles de un extremo hasta la puerta en la otra punta, y por fin volvió a iluminar las estanterías directamente y mantuvo allí la luz durante un buen rato. Asintió con la cabeza.

—Ahí dentro debería servir —dijo—. Vamos.

Se agacharon y consiguieron llegar detrás de la estantería, casi hasta el extremo opuesto de aquel montón siniestro de papeles. Una vez allí, el abuelo se detuvo y se sentó entre el polvo que se levantaba a su alrededor, en la luz. Dejó el maletín en el suelo e hizo un gesto a su nieto para que se sentara.

—Muy bien. Ahora es el momento de apagar la linterna, Alex. No queremos arriesgarnos a que eso nos delate, y tampoco nos sirve de nada gastar las pilas cuando no sabemos cuánto tiempo podríamos estar aquí arriba. Así que, se va a quedar todo a oscuras. ¿Correcto?

—Okey.

—Buen muchacho.

Alex vio que su abuelo bajaba la cabeza, pensativo. Oyó el clic del interruptor. La oscuridad cayó como un martillo.

Intentó cerrar los ojos y volver a abrirlos. No notaba la diferencia. Pasado un rato, ni siquiera estaba ya seguro de si los tenía abiertos o cerrados. Se llevó las yemas de los dedos a los ojos con cuidado para comprobarlo y dio un respingo al tocar la máscara de tela que había olvidado que llevaba puesta.

Permanecieron sentados sin hablar, escuchando la lluvia. Aparte del gélido azote del chubasco y del viento que lo impulsaba, el silencio era espeso. Los minutos pasaban lentos. Alex comenzó a dudar que su abuelo siguiera allí, a su lado. Le dolían las extremidades con la ropa empapada, pero no tanto como le dolía la cabeza por el estruendo de sus pensamientos, que se perseguían los unos a los otros en un tiovivo de medias sospechas y de preguntas frustradas.

Se sorprendió con un sonido repentino. Su propia voz, firme en la oscuridad.

—Abuelo.

—¿Ajá? —surgió flotando de la oscuridad la voz de su abuelo.

—¿Quién eres tú?

XX
LA VIEJA SINAGOGA EN LA OSCURIDAD

El viento aullaba como un alma en pena en el exterior. Las viejas vigas del tejado crujían.

—Bueno —dijo el abuelo de Alex tras un largo silencio—. "¿Quién eres tú?". Es una pregunta un poco rara, debo decirte. ¿Estás bien, Alex? Ya sé que no hemos tenido muchas oportunidades de hablar entre tanta excitación…

—Claro, okey —Alex podía oír el temblor en su voz, una mezcla de aprensión, firmeza y una leve ira. Insistió, hablándole a la oscuridad—. Ahora tenemos una oportunidad. Mientras estamos aquí sentados. Ya estoy cansado de ir a ciegas.

—No pretendías hacer un chiste, ¿no? —se rio con amargura el abuelo.

Alex no le prestó atención.

—Hicimos un trato. Me lo prometiste.

—Ah, sí. Supongo que sí. Entonces, muy bien —carraspeó—. ¿Que quién soy yo? Bueno, lo primero y lo último que debes recordar, Alex, es que soy tu abuelo, como lo he sido siempre. Y siempre lo seré…

Dejó la frase a medias, claramente reacio a continuar.

—Ya. La verdad es que no estoy muy seguro de por dónde empezar, socio. Quizás esto funcionaría mejor si me preguntaras lo que quieres saber.

Alex respiró hondo. ¿Cómo abordarlo? "¿Es mi padre?". Esa era la pregunta que le martilleaba con más estruendo en la cabeza, pero cuando abrió la boca, las palabras ni se formaron.

—El gólem primero —dijo por fin—. ¿Es real?

—Alex, esto ya te lo dije antes. A veces te encuentras en medio de algo, sin más, y lo único que puedes hacer es seguir con ello. Las situaciones se presentan, y tú actúas en consecuencia. Y ahí es donde estamos.

—Pero, quiero decir, ¿tú crees…? —empezó a decir Alex.

Su abuelo lo interrumpió.

—A veces no importa si crees o no crees, socio. Son otras personas y sus creencias las que te meten en un lío —tomó aire con fuerza y lo soltó en un resoplido de exasperación—. Muy bien, mira. Pongámoslo de este modo. En el mundo en el que has estado viviendo, el mundo en el que vive la mayoría de la gente, el mundo en el que a mí me gustaría vivir, el gólem no es real, no. Sólo es una buena historia, y esa es la manera en que hemos de aceptarla.

—Pero… —Alex se detuvo mientras trataba de ordenar sus ideas—. Pero yo lo he sentido —dijo en voz baja, como si estuviera haciendo una confesión que no deseara que se oyera.

—Muy bien —el abuelo guardó silencio un instante. Un suspiro de hastío—. ¿Qué es lo que has sentido?

—El... Bueno, yo qué sé. Como con mi tarea, ya te lo conté, mi ensayo de Literatura, ¿te acuerdas? Ese que no terminé y después resultó que estaba terminado. Y luego, en el autobús...

—¿El autobús?

Alex se lo contó entonces. Las palabras le salían a borbotones. En aquella oscuridad tan cerrada, sintió que se estaba quitando de encima la carga de los secretos, feliz de librarse de ellos. Le habló sobre esa extraña sensación titilante que a veces había tenido con el robot; sobre su encontronazo con Kenzie Mitchell en el autobús, hace ya toda una vida; sobre el miedo en el rostro del chico; sobre los muchachos del tren de París. Le contó que uno de ellos estuvo a punto de morir asfixiado delante de él. Por culpa suya.

Se oyó hablar más rápido e intentó mantener su propio ritmo, trató de planear con antelación la pregunta que tenía más ganas de formular. Se estaba perdiendo.

—Es como si a veces... el robot, o la tablilla, hiciera lo que yo le digo. Como si hiciera que pasara lo que yo quiero que pase. Terminar mi tarea por mí. Protegerme. Von Sudenfeld dijo que había un poder..., el nombre de... Y es como si yo no estuviera ya allí, o como si estuviera allí todavía, pero me veo desde otro sitio. Pero no sé cómo funciona. No sé cómo hacerlo. Lo intenté una vez. Cuando me atacaron los voladores en el campo, intenté utilizarlo, hacer que pararan. Pero no sucedió nada. No sé qué es lo que está pasando; no entiendo nada de esto.

Dejó allí la frase, observando la oscuridad. Se hizo un denso silencio.

—Me pregunto… —dijo por fin el abuelo—. Siempre he pensado que Loewy, el juguetero, escondió la tablilla en el juguete como si fuera una broma dentro de la familia. Ya sabes, el robot como la representación del gólem. El hombre de barro en sí era un envoltorio; el verdadero poder reside en la tablilla… o, más bien, la tablilla es lo que canaliza dicho poder. Quizás el juguete se haya convertido en una especie de gólem. Quizá siempre lo haya sido. Loewy había estudiado la historia de su familia; sería un hombre versado en los procedimientos. En realidad, hay algunas historias imprecisas en las que él era capaz de hacer que el robot se moviera, que ofrecía unos espectáculos secretos… Bueno, yo tampoco sé cómo funciona nada de eso. No quiero saberlo.

"Pero, verás, Alex, la cuestión sobre el gólem es que era bastante estúpido. Quiero decir, incluso en su mejor momento, antes de que enloqueciera y empezara a matar. Se suponía que tenía acceso a todos esos grandes poderes y conocimientos: invisibilidad, la capacidad de resucitar a los muertos, de todo tipo. No obstante, en sí, era tonto como él solo. Tenías que saber utilizarlo. Antes de que hiciera algo, tenías que decirle exactamente lo que querías que hiciera, y tenías que ser muy muy específico para asegurarte de que lo hacía tal y como tú querías que lo hiciera. Con unas instrucciones muy claras.

Alex asintió.

—Si le das basura, él te dará basura.

—¿Cómo?

—Es una cosa que se dice de las computadoras; lo vimos en clase. Tienes que darle la información apropiada para obtener el resultado correcto. Tienes que saber qué le estás preguntando.

—Sí, esa es la idea. La naturaleza esencial del gólem consiste en servir. Para eso fue creado. Está deseando trabajar. Busca algo que hacer y un amo que le dé trabajo, que le dé instrucciones. Puede que haya estado ansiando tener un amo durante todos estos años en los que estuvo perdido, y a lo mejor tú estableciste algún tipo de conexión con él. O él estableció algún tipo de conexión contigo, que es más probable. Y, tal vez, mucho peor.

Su abuelo hizo una pausa, como si se le hubiera ocurrido una idea.

—Alex, mientras tuviste el juguete, no le diste nada, ¿verdad?

—¿Eh? —Alex estaba otra vez perplejo.

—No le metiste nada. Con la tablilla. Algo tuyo. Pelo, quizás, alguna uña o sangre o... no, pues claro que no lo hiciste. A ver, ¿por qué ibas a hacerlo? ¿Alex?

Alex guardaba silencio.

—Alex —insistió el abuelo—. No lo hiciste.

—No... no fue a propósito. Me corté en el dedo gordo. Me sangraba un montón. A lo mejor se metió algo. Sólo un poco. Mmm. ¿Es malo eso?

La oscuridad caía pesada entre los dos.

—Dios mío —masculló el abuelo—. Pues lo más probable es que no sea genial, Alex, no. La gente que tiene sus escarceos con esto... se sirven de sí mismos. Fragmentos de su propio cuerpo. Como en los robots que ya viste: pelo, piel..., otras cosas.

Básicamente, se reduce a una mezcla bastante horrible de ciencia, ingeniería y… lo que podríamos llamar "magia negra", a falta de otro nombre mejor. La verdad es que gran parte de ello consiste en mezclar cosas, sí. Se considera que la sangre es el elemento más potente de todo el conjunto. Ahora bien, no se utilizó sangre en la creación del gólem, que no es lo mismo que decir que, por exponer la tablilla a la sangre, no tendrá ningún efecto. Es juntar dos cosas que se supone que no se han de juntar. Dos poderes. Y si es tu sangre…

Se interrumpió de forma brusca. Entonces dijo:

—Y bien, Alex, cuéntame —prosiguió—. Esa sensación que describiste, ese poder, las cosas que pasaron, ¿disfrutaste con eso?

—No —murmuró Alex muy despacio—. No, todo eso… me asustó; sentía náuseas… Decir que me sentía solo es la única manera de describirlo. Así, de repente, solo de verdad. Al menos las primeras veces.

—¿Las primeras veces?

—La última vez que pasó, en el tren, no me sentí tan mal. Bueno, no hasta que vi que ese chico… estaba sufriendo. No me gustó, pero fue como si me estuviera acostumbrando a eso. Y…

—¿Sí?

—Quiero recuperarlo —otra vez hablaba muy rápido—. Necesito volver a tenerlo. Tengo que aprender… el robot, o la tablilla… Quiero decir que, si aprendo a utilizarlo, podríamos hacer cosas. ¿No crees? Cosas buenas. Proteger a la gente… Quizá por eso lo quiere él… Pero ahora es mío, ¿verdad que sí? Me refiero a que, tú me lo regalaste… Es mío.

Alex se detuvo. En su voz había un ardor salvaje que él no reconocía. Bajó la cabeza, agradecido de que nadie pudiera verlo ahora.

—Escúchame con atención, Alex —percibió la amabilidad de las palabras de su abuelo en aquella habitación sin luz—. Esa sensación que describiste, cuando sentiste ese poder…, la sensación de estar tan solo. Eso es lo que hay al final de ese camino. Más de lo mismo. Nada más. Nada bueno. Recuerda: en todas las historias, el gólem enloquecía. Lo único que trajo fue la destrucción.

Otra pausa muy cargada. Alex oyó un ruido que identificó como si su abuelo desenroscara el tapón de su botella y le diera un trago.

—No debí haberte metido nunca en nada de esto —prosiguió el abuelo—. Toda esta locura, he estado tratando de mantenerla lejos de ti. Después, cuando te quedaste atrapado en ella, pensé que, si nos las arreglábamos para salir de esto con la suficiente rapidez, tú podrías regresar a la normalidad.

—¿Regresar a la normalidad? —soltó Alex de sopetón. En aquella oscuridad absoluta, hizo unos gestos inútiles para señalar el hecho de que estaban allí sentados en un ático antiquísimo en el centro de Europa, aguardando para evitar que alguien resucitara a un monstruo medieval—. ¿Después de esto?

—Ya, sí. Cierto. Para serte sincero, yo llevo tanto tiempo metido en esto que quizá mi idea de la normalidad ya no esté tan clara como podría. De todas formas, ¿quién quiere ser normal, eh?

Dejó escapar otra carcajada vacía. Otro suspiro.

—Nunca debí haberte enviado ese juguete, Alex. Lo siento. Fue un error. Intenté llevarlo al río y acabar con esto el primer día en que le puse las manos encima, pero me cortaron el paso. Lo dejé en el correo sólo como último recurso, porque tenía prisa y porque estaba en peligro, y porque tenía que sacarlo de allí, y, de verdad, fue el lugar más seguro que se me ocurrió para esconderlo. Pensé que, si era capaz de hacértelo llegar, él jamás lo encontraría.

Volvió a guardar silencio.

—Okey. El hombre alto —le instó Alex al ver una puerta abierta—. La niña. Von Sudenfeld dijo que se conocen desde hace mucho.

—Sí —el abuelo sonaba más reacio que nunca. Otra respiración profunda—. Muy bien, el hombre alto. La verdad, Alex, es que los dos, es decir, él y yo, hace mucho tiempo, pues sí, solíamos… quiero decir que podría decirse que…

—Abuelo. ¡Suéltalo de una vez!

—Trabajábamos juntos. En este tipo de cosas. Investigando cosas perdidas. El otro lado de esas cosas. Las cosas detrás de esas cosas. Relatos, secretos y supersticiones. Mitos, magia y supersticiones en general. Ya sabes. En busca de la verdad.

—Entonces… ¿se trataba de algo más que el gólem?

—¿Mmm? Ah, sí. La búsqueda de la tablilla llevó mucho tiempo, todo sea dicho, pero había un montón de cosas más —se oyó entonces un ruido como si se estuviera rascando el cuello—. Ah, la Lanza Sagrada, Excalibur y la vieja dama metida allí en el agua. El Árbol de la Vida. Nessie. El Santo Grial, por supuesto. Qué cantidad de tiempo que perdimos con ése a lo largo de los años. La Gran Rata. Uno o dos monumentos megalíticos, y luego, ah…, bueno, algunas otras cosillas más peliagudas. Rollos de brujas, ese tipo de cosas. Todo disparates, por supuesto.

Volvió a carraspear para aclararse la garganta y tarareó para sí una complicada melodía.

—Pero ¿quién es él? —insistió Alex—. ¿Y la niña?

—Esa niña —el abuelo sonó irritado, con amargura—. Pues, verás, tú no te preocupes nunca por ella. Es… su hija, ¿okey? Una criatura inmunda. Una familia inmunda. Olvídate de ella.

—¿Y por qué no me cuentas quién es y ya? —Alex sintió un escozor en los ojos y parpadeó para enjugárselos.

—Mira, Alex, ya te lo dije: no importa. Él es quien es y se acabó.

—¿Cómo se llama?

—Que no importa.

—Bueno, okey, pues si no importa, ¿por qué no me lo dices de una vez?

—Alex, olv… —el abuelo cerró la boca exasperado—. Bueno, pues muy bien. Perfecto. Ha tenido distintos nombres. Jack. Ahí lo tienes. La gente lo llamó Jack durante un tiempo, en la época en que hacía mucho ese truquito del salto. Podrías llamarlo Jack. ¿Contento con eso? Sinceramente, "el hombre alto" es un nombre tan bueno como cualquier otro. Olvídate de él. Olvídate de ella. Son mi problema, no el tuyo.

—Pero yo…

Alex tragó saliva con fuerza. Aquello cayó sobre él con el peso de un pedrusco. En el silencio, en aquella habitación totalmente a oscuras, parecía que estuvieran analizando el momento.

Tuvo la sensación de que habían llegado al borde de algo y que el abuelo no quería ir más allá. Ahora, cada palabra era igual que adentrarse sobre la superficie congelada de un lago, observando cómo aparecían las grietas bajo los pies de los dos.

—Okey —insistió Alex con pies de plomo—. Una vez, cuando lo vi, no conseguí verle muy bien la cara, pero casi me dio la sensación de que... lo conocía. De reconocerlo. Y, con la niña, la misma...

—No lo conoces —lo interrumpió su abuelo de forma muy brusca para después controlarse. Continuó con un tono de voz más suave, menos seguro—: Escucha, Alex. Ese hombre es... Fuimos amigos. Una vez. Grandes amigos. Íntimos. Durante años. Pero nos peleamos. Me di cuenta de que teníamos razones muy distintas para hacer lo que estábamos haciendo, ¿sabes? Al buscar todas esas cosas. Yo jamás busqué el poder, sólo la historia que había detrás, por la diversión de buscar y descubrir. Bueno, eso pensaba yo, al menos. Pero, para él, me percaté de que todo consistía únicamente en el poder. Y después en el poder para lograr más poder.

La voz del abuelo sonaba triste y distante. Hizo una pausa. Afuera se oía el silbido del imponente viento invernal.

—Cuando comprendí aquello, me aparté de él. Lo dejé. Intenté hallar la manera de volver atrás, de regresar a la vida. Pero él no lo dejó: siguió buscando todas esas antigüedades, cosas desaparecidas, siguió reuniéndolas. Reliquias, objetos, libros, palabras, criaturas, plantas... Como si fueran piezas de diferentes rompecabezas. Y la imagen que aguarda para revelarse es un completo desastre, una nueva Edad de las Tinieblas, un tiempo que no tendrá fin. La vida eterna, básicamente. Esa es su verdadera obsesión. Esa es su promesa a la niña y a su círculo reducido: la vida eterna. Con él al mando, por supuesto. Y el gólem será una pieza importante, importantísima, para que él consiga el control. Tan importante, como para que ellos salgan de su escondite y arrastren al resto del mundo a su locura.

Alex frunció el ceño, muy concentrado.

—Pero tú me contaste que el gólem enloqueció. Que perdió la cabeza. Él tiene que saber eso, también.

—Ese es el problema con la gente como ésa —suspiró el abuelo—. Insisten una y otra vez en las creencias, pero hacen caso omiso a las partes de la historia que no encajan con sus planes o sus deseos. Él está convencido de que a él no le pasará, eso cree, que él es quien lo puede controlar. A estas alturas, ya está lo bastante loco. Y es una mente brillante. Eso es lo más triste. Ya viste lo que es capaz de inventarse: esas máquinas, la manera en que es capaz de controlarlas, de enviarlas por ahí y de enseñar a otros a controlarlas. En términos tecnológicos, lo que él ha aprendido es muy adelantado a su tiempo. O quizá, sería más apropiado decir que "se remonta mucho más atrás" de su tiempo. Y es mejor que siga ahí.

"El gólem, sin embargo, es de un orden muy distinto a cualquier otra cosa a la que se haya acercado nunca. Esas máquinas suyas funcionan con secretos y poderes, pero no son más que juguetes, trucos baratos. Los controlan a base de desgastarse ellos, igual que… Imagínate una pelota: no se moverá a menos que tú la tires o le des una patada, a menos que tú le transfieras energía. ¿Lo ves? Ellos se sirven de sí mismos, y ello conlleva un esfuerzo.

"Esto, sin embargo, es distinto. El gólem es en sí muy poderoso, pero no es ni la mitad de la cuestión. Como te decía, esa criatura sólo canaliza otro poder, un poder que apenas yo soy capaz de empezar a comprender. Él ha estudiado esto con mucha más profundidad. Lo que mueve el gólem es una fuerza de vida en sí, algo independiente. La chispa esencial que procede de... de otro lugar. Y después, regresa ahí, o se vuelve a ir a otra parte. Controlar el gólem sería para él otro paso más para acceder a eso: a la propia fuerza vital. El gólem existe sólo para servir a su amo, y, con el tiempo, él podría intentar que la criatura se lo explicara. Para él, sólo sería cuestión de averiguar cuáles son las preguntas correctas que hay que hacerle en el orden preciso. Ingeniería inversa.

"Entonces podría sortear los antiguos rituales y crear más gólems, un ejército. Pero eso no es lo peor de todo. Se trata de un poder que no debería estar en las manos de nadie. De ser revelado, le demostraría a la humanidad que todo en lo que creemos, todo lo que pensábamos que habíamos averiguado, es incorrecto. La gente perdería la cabeza...

"Alex, escúchame —su nieto dio un respingo cuando lo agarró del brazo—. Si sólo escucharas una cosa de lo que te estoy diciendo, que sea ésta: la razón por la que me aparté de él fue porque me di cuenta de que él estaba..., de que había otra gente que estaba resultando herida. Asesinada. Mucha gente. Para que nosotros... para que él pudiera seguir haciendo lo que hacía. Ese es el hombre al que nos enfrentamos, Alex. Recuerda eso. Un hombre que ha llegado a meterse hasta el fondo en lugares muy malos, y ha hecho cosas terribles, y que ya ni siquiera desea salir de allí. Sólo quiere llegar más hondo.

"Así emprendí la tarea de pararle los pies. He pasado mucho tiempo haciéndolo. Cada vez que la niña y él intentan abrir alguna puerta extraña, yo trato de asegurarme de que permanezca cerrada y de que no salga nada de allí. Que nada la atraviese. En cierto modo, sigo intentando ayudarlos..., igual que ahora, al librarnos de la tablilla. Eso le pone fin a todo. Se acabó el gólem. Se acabó el nombre de Dios. Todo eso tan antiguo y todo eso tan malo, Alex, algo que te arrebata la vida. Y te saca de la vida. Es un vudú de otro tiempo, un tiempo más oscuro, no es para hoy en día.

"Ni para ti —añadió el abuelo en voz baja, más para sí mismo, al soltarle el brazo."

Alex estaba casi hipnotizado.

—Pero ¿tú no quieres...? ¿Tú no crees...?

—Yo sí creo —lo interrumpió su abuelo—, en unas galletitas finas, en el queso cheddar con sabor fuerte y en un buen vino. Creo en hacer unos pocos y buenos amigos y en ver películas antiguas. Creo en el pescado con papas fritas, en la nieve y en la sal. En el azúcar, en el café, en el té y en los libros. Creo en un buen diseño. En la música, en las buenas canciones, y no en eso que escuchas tú. Creo en la lluvia en el pelo y en el sol en la cara. Creo que tu madre es un encanto y que Carl no está tan mal, y que a los dos les agradará verte de vuelta en casa en una pieza y a tiempo para abrir los regalos de Navidad. Creo en el viento en los árboles en una tarde tranquila. En las sombras y en los colores. Creo en un montón de cosas, Alex, millones. En toda una vida de cosas y en más aún. Y, por encima de todo, creo que la eternidad puede ocuparse de sí misma, porque no tiene el menor interés en cuidar de nosotros.

Sonaba enojado. Se encendió la linterna. Alex pestañeó, deslumbrado con el resplandor repentino y la sensación de quedar expuesto.

—En realidad no importa lo que yo crea, desde luego, ni lo que deje de creer —la voz de su abuelo surgió de la luz blanca, cegadora, y su rostro se fue volviendo más nítido ante los ojos de Alex.

No parecía enojado.

—Ya descubrirás tú por ti mismo en qué crees, sin problema alguno —prosiguió el abuelo—. No me cabe la menor duda. Si te soy sincero, ya no le doy mucha importancia a lo que la gente cree, por lo menos mientras no intenten contármelo a mí. Tú mismo lo dijiste de la mejor manera posible no hace mucho: todo esto es un disparate. Ahora bien, al margen de lo que cualquiera de nosotros dos pensemos sobre cualquier cosa, estamos aquí metidos en esto, y pasará lo que tenga que pasar, así que nos corresponde sólo a nosotros la decisión de cómo actuar. Ya sabes: actúa en consecuencia.

El abuelo sonrió y le dio unas palmaditas en la espalda a Alex.

—¿Está claro como el barro?

Se apoyó en la pared, rebuscó en su abrigo y sacó una bolsita de papel con caramelos de menta con rayas blancas y negras, envueltos en un plástico transparente. Brillaron relucientes cuando dirigió la luz de la linterna sobre ellos.

—¿Un caramelo?

Alex, distraído, se metió en la boca uno de los caramelos de menta que le ofrecía y, acto seguido, cuando su abuelo volvió a agitar la bolsa delante de él, se metió unos cuantos más en el bolsillo. Se quedó sentado chupando el caramelo durante unos segundos, como si aquel dulzor tan denso fuera lo único a lo que pudiera aferrarse.

Agotado de intentar seguir el discurso de su abuelo a través de todas aquellas cosas tan extrañas que le había oído decir, tuvo la sensación de que lo que le había dicho era mucho, pero no le había contado nada. Aun así, no había conseguido hacerle la única pregunta que había querido hacerle por encima de todo. No sabía si era porque le faltaba energía, o porque le faltaba el valor. O porque su abuelo se las había arreglado para llevarlo hacia otro lado y evitar que se lo preguntara, como un prestidigitador que desvía tu atención. Decidió probar con una táctica distinta.

—¿Abuelo? —farfulló, y le dio vueltas a la palabra en la boca, alrededor del caramelo.

—¿Mmm? ¿Qué se te ofrece ahora?

—¿Cuántos años tienes?

El abuelo se giró de golpe.

—Esa es una pregunta bastante grosera, jovencito —observó a Alex con cara de sospecha y entrecerró los ojos detrás de la máscara—. ¿Por qué me lo preguntas?

Alex abrió la boca, pero no salió una sola palabra. Se sintió invadido por una sensación nueva, aunque conocida: un escalofrío lejano, estremecedor y eléctrico que le burbujeaba en las venas. Con los ojos muy abiertos en la luz, se dio la vuelta hacia su abuelo.

—Mmm. Sí, ya lo sé —dijo el abuelo—. Estos caramelos están buenísimos.

—Apaga la luz.

—¿Eh?

—Hazlo. Ya vienen.

Su abuelo lo miró con una expresión interrogante. Pulsó el interruptor. Un universo negro volvió a caer sobre ellos.

—¿Oíste algo? —le susurró el abuelo con urgencia en la voz.

—No. Es que puedo… sentirlo. El robot. La tablilla. Están cerca.

—¿Estás…? —su abuelo se calló de golpe—. Shhh.

Oyeron un golpe apagado en el exterior, abajo. Y otro después, menos apagado y ya no tan abajo.

XXI
SIETE VUELTAS ENTERAS

Se sacudió la puerta del ático. Después, silencio.

Alex aguzó el oído.

Un repiqueteo metálico lento y pesado sobre los peldaños de hierro.

Un golpe repentino cuando algo impactó contra la puerta.

Otro golpe tremendo. El sonido de la madera gruesa y vieja al astillarse.

—Bárbaros —masculló su abuelo.

Un tercer impacto, y la puerta se abrió de golpe. Enmarcada en el arco de la puerta, Alex pudo ver la silueta del sombrero, la cabeza y los hombros de un humanoide. Había un tono plateado en la luz neblinosa de la calle a su espalda. La lluvia se había convertido en nieve, y unos copos enormes caían en remolinos veloces. A base de golpes, la máquina ensombrecida descendió con movimientos torpes y desapareció de su vista.

Alex notó que su abuelo se ponía tenso.

Desde abajo llegó otro sonido que pudo reconocer: el crujido de una sacudida metálica. Apareció una nueva silueta. El hombre alto, que aterrizó sobre la escalera después de haber saltado directamente desde el suelo. Alex se encogió y, después, atraído de forma inevitable, se inclinó hacia delante, fascinado con aquella figura.

Pasó su largo cuerpo por la puerta, se agachó y bajó una mano. En la escalera sonaban más pasos. Se encendió una luz alrededor del hombre alto, que se dio la vuelta y se enderezó como si se desplegara. En sus manos lucía un quinqué de aspecto antiguo y proyectaba el correteo de unas sombras.

Alex retrocedió y se encogió. Las estanterías polvorientas que tenía delante contenían cientos de pergaminos y de libros antiguos, estropeados y con páginas arrancadas, pero había los suficientes huecos pequeños a través de los que podía ver. Tan sólo esperaba que ellos no pudieran verlo a él desde el otro lado.

El hombre estaba de pie inmóvil, sujetando la lámpara, observando el ático con prudente sospecha. Casi parecía que estuviera olisqueando el aire. Alex no se atrevía casi a respirar y sólo percibía el martilleo de su corazón, la sensación de que se le había subido a la garganta.

El hombre regresó hacia la puerta. Se asomó a la ventolera de la noche y dio unos rápidos golpecitos con el bastón en el peldaño superior de la escalera.

Clang, clang, clang.

Se dio la vuelta y se adentró con grandes zancadas en la estancia, y en la escalera resonaron más pasos. La niña.

"Su hija."

¿Su... propia hermana?

El bajito Beckman venía detrás. Los tres llevaban puestos unos abrigos negros y largos que les llegaban por los tobillos.

Beckman se arrodilló en la entrada para lidiar con una bolsa grande que le entregaron desde abajo. Cuando la subió a pulso, Alex sintió que en su interior se aceleraba aquella sensación siniestra y estremecedora. Desde la calle llegó el sonido de un leve alboroto. La voz de Von Sudenfeld, que protestaba a gritos —"¡Exijo...!"—, y que fue acallada de forma brusca.

El hombre alto bajó la cabeza y suspiró. Regresó a la puerta y le entregó el quinqué a Beckman al pasar.

—Dejen que suba —dijo a gritos hacia abajo.

Entre el sonido metálico de más pasos, Beckman y la niña se quitaron los abrigos y dejaron a la vista unas largas túnicas blancas que llevaban debajo. Las prendas tenían una capucha grande, como la de un monje, que se pusieron en la cabeza.

La cara redonda de Von Sudenfeld apareció en la puerta. Antes de que pudiera terminar de ascender y entrar, el hombre alto se acercó a él y le puso una bota negra y reluciente en el hombro, empujándolo ligeramente hacia abajo. El complejo conjunto de soportes metálicos y resortes brilló a la luz del quinqué, alrededor del talón.

—No digas una sola palabra. No te muevas de donde yo te sitúe.

—Sí, sí, yo...

El hombre alto empujó hacia abajo.

—Una sola palabra más.

Von Sudenfeld abrió la boca para responder y se contuvo. Frunció el ceño y asintió con la cabeza.

—Bien —el hombre alto se dio la vuelta, regresó con paso firme y tiró su abrigo en un montón, con los otros. Su túnica estaba impoluta, muy blanca a la luz del farol. Se quitó el sombrero, lo lanzó sobre el abrigo como si nada y se pasó una mano por el pelo, de un negro espeso con unos delicados mechones canosos, peinado hacia atrás desde una frente amplia.

Sin apartar la mirada de su rostro, Alex notó que la sensación de reconocerlo se le aferraba a los huesos. Las palabras de su abuelo le resonaron con tristeza en la imaginación:

"Gente que estaba resultando herida. Asesinada. Mucha gente."

Las facciones del hombre desaparecieron cuando se cubrió la cabeza con la capucha de su túnica. Se giró hacia Von Sudenfeld, que permanecía en la puerta, y señaló hacia un lado con su bastón.

—Ahí.

Otra vez se dio la vuelta y se detuvo a darle una palmadita a la niña sobre la capucha. Beckman sostuvo en alto el quinqué.

—Bien, veamos —dijo el hombre alto, que encabezó el trío y avanzó.

Las páginas viejas sonaron como las hojas secas de los árboles en el suelo cuando se acercaron al montículo, en el extremo del ático. El hombre alto levantó una mano. Beckman y la niña se detuvieron, y él dio los últimos pasos en solitario. Al llegar ante la pila de papel enmohecido, alzó el bastón y lo metió con delicadeza hasta el fondo. Lo retiró, seleccionó un punto más bajo y volvió a intentarlo. Esta vez, chocó contra algo con un golpe hueco.

Respiró hondo, soltó el aire.

—Pues bien.

Se inclinó hacia delante y comenzó a apartar los papeles.

Alex apartó los ojos del hombre con dificultad y giró la cabeza hacia su abuelo. La luz del quinqué atravesaba las estanterías y bailaba en forma de barrotes por el rostro enmascarado del anciano.

Alex movió los labios sin hablar.

—¿Qué… vamos… a… hacer?

Su abuelo le hizo un gesto negativo con la cabeza y respondió del mismo modo.

—Esperar.

El hombre alto había empezado a desenterrar algo. Poco a poco iba emergiendo una caja grande de madera grisácea normal y corriente, de poco menos de tres metros de largo, algo más de un metro de ancho y otro tanto de alto. Se desplazó a un extremo e hizo una señal con la barbilla a Beckman, que le entregó la lámpara a la niña y se situó en el otro extremo.

—Ahora.

Levantaron el enorme ataúd con una facilidad pasmosa, como si estuviera vacío, y lo trasladaron al centro del ático. Lo dejaron en el suelo con mucho cuidado, y el hombre alto metió la mano a través de una abertura invisible de su túnica, la introdujo en un bolsillo y sacó un objeto pequeño y circular. Hizo un gesto a la niña para que sostuviera la lámpara más arriba. Obnubilado, Alex pudo ver que tenía algo similar a un reloj antiguo. En la esfera brillaba una sola aguja con el baile de la luz. Una brújula.

El hombre alto la dejó sobre el ataúd y la observó con atención. Cuando la aguja dejó de temblar, volvió a levantar su
extremo de la caja, la movió ligeramente y la alineó con exactitud
en la dirección que marcaba la brújula. Se detuvo unos segundos
para valorar la disposición de todo y, satisfecho, se volvió a
guardar la brújula en el bolsillo con un gesto ágil.

Se inclinó sobre el ataúd, apoyó una mejilla en la basta
madera y lo rodeó con sus dos largos brazos, como si lo estuviera
abrazando. Recorrió la superficie con las manos en una caricia.
Se incorporó e hizo un gesto a Beckman, que sacó de su bolsa un
martillo de carpintero. El hombre lo tomó y se inclinó sobre
un punto muy concreto. De allí surgió un pequeño y horrible
chirrido, cuando comenzó a sacar a la fuerza un clavo de la tapa.

Beckman se desplazó para colocarse a su lado. Tenía un tarro
de cristal en la mano. Cuando el clavo por fin terminó de salir, el
hombre alto lo dejó con primor dentro del tarro y se inclinó
sobre el siguiente clavo. Después sobre el siguiente. Y otra vez
con el siguiente. Alex dejó de contar cuando llevaba treinta.

Nadie hablaba. El viento gemía con un lamento fúnebre.
Los clavos protestaban con chirridos conforme los iban extra-
yendo de la madera.

Por fin terminó de sacarlos todos. Beckman enroscó la tapa
del tarro, lo guardó junto con el martillo en la bolsa y fue a
situarse en su extremo del ataúd con las dos manos a ambos
lados de la tapa. En las profundidades de la capucha del hombre
bajito, Alex podía ver el llamativo pañuelo amarillo que lucía. El
nudo subía y bajaba en la garganta. Beckman tragaba saliva con
rapidez.

El hombre alto asintió con la cabeza. Levantaron la tapa.

Una pequeña nube de polvo surgió del ataúd. Partículas minúsculas que centelleaban a la luz del quinqué. Alex estiró el cuello, pero no podía ver el interior desde donde estaba sentado. No se arriesgó a moverse.

Casi con ternura, el hombre alto y Beckman apoyaron la tapa de pie contra la pared del extremo del hastial del tejado. Volvieron a reunirse los tres y retrocedieron varios pasos.

El hombre alto se inclinó hacia su hija y le murmuró en el oído. Ella le entregó la lámpara y dio un paso al frente, sola, y se colocó a la altura de los pies del ataúd, por la derecha. La capucha se movía mientras la niña asentía para sí con la cabeza. Dio otro paso al frente y comenzó a cantar en voz baja unas palabras que no tenían ningún sentido para Alex, con un monotono agudo y emocionante.

Empezó a caminar despacio, con unos pasos medidos con precaución alrededor del ataúd, entonando en voz alta su constante hilo de sonidos. Sin dejar de caminar, levantó los brazos. Las mangas de la túnica retrocedieron. Llevaba los brazos al descubierto. Alex se estremeció al ver que tenía los dos cubiertos de cicatrices y de arañazos, una maraña de heridas que se extendía desde las muñecas hasta los codos.

La niña completó un círculo entero y siguió avanzando. Sus palabras quedaban suspendidas en el aire, como si se enlazaran en una cadena de sonidos a su paso, extraños conjuntos de sílabas entrelazadas. Pasado un rato, el cántico adquirió un insólito efecto arrullador. Rodeó el ataúd dos veces. Tres veces. Cinco.

Al completar la séptima vuelta, se detuvo y retrocedió.

Se hizo de nuevo el silencio en el ático. Las tres figuras enca- puchadas permanecieron quietas. En las sombras, junto a la puerta, Alex vio que Von Sudenfeld se llevaba una mano a la boca y se la mordía. Era como si el silencio se volviera más profundo.

El interior del ataúd comenzó a brillar de forma súbita y proyectó al exterior una fiera luz roja que no emitía calor. Unas llamas extrañas y silenciosas acariciaban el aire a dos metros de altura.

El hombre alto hizo un gesto con la mano. Beckman se acercó al pie de la caja en llamas y se situó a la izquierda. El rostro encapuchado quedaba en la penumbra. El fuego danzaba en los cristales de los lentes. Comenzó a caminar y a cantar, a dar siete vueltas de izquierda a derecha.

Cuando se detuvo y retrocedió, cambió la luz roja. Un leve sonido rompió de pronto el silencio, como un diluvio lejano de fuertes lluvias. Las llamas se volvieron azules, después grises, y desaparecieron. Surgieron de la caja unas nubes de vapor pálido y amarillento.

El hombre alto atravesó los vapores para situarse en el lado derecho.

Cuando comenzó su primera vuelta, la niña se agachó hacia la bolsa. Extrajo la caja de cartón blanco, de la que sacó la cajita del juguete más pequeña y antigua. Después sacó el robot. Se metió la mano en la capucha y sacó una llave metálica diminuta que llevaba colgada del cuello con una cinta de color violeta.

Alex, completamente absorto con la ceremonia y con un cos- quilleo que le bailaba nítido en los sentidos ante la proximidad del robot, se sobresaltó con violencia cuando su abuelo le dio un codazo. Alzó la mirada y vio que el abuelo tenía una mueca de asco en la cara, se tapaba la nariz y agitaba la otra mano justo debajo.

El hombre alto caminaba muy despacio cantando unas palabras desconcertantes con una voz potente y sonora, desaparecía y volvía a aparecer entre la niebla que surgía del ataúd.

El abuelo de Alex le acercó los labios al oído con un susurro de urgencia:

—Ya estamos cerca. Vamos a tener que jugar nuestras cartas. El momento lo es todo. Ahora, escucha con atención. Cuando yo te diga, tan silencioso como puedas, vuelve hacia el final de las estanterías. Acércate a la puerta todo lo que puedas sin que te vean. Después, prepárate para moverte. Y prepárate para atraparlo.

—¿Para atraparlo?

—Nuestro robot de juguete. Tenemos el factor sorpresa de nuestro lado. Están demasiado absortos en lo que están haciendo como para pensar siquiera en nadie más. Así que, cuando estemos listos, voy a salir ahí de un salto y lo voy a agarrar. Entonces te lo lanzaré a ti. Y entonces, ya sabes, tú bajas disparado por la escalera y… y sales corriendo. Tan rápido como puedas.

Alex lo miró y parpadeó.

—¿Que lo agarre y salga corriendo? ¿Ese es el súper plan?

El abuelo se tiró del labio y se encogió de hombros.

—Es lo mejor que se me ha ocurrido.

—¡No llegaremos a dar ni un paso!

—Bueno, nunca se sabe. Cosas más raras han pasado. A ver, cuando estés listo…, espera…, un momento.

Se calló y escuchó con mucha atención.

El hombre alto cantaba ahora con más fuerza, con más insistencia. A medio camino de su séptima vuelta, su cántico cada vez más sonoro había adquirido un tono embelesado y gozoso. Detrás de él, en sus talones, ahora brillaba, en las tablas del suelo, una línea fina y débil de luz blanca que seguía el recorrido que él trazaba, cada vez más intensa.

—Algo anda mal —dijo entre dientes el abuelo de Alex—. Algo no encaja.

Se quedó sentado observando y escuchando un momento más, con el rostro oscurecido.

—No, no. Algo anda mal —volvió a decir—. Ah, tú quédate aquí, Alex, hazme el favor.

Antes de que Alex se lo pudiera impedir, su abuelo ya estaba de pie. Con unas zancadas firmes y valientes, salió de detrás de las estanterías y se plantó en el centro del ático, a plena vista de todo el mundo.

XXII
LUZ BLANCA

Beckman y la niña miraban hipnotizados al hombre alto, allí dentro de su círculo de luz cada vez más alto, incapaces de ver cualquier otra cosa. Von Sudenfeld fue el primero en reparar en el abuelo. Dejó escapar un graznido ahogado de alarma desde su posición junto a la puerta. Al oír el ruido, Beckman se giró, tanteó a ciegas por la túnica y apuntó con una pistolita al abuelo. La niña se apresuró a levantar la mano y le bajó el brazo al hombre bajito.

—Pero… —gimoteó Beckman.

La niña le dijo que no con la cabeza.

El hombre alto no prestó la menor atención a ninguno de ellos. El muro de luz que lo rodeaba a él y al ataúd ya le llegaba por la cintura, seguía ascendiendo a base de latidos.

El abuelo se encontraba justo al borde del círculo, más allá de la cabeza del ataúd. Una luz plateada le iluminaba la máscara con unas pulsaciones estroboscópicas.

—¡Tienen que parar! —les dijo con voz urgente.

El hombre alto seguía caminando y cantando. Al completar una vuelta, se dirigía hacia el abuelo de Alex, apenas a unos centímetros en el interior de su ruedo de luz. Con la misma estatura y complexión, se quedaron el uno frente al otro, separados por la luz como dos reflejos a ambos lados de un espejo estrambótico. Cuando se miraron a los ojos, el cántico del hombre alto se aceleró. Sonaba extasiado, triunfal. Detrás de las estanterías, Alex puso cara de repulsión al ver fugazmente el rostro encapuchado, sudoroso y con una mueca delirante. Un rostro muy desagradable a la vista.

El hombre alto completó su quinta vuelta alrededor del ataúd del gólem.

El muro de luz se elevó más y comenzó a inclinarse sobre sí mismo para adoptar la forma de una campana sobre el hombre y el ataúd. Las pulsaciones se aceleraron, y la luz perdió intensidad hasta quedar en un resplandor lechoso; entonces brilló con un blanco cegador, hasta que al hombre que había dentro se le vio sólo como una sombra que se desintegraba. Comenzó a sonar un ruido, un sonido como si soplara el viento y silbara entre las lejanas chimeneas de una ciudad muy antigua y muy oscura, en una noche muy oscura y muy tormentosa.

—¡Escúchenme! —gritó el abuelo—. Olvídense de todo lo demás. Tienen que parar. Algo va mal. ¿No lo oyen? ¡Algo va mal!

Sin dejar de cantar, la figura que se deshilachaba en la luz comenzó su séptima vuelta.

El abuelo de Alex se giró hacia la niña.

—No estoy mintiendo. Escúchame. Por favor. Tienes que detenerlo. Por su propio bien. Mira.

Señaló hacia la base de aquella carcasa de luz. En algunos lugares, el blanco intenso se veía interrumpido por unas finas líneas negras que ascendían como unas venas infectadas, que surgían de debajo de las tablas del suelo. Alex vio cómo se retorcían, se ramificaban las unas hacia las otras y trataban de unirse.

La niña se cruzó de brazos. Sonrió.

—Demasiado tarde.

El abuelo de Alex se dio la vuelta de nuevo, desesperado.

—¡Paren!

Descargó un fuerte golpe, inútil, con el bastón hacia la luz. Sin ningún ruido, al instante salió despedido hacia atrás por los aires, con violencia, y aterrizó despatarrado entre los montones de papeles apoyados contra la pared. Alex sintió en su interior que algo tiraba de él hacia su abuelo.

La séptima vuelta había terminado.

El hombre alto se detuvo sobre el ataúd, dentro de aquella cúpula de luz parpadeante. El silbido dejó de sonar y quedó en silencio. Se produjo un gran crujido, como si algo enorme, hecho de piedra, se quebrara y se abriera a una distancia infinita de allí.

El atronador sonido de la tormenta volvió a golpear, ahora más fuerte, con un aullido ensordecedor. El ático vibró con el ruido y cambió, se transformó.

Alex miró hacia arriba y notó cómo se le quedaba la boca abierta. El tejado había desaparecido, arrancado de cuajo.

En lo alto había una bóveda de nubes iluminada por la luna, que se alzaba hasta el infinito. Las nubes se movían en bancos que giraban despacio alrededor de un único punto negro y pequeño. Empezaron a moverse más rápido, como si las atrajera aquel centro carente de luz, como agua tenebrosa que ascendiera para caer por el desagüe del universo. Aquel remolino negro era cada vez más grande, y se les echaba encima como un túnel agusanado que descendiera por el cielo nocturno.

Allá en lo alto, muy muy lejos, unos relámpagos de color blanco azulado iluminaban los bordes del torbellino. Más arriba aún, Alex pudo ver que algo se movía, objetos minúsculos a lo lejos. Objetos voladores, con alas, bandadas negras que pasaban por encima.

En el ático, la cúpula de luz comenzó a estirarse hacia arriba para ir al encuentro del vórtice descendente. Volvió a cambiar la luz, y el muro translúcido se fue volviendo cada vez más transparente, cristalino. Dentro se alzaba erguido el hombre encapuchado con los brazos en alto. Unas lenguas de fuego blanco le recorrían la túnica sin quemarla y cientos de llamas vivas le acariciaban la piel. Y surgieron más del interior del ataúd.

El hombre alargó un brazo y ofreció la mano llameante a la niña, a través de aquella barrera que ya era casi invisible. Cuando aquella mano emergió de la luz, Alex vio que una de aquellas finas líneas negras surgió disparada de debajo del suelo como si estuviera hambrienta y se enroscó como una delicada serpiente alrededor de la muñeca.

La niña levantó el viejo robot, en cuyos ojos refulgía ahora una luz intensa. Alex, que se olvidó de todo lo demás, estaba ya de pie y se movía en dirección al extremo de las estanterías, impulsado por el poderoso deseo de tener al robot.

La niña levantó la llave.

—¡No! —gritó el abuelo desde el lugar donde estaba tirado.

El anciano parecía incapaz de moverse. Beckman levantó el arma y la apuntó directamente hacia él. Alex se detuvo en seco:

sus ansias de quedarse con el juguete viejo, sus pensamientos sobre el hombre alto… Todo aquello había quedado atrás. Lo único que importaba era salvar a su abuelo. Le retumbaba la cabeza. No tenía respuesta ninguna.

La niña giró la llave, siete veces.

El pecho del robotito de latón se abrió y se replegó en una serie de acordeones. Alex observó una complicada madeja de hilos metálicos que se desenrollaron antes de verse obligado a protegerse los ojos por el resplandor de luz blanca que surgía del interior.

La niña sacó la luz de dentro del robot y dejó caer el juguete al suelo, olvidado. La tablilla resplandecía entre sus dedos. La niña lanzó una mirada victoriosa al abuelo, la sostuvo en alto y se la llevó a la frente hasta tocarla. Durante un segundo, fue como si la niña se iluminara por dentro y emitiera luz a raudales. Acto seguido, le entregó su presa al hombre alto con un gesto solemne. El hombre introdujo la tablilla dentro de su círculo y atrajo a ciegas con ello varios hilos de oscuridad negra.

El barro ancestral ardía con una luz más intensa y más fría en sus manos. Como el fragmento de una estrella metido en el ático. Se la llevó a la frente y comenzó a cantar de nuevo, unas palabras que nadie había pronunciado desde hacía mucho tiempo. Cerró los ojos, y las finas venas negras se desenroscaron de su muñeca y envolvieron la tablilla, desapercibidas. El hombre se inclinó sobre el ataúd, puso la tablilla dentro y sacó las manos vacías.

El ataúd se iluminó. Una llama blanca engulló al hombre alto, que ardió por todas partes.

Y ahora sí lo quemaba.

Alex lo olió antes de verlo. Tela quemada. La túnica del hombre estaba en llamas, envuelta en un fuego común, terrenal y letal. Cesó el aullido. Algo hizo que Alex mirara hacia arriba. El vórtice se estaba ralentizando, se disipaba, se desmoronaba. La oscuridad del centro caía hacia ellos y formaba una única línea negra que descendía a plomo. Al principio cayó suelta, enredada, como una cuerda que alguien hubiera desatado y soltado, pero se iba solidificando conforme caía.

El hombre alto miró hacia arriba, confundido, para ver lo que era ya una gran lanza de oscuridad que descendía directo hacia él. Levantó los brazos para defenderse, y la oscuridad impactó y rompió sobre él en un tsunami cegador de luz negra, que se extendió por todo el ático en una conmoción de olas silenciosas que tiraron a todo el mundo al suelo.

—¡Mi cara!

El hombre alto estaba gritando y se retorcía boca arriba. Las llamas de la túnica lo envolvían feroces, como si se movieran con una sola intención, y se introdujeron en la capucha.

—¡Mi cara!

De repente, el viejo ático se volvió de lo más común. El tejado volvía a estar sobre ellos, absolutamente intacto. Con un grito, la niña agarró un abrigo del suelo y corrió hacia el hombre alto, que ahora estaba acurrucado en una bola, agarrándose y azotándose la cabeza encapuchada entre unos chillidos terribles. La niña se inclinó sobre él para apagar las llamas a golpes y envolverle la cabeza con el abrigo.

—Tú —dijo Beckman con un bufido entre dientes al levantar el arma hacia el abuelo.

Alex irrumpió de detrás de las estanterías y cayó sobre Beckman antes de que nadie se percatara de que estaba allí. Con un manotazo salvaje, le tiró el arma de la mano y vio cómo desaparecía, deslizándose entre los montones de papeles antiguos. En el mismo movimiento, empujó al hombre bajito, que salió despedido dando tumbos, encogido de miedo, en la otra dirección.

Su abuelo ya estaba de pie, en movimiento, camino de la puerta del ático.

—Tú —le dijo el abuelo a Beckman al pasar— harías mejor en ayudar a apagar eso.

Señaló hacia atrás con el bastón. Los papeles alrededor del hombre alto y de la niña se habían prendido fuego. Movido por un instinto muy profundo, Alex comenzó a ir hacia ellos para ayudarlos.

—Alex —lo detuvo la voz de su abuelo—. Vámonos.

El abuelo ya estaba en la puerta. Von Sudenfeld estaba allí mismo, aterrorizado, de rodillas con las manos en la cara, tartamudeando.

—Me tocó… Me hizo ver… Qué cosas me obligó a ver…

—Alex —dijo su abuelo con brusquedad al salir por la puerta—. No hay tiempo que perder. Rapidito.

—¿Adónde vamos?

—Detrás del gólem, por supuesto.

—¿Qué? —Alex se dio la vuelta hacia el ataúd.

Beckman estaba dando pisotones desesperado alrededor de la caja.

El ataúd estaba vacío.

Damien Love

Alex se dio otra vez la vuelta para ver cómo desaparecía el sombrero de su abuelo escaleras abajo. Se echó a correr detrás de él, se detuvo y se dio la vuelta. La niña estaba sentada y le lanzaba una mirada muy intensa mientras acunaba la cabeza del hombre alto en su regazo.

Alex se sintió dividido durante un segundo. Se agachó entonces para recoger el robot de juguete y su caja, desechados, se los guardó en la chamarra y se lanzó escaleras abajo por los peldaños helados de hierro, detrás de su abuelo, de regreso a la oscura noche de Praga.

XXIII

ATRAPAR A UN MONSTRUO

Habían colocado una escalera de metal contra el edificio de la sinagoga, bajo los peldaños de hierro incrustados en la pared. Al pie de aquella escalera, el abuelo estaba apoyado en su bastón y estudiaba el suelo nevado.

Uno de los hombres calvos yacía no muy lejos. No se movía. La nieve de alrededor de la cabeza estaba roja.

La noche se había vuelto tormentosa. La nieve le escocía a Alex en la cara cuando saltó desde la escalera. Su abuelo señaló con el bastón. Unas huellas enormes se perdían en el callejón nevado.

—Ni siquiera lo vi —dijo Alex. Dejó la frase en el aire e hizo un gesto hacia arriba, al ático—. Ni siquiera lo vi.

Su abuelo se agachó y examinó las huellas. Los pies que las habían dejado eran rectilíneos, casi rectangulares, con los dedos regordetes y de forma muy basta. Se enderezó y puso un pie dentro de una de las huellas. Parecía minúsculo en comparación.

—Sí, bueno —farfulló el abuelo—. Es mucho lo que pasó.

—¿Qué es lo que pasó ahí dentro?

—¿Mmm? Ah, una combinación de elementos, supongo —dijo su abuelo—. Por un lado, tengo la sospecha de que el hombre alto no era un espíritu tan puro como él creía. Por otro, es posible que haya cometido algún error de pronunciación al decir el nombre. Y por otro, bueno... estás tú, yo diría. Tu sangre, mejor dicho. La tablilla se corrompió. O ya fue reclamada. Algo así. Sin ánimo de ofender, Alex.

Alex miró al hombre tirado en el suelo. Tenía abiertos los dos ojos, sin pestañear, con la mirada vacía. Los copos de nieve caían sobre ellos y no se fundían. Alex miró para otro lado.

—¿Está...?

—Ah, sí. Sí que lo está.

—¿Y tú lo...?

—Yo no —el abuelo negó con la cabeza—. Vamos.

Arrancó con paso firme y rápido, siguiendo las huellas.

Al doblar la esquina, Alex se detuvo aterrorizado. Siete humanoides aguardaban imponentes en la penumbra del callejón, en línea recta, de una pared a la otra. El robot más cercano tenía la cabeza machacada, como un círculo plano.

No parecía que su abuelo se inmutara.

—No te preocupes por estos —levantó el bastón y empujó con suavidad el hombro de una de las máquinas.

El robot se tambaleó, se cayó de espaldas y se estampó contra el suelo con un sonoro ¡clang! metálico.

—Nadie les está diciendo lo que tienen que hacer. De momento. Veamos.

Asintió hacia el suelo. Las huellas iban en sentido contrario. Empezó a seguirlas a la carrera.

La noche bramaba en las alturas. La nieve los aguijoneaba mientras corrían por unos callejones antiguos y desiertos. La luna apareció en un hueco breve y neblinoso que se hizo entre las nubes, llena, resplandeciente y fría, y desapareció. Los edificios oscuros se alzaban imponentes, en una maraña de giros en ángulo recto. Aquel lugar era un laberinto, y las huellas marcaban el camino para atravesarlo.

Al final de una calle, había un montón de escombros en medio de la calzada. Enfrente, la esquina de un edificio tenía un pedazo roto, donde le faltaba un trozo de la misma forma y tamaño, como si le hubieran arrancado la piedra de allí.

Cruzaron un puente desierto. Las aguas negras pasaban muy altas y veloces por debajo, inquietas con el reflejo quebrado de las farolas a lo largo de las orillas. Entraron en otro laberinto de callejuelas. Cruzaron otro puente. Había muchas farolas arrancadas, tiradas por la calzada; otras estaban dobladas en ángulos bastante precarios. Otro montón de escombros en una esquina. La nieve se arremolinaba. Las pocas farolas que funcionaban parpadeaban en aquella ventolera.

Al salir a una avenida más amplia, el abuelo se detuvo.

—Allí —señaló.

Más adelante, Alex pudo ver el punto donde una calle atravesaba la avenida en la que ellos estaban. Había algo en medio del cruce.

Algo grande, gris pálido y brillante, bajo las farolas.

Su abuelo se echó a correr a toda velocidad. Pisándole los talones y resbalándose, Alex no dejaba de mirar a aquella criatura. Por el rabillo del ojo, vio que alguien había aplastado los cofres de varios coches estacionados.

El gólem estaba de pie, inmóvil, un poco más adelante. Tenía más o menos la forma de un hombre, pero sin terminar, y parecía superar los dos metros de estatura, con unas extremidades gruesas y contundentes, y la piel como si fuera de masilla. Al acercarse más, Alex pudo ver que sus bordes no estaban definidos, que su forma no dejaba de cambiar levemente, todo el rato, como el mar cuando se riza, fluctuando.

Un movimiento a la izquierda le hizo apartar los ojos de aquella cosa. Un tranvía solitario de última hora se aproximaba por la otra calle con una cálida luz en las ventanillas. Dentro venían unos pocos pasajeros adormilados. Iba directo al gólem.

Y el gólem no se movía.

El tranvía seguía avanzando. Más cerca. Más cerca.

De repente, el gólem sí se movió, y rápido: corrió directo hacia el tranvía.

Alex vio horrorizado cómo agarraba el primer vagón con dos brazos enormes como troncos y lo arrancaba de las vías.

Alex notó que su abuelo lo agarraba del brazo y tiraba de él detrás de un coche estacionado. El gólem levantó el tranvía y lo lanzó de un solo empujón, enviándolo contra un edificio en la acera de enfrente de ellos. Se reventaron los escaparates de las tiendas. Una lluvia de chispas cayó sobre las vías en una cascada entre la nieve, como unos copos incandescentes. El resto de los vagones del tranvía salió despedido y se desperdigó por la calle.

Se dispararon las alarmas de las tiendas y los vehículos, en uno de esos coros que te dan dolor de cabeza. El gólem se echó a correr y desapareció por una calle lateral.

Alex y su abuelo atravesaron a toda velocidad los restos del siniestro. Los pasajeros salían tambaleándose de los maltrechos vagones, aturdidos e impresionados, algunos sangrando, tendiéndose las manos los unos a los otros para ofrecerse apoyo.

Alex pudo ver cómo aparecían rostros en las ventanas oscuras sobre la calle, cortinas que se descorrían y manos un tanto difusas, que se frotaban los ojos de sueño. Un nuevo sonido se unió al aullido de las alarmas: sirenas, cada vez más cerca.

—Nadie puede ver esto —dijo el abuelo mientras corrían—. Nadie. Tenemos que llegar hasta él. Quitarlo de en medio. El gólem, está mal. La ceremonia no debería haber funcionado, pero lo hizo, de alguna manera..., pero está mal.

Doblaron otra esquina. Las huellas descendían por un tramo de escaleras. El abuelo las bajó de dos en dos. A Alex le ardían los pulmones, pero su abuelo corría con soltura y hablaba sin dar siquiera la impresión de que respirara hondo.

—Yo diría que esa cosa está desquiciada. Enloquecida. Pero, aun así, no ha terminado de volver, ¿sabes? No ha despertado del todo. Nuestra única esperanza es llegar a ella antes de que se vuelva a unir toda su energía y poder. Podría destruir esta ciudad entera, y eso no sería lo peor... Uy.

Se detuvo en seco. Protegida por los edificios superiores, la estrechísima calle en la que se encontraban había conseguido esquivar el grueso de la nevada. Allí no había huellas que seguir.

Unas calles más pequeñas salían a derecha e izquierda. En el súbito silencio, podían oír los gemidos de las alarmas a lo lejos. Mientras su abuelo se paseaba en círculos buscando alguna pista de la dirección en que se había ido el gólem, Alex se inclinó hacia delante boqueando en busca de aire. Empezó a sentir la cabeza despejada. Un extraño cosquilleo. Alzó la mirada y jadeó:

—Izquierda.

El abuelo se dio la vuelta.

—Perdona, ¿cómo dices?

—Izquierda —dijo Alex sin aliento y con un gesto de la barbilla en aquella dirección—. Se fue por ahí. No nos lleva mucha ventaja. Puedo… ya sabes. Sentirlo.

—Ajá. Bueno, pues tú adelante, entonces.

Se marcharon a la carrera con Alex un paso por delante, sintiendo, más que viendo, la senda que había que seguir. Escaleras arriba. Por otra callejuela, por otra calle más grande. Las bastas huellas salpicaban ahora el recorrido. Alex se percató de que habían vuelto a la misma calle de la vieja sinagoga. Y entonces se apagaron todas las luces.

Se detuvieron y se tropezaron el uno con el otro. La noche era de un negro impenetrable.

—¿Eso fue…? —le preguntó Alex a la leve sombra que era su abuelo.

—Probablemente.

Unas pocas luces se encendieron frágiles y se volvieron a apagar. Se encendieron. Y se apagaron. Encendidas y apagadas, rápidamente, sin un ritmo, bañando la calle con la secuencia del parpadeo de la luz estroboscópica, salpicada de largos periodos de oscuridad total. Los envolvía la tormenta de nieve, furiosa.

Alex señaló con la barbilla hacia la calle desierta ante ellos. Tuvo que gritar sobre el azote del viento.

—¡Se dirige hacia la plaza!

Se miraron el uno al otro en la luz trémula de aquel silencio. Acto seguido, los dos gritaron a la vez.

—¡El mercadillo de Navidad!

XXIV
UN TUMULTO, UN CHAPITEL, UNA VISIÓN Y LA LUNA

Se echaron a correr, más rápido, en aquella luz entrecortada como si fuera una serie de imágenes fijas, abuelo y nieto, que aparecían y desaparecían como si dejaran de existir mientras se desplazaban.

De todas formas, a Alex no le hacía falta ver hacia dónde iba. Presentía al gólem y la tablilla, más adelante. Podía sentir que le tendía una mano, que lo que llevaba dentro de sí también se estiraba intentando agarrarla. Y, aunque no lo hubiera podido sentir, aun así habría hallado el camino. Le bastaba con seguir los gritos.

Al acercarse, se tropezaron con un grupo de gente aterrorizada que corría despavorida en la dirección contraria. Alex y su abuelo se abrieron paso entre ellos y se detuvieron a trompicones en la nieve apilada en el perímetro de la plaza. Alex trató de asimilar la escena.

Con los fogonazos de luz frágil y la nieve implacable que los azotaba en los ojos, resultaba casi imposible comprender lo que estaba pasando. El mercadillo de Navidad había degenerado en una aglomeración de un caos desbocado, una confusión negra y trompicada, parpadeante. Varios de los edificios del perímetro estaban dañados, las ventanas reventadas, las paredes arrancadas y resquebrajadas.

Una masa informe de gente se encontraba en constante movimiento alrededor de la plaza, en un extraño desfile de figuras festivas que no iba a ninguna parte, presa del pánico, a empujones, tropezándose los unos con los otros, echándose las manos los unos a los otros en busca de ayuda. Tirándose al suelo los unos a los otros.

Alex se percató de que eran cada vez más los que se estaban peleando. Era como si fueran perdiendo el sentido de manera gradual, perdidos en aquella insólita marea de pavor que recorría la plaza.

La gente chocaba con él al pasar, y de repente también se sintió atrapado en la corriente de cuerpos que lo empujaban y lo separaban cada vez más de su abuelo sin que pudiera hacer nada. Forcejeó para darse la vuelta y apenas pudo ver al abuelo, que hacía cuanto podía por llegar hasta él.

Varias personas se habían vuelto contra su abuelo: hombres, mujeres y niños que gritaban con sus alegres gorritos y bufandas. El abuelo trataba de apartarlos sin hacerles daño, pero cada vez llegaban más, haciendo aspavientos con los brazos y las piernas, soltando mordiscos. Alex vio que su abuelo miraba hacia arriba, levantaba el bastón hacia él y le hacía una señal frenética y un tanto indescifrable. Entonces desapareció, perdido bajo sus asaltantes.

En un tira y afloja cada vez más y más lejos, Alex gritaba e intentaba abrirse paso a la fuerza para regresar. Era inútil. Sumido en la corriente del pánico, no tenía más elección que darse la vuelta y dejarse llevar, intentando no perder el equilibrio.

Un escándalo de gritos rugió sobre su cabeza. Entonces sí que pudo notarla: la sensación de su interior se había hinchado. La presión era enorme, y la gente a su alrededor era presa absoluta de la misma sensación: desquiciados y empapados por oleadas de miedo, de pena y de soledad, de un horror gigantesco e indescriptible. Ya no sabían ni dónde estaban ni qué hacían. Mientras giraban en círculo alrededor de la plaza, cada vez más rápido en aquel terrible baile de la conga, Alex captó la imagen de más gente que se veía atraída al tumulto desde las calles adyacentes, empujada sin poder evitarlo, como las hojas en un remolino.

Entonces, a trompicones en aquella estampida desaforada, pudo ver una gran conmoción en el centro de todo aquello y unas sacudidas de una oscuridad gigantesca. La siniestra sensación que tenía en la cabeza alcanzó una nueva cota y apuntó hacia aquel lugar.

Alex echó la vista atrás, hacia donde había visto a su abuelo por última vez.

—Esto no es una buena idea —dijo.

No se hizo caso. Empezó a abrirse paso a la fuerza entre la turba furiosa, hacia la perturbación en su núcleo.

Más adelante, en el centro de la confusión, una gigantesca masa informe se retorcía bajo el parpadeo de la luz, como si fuera el intenso fragmento de una tormenta que se hubiera quedado atrapado de alguna forma. Tardó unos segundos en averiguar lo que era.

Gran cantidad de los pequeños quioscos de madera yacía destrozada y aplastada a su alrededor. Alex vio que aquella enormidad negra se erguía y soltaba un latigazo, que lanzó por la nieve otro de aquellos puestos, en una lluvia de astillas y cristales.

Alex se agazapó y se percató de que lo que estaba viendo era el enorme árbol de Navidad, arrancado de cuajo, sacudiéndose enloquecido y azotando a la multitud. Con aquel enredo de cables que colgaba de él como una maraña de raíces, parecía como si hubieran arrancado con el árbol la mitad del tendido eléctrico de la ciudad.

Y allí, entre los cables, blandiendo el árbol como si fuera su arma, se encontraba el gólem, despedazando la plaza.

Alex sintió náuseas ante la fuerza de la horrible vibración que surgía de aquella cosa. Apenas era capaz de distinguir a la criatura, pero el gólem había crecido, y ahora medía más de dos metros y medio de alto, dándole vueltas a aquel árbol tan tremendo, como si no pesara nada, arrasando en círculo a su alrededor.

Lo estampó contra el suelo e hizo un barrido salvaje hacia la gente que se afanaba por escapar. Alex vio que algunos recibían golpes y salían despedidos por el suelo, inconscientes. Incapaz de apartar los ojos de la criatura, probó a acercarse un poco más. Mientras el gólem soltaba golpes a diestra y siniestra, pudo distinguir un curioso detalle, un tintineo casi delicado que se mezclaba con el descarnado ruido de los gritos y los llantos: las miles de luces minúsculas de Navidad colgadas de las ramas del árbol, que reventaban.

Con Alex allí de pie, boquiabierto, el gólem se dio la vuelta y lo vio. Fue corriendo hacia él. Alex se resbaló en la nieve y en los cristales rotos al retroceder, pero se encontró con que la muchedumbre furiosa volvía a empujarlo hacia delante. Ya tenía encima a la enorme criatura, apenas a dos metros de distancia. El gólem levantó el árbol dispuesto a aplastarlo... y se detuvo.

Los dos se quedaron petrificados en aquella vorágine, mirándose el uno al otro en la luz tan precaria. Un muchacho y un monstruo de sombras con un árbol de Navidad en las manos. Alex sintió que aquella siniestra corriente invisible que fluía entre ambos alcanzaba una nueva intensidad.

La nieve caía desenfrenada a lomos del viento. Los copos se posaban sobre los hombros del gólem y desaparecían al instante, como si los absorbiera. Aquella carne grisácea que se estremecía tenía un moteado de innumerables muescas, como las marcas de unos dedos. El rostro no dejaba de difuminarse, de enfocarse y desenfocarse; y mostraba el rastro de algunos rasgos —una nariz, unos pómulos con algo de sonrojo, incluso un bigote—, un segundo después no era más que un pegote de barro, con unos ojos tristes que alguien hubiera marcado con los pulgares sobre la masilla.

En ocasiones, era casi como si la criatura se desvaneciera. Alex recordó algo que le había dicho su abuelo: "Se suponía que tenía acceso a todos esos grandes poderes y conocimientos: invisibilidad, la capacidad de resucitar a los muertos..., de todo tipo".

Alguien de entre la muchedumbre enloquecida le propinó un fuerte empujón a Alex y lo tiró al suelo, a los enormes pies a medio formar del gólem. El monstruo dio un respingo. En su rostro surgió temblorosa una mueca sanguinaria y descargó un golpe furioso con el árbol, que se estampó contra el muro de gente.

Aprisionado por la vibración que le aullaba en la cabeza, más que ver, Alex sintió que la criatura se acercaba con el árbol a rastras, a su espalda. Ya se encontraba sobre él. Apenas podía verlo, tan sólo los rumores de su silueta, un singular espacio vacío recortado en la nieve que caía.

Entonces sintió su roce, y la sensación indescriptible se le agudizó de forma dolorosa en la cabeza y estalló en mil pedazos, como la señal de una radio cuando la recibes a la perfección, un repentino silencio que surge de entre todo aquel rugido estático.

Se aceleró el latido del vaivén de las luces de la plaza, que se fundieron en una sólida llamarada. Algo explotó dentro de Alex: un fogonazo de un relámpago difuso y sobrenatural que irrumpió en su ser. Por un instante, no pudo ver nada más que un destello cegador azul blanquecino y nervado con unas líneas negras que se retorcían, ascendían y se unían como una masa de raíces que se contorsionaban, crecían con rapidez y se ennegrecían más, hasta que el negro fue lo único que quedó.

Negro.

Silencio.

Negro.

Gritos lejanos, cada vez más fuertes.

Poco a poco, fue recuperando los sentidos. Notó que estaba en movimiento. Abrió los ojos. El cielo pasaba por encima de él. Lo llevaban al vuelo. El gólem lo tenía acunado en un brazo enorme, firme pero con delicadeza. Medio visible, la criatura cargó para atravesar la muchedumbre, se abrió paso a golpe de violentos pisotones contra el suelo, apartando los cuerpos a base de mandobles con el árbol.

—C... cuidado —la voz le surgió a Alex en un graznido más allá del corazón y le martilleó en la garganta—. Los estás lastimando.

Oyó que el monstruo gruñía, un ruido como el de un chorro de grava al caer por un pozo. Alex continuaba sintiendo aquella migraña de forma clara en la cabeza, pero ahora detectaba algo nuevo que llegaba sobre aquellas ondas: la inusitada sensación de un pensamiento que se le formaba en la mente y no era suyo.

—¿Crees...? ¿Crees que están intentando hacerme daño? No, escucha...

El gólem volvió a gruñir. Atravesó la plaza a golpe limpio, decidido, hacia un edificio más adelante. Tiró el árbol de Navidad en un gesto violento, saltó, atravesó la pared con el impacto de un puño romo y comenzó a trepar arrancando fragmentos de cemento para poder agarrarse.

En un instante se encontraban sobre un tejado, lo cruzaron hacia otro muro más grande que había después. El monstruo saltó y comenzó a trepar otra vez.

Alex se dio cuenta de que estaban escalando la fachada de aquel edificio gótico tan enorme que había visto, el que se alzaba imponente en la plaza. El gólem trepaba rápido, ascendía entre

las sombras hacia el chapitel de una de las torres, altas y puntia-
gudas. La criatura se había vuelto visible otra vez. Acurrucado
en su brazo, Alex percibía un olor frío y antiguo. Húmedo, no
muy desagradable. Estiró el cuello para mirar hacia abajo.

El suelo estaba muy lejos. La plaza era un hervidero de pavor
y confusión, pero los efectos del temor que había sembrado el
gólem parecían estar decreciendo conforme la criatura se alejaba.
Libre de su control, la gente ya no se atacaba entre sí. Ríos de
personas salían en tromba de la plaza, en todas direcciones.
Aparte de los cuerpos inconscientes desperdigados por el suelo,
el mercadillo navideño destrozado no tardó en parecer casi vacío.

Unas pocas luces luchaban por encenderse y apagarse, y
Alex creyó ver a su abuelo, una pequeña figura gris, que corría
de un cuerpo a otro y que ahora miraba hacia arriba. Alex
comenzó a llamarlo a gritos, pero se rindió cuando el viento cortante le arrebató el aliento.

Subieron más y más alto, lo suficiente como para ver ahora
las zonas de la ciudad donde aún fluía la electricidad, alrededor
de las olas de oscuridad que surgían de la plaza.

Las luces de emergencia se movían por las calles, se acercaban. Policía, ambulancias. Las sirenas aullaban, un sonido
empequeñecido.

El gólem había dejado de trepar. Estaban rodeados de un
conjunto de chapiteles en lo alto de la torre, junto a una de las
múltiples torretas pequeñas con ventanas que rodeaban un chapitel en el centro. El gólem se agarró bien, alargó la mano y abrió
como si nada un boquete en la torreta, donde dejó a Alex con
cuidado, sentado en el agujero irregular.

Apoyado con cautela sobre los viejos ladrillos dentados, Alex miró al monstruo, a su lado. La nieve danzaba entre los dos.

Abajo, la plaza recibía ahora el bombardeo de las luces de las patrullas y las ambulancias. El revoloteo de las linternas. Dos luces más grandes e intensas cobraron vida. Estaban montando unos reflectores para dirigirlos hacia aquella escabechina.

De nuevo, volteó a ver a su extraño acompañante. Los agujeros de la cara lo miraban y parpadeaban con una tristeza chocante. En las profundidades de aquellos ojos brilló el asomo de una luz azul fría y reluciente, y desapareció.

En la mente de Alex surgían unas palabras informes.

—¿Estás… asustado? Confundido —dijo, y se oyó hablar sin saber lo que iba a decir.

Se inclinó hacia la criatura y, antes de percatarse de lo que estaba haciendo, estiró la mano y le tocó el brazo. El gólem no se movió. La mente de Alex se convirtió en un hervidero de emociones ajenas.

—Es la ciudad. La ciudad no está como debería. Hay cosas que están donde no deberían. Es igual que la ciudad, pero no lo es. Puedes oír el río. Hay pensamientos que te vuelven a la cabeza. Recuerdos. Trabajo, mucho trabajo. Violencia, cuánta violencia, todo un mundo. Estás… solo.

El monstruo cambió de postura en un movimiento extrañamente patético. Tenía la cabeza baja, mirando hacia el suelo. Alex se esforzó para percibir sus pensamientos. Nada. Suspiró.

Allá lejos, al fondo, se estaba produciendo otro pequeño alboroto. Unas cuantas siluetas con forma de monigotes se habían congregado alrededor de uno de los reflectores. Parecía que mantenían una animada discusión con los policías que manejaban los reflectores. Varias de ellas señalaban hacia arriba, hacia Alex y el gólem.

Con un escalofrío, Alex vio que la luz giraba lentamente hacia ellos y que el deslumbrante círculo blanco empezaba a ascender por la torre.

El gólem se movió con rapidez. Se balanceó con agilidad hasta lo alto del siguiente chapitel. La punta terminaba en una larga pica metálica. La criatura la partió y la levantó como si fuera una lanza. Antes de que Alex pudiera pronunciar "¡No!", la lanzó hacia el suelo.

Aun con el tormentoso viento que soplaba a su alrededor, la pica descendió en una línea recta mortal. Impactó en pleno centro del foco, y el reflector estalló con un ¡bang! expansivo que tiró al suelo a cuantos se encontraban cerca. La explosión sonó fuerte incluso allá arriba, donde Alex estaba encaramado.

Más siluetas corrían hacia el otro reflector, que empezó a girar. El gólem se balanceó a otro chapitel, le arrancó la pica y la lanzó también. Se oyó otro tremendo bang cuando se desvaneció la segunda luz.

La criatura volvió a subir. Con un tirón violento, arrancó la enorme parte superior de la propia torre. Le brillaron los ojos, que soltaron unas descargas de luz azul que incendiaron el fragmento de tejado con un fuego fantasmal. Arrojó el bulto en llamas al vacío, y, cuando impactó contra el suelo, desprendió unas ondas de luz azul. Alex pudo oír los gritos de la gente al verse alcanzada por las pálidas llamas.

—¡Basta! —algo le arrancó aquella palabra de su interior.

El gólem se detuvo, y Alex recibió una cascada de imágenes procedente de la criatura.

Entonces vio unos cadáveres. Montones, con diversos uniformes, apilados a lo largo de las aceras de una calle desnuda que atravesaba los escombros de una ciudad devastada. Incendios en la distancia más lejana, los límites del mundo que ardían rojo, negro y azul.

Vio al gólem, de doce metros de alto, recto, esbelto, oscuro y terminado. El movimiento de sus músculos al desplazarse con sus grandes zancadas entre las ruinas. Los ojos le brillaban con una luz azul intensa y hambrienta. Se vio a sí mismo, sentado sobre los hombros de la criatura, recortado contra el cielo quemado y señalando el camino que había de tomar, señalando la siguiente tarea.

Alex se inclinó hacia delante y se adentró más en aquellas instantáneas de su mente. Entonces cambió su perspectiva. Ahora observaba desde su posición allá en lo alto de las espaldas del gólem y vio cómo caía todo ante él.

Reyes, reinas, príncipes, presidentes, primeros ministros y todos sus asesores anónimos. Millonarios, magnates de los negocios, terroristas, líderes religiosos, cerebros militares, potentados de los medios de comunicación. Profesores, médicos, matones, Kenzie. Toda la humanidad derrotada y en fila detrás de su monstruo y de él, aterrorizada, sin levantar la vista del suelo. Más atrás, en aquella fila, creyó ver a su madre y a Carl. Detrás de ellos, un hombre alto de negro, una niña bajita. Un anciano de gris, cabizbajo y apesadumbrado.

Se inclinó más hacia delante, notó una sacudida y casi se cae. Se agarró a los ladrillos y abrió los ojos, debajo de la maltrecha torre, el vórtice de la ciudad de Praga lo miraba bien abierto. Retrocedió, jadeando.

—No —Alex hizo un gesto negativo con la cabeza en un intento por desplazar aquellas imágenes que se disolvían—. No, no, no, no, no.

Trató de mantener la calma en el tono de voz, fortalecerlo. A su lado tenía a la mole del gólem, impaciente tras varios siglos de sueño. A Alex le vino a la cabeza un pensamiento extraviado de su propio recuerdo: cuando se vio acorralado por un perro que le gruñía. Aquel recuerdo vino seguido inmediatamente por otro: una escena de una vieja película en blanco y negro, una mujer que calmaba a un gorila gigante en lo alto de un edificio mientras les disparaban unos avioncitos.

"Está deseando trabajar", pensó Alex al recordar las palabras de su abuelo.

Observó la noche que se extendía por debajo de él mientras pensaba con velocidad. Poder, conocimiento, secretos, preguntas.

—Ya lo sé —dijo—. Te haré una pregunta, sólo por tener algo que hacer, ¿okey? Pues bien, ¿dónde está mi papá?

Esperó. No pasó nada. El gólem seguía inmóvil.

Alex se sacó la fotografía de la chamarra. La sostuvo en alto y señaló a su padre con un dedo. Volvió a intentarlo.

—¿Dónde?

Durante varios segundos, el gólem permaneció quieto. Entonces estiró uno de sus gruesos brazos y señaló en una dirección concreta.

Alex se quedó prácticamente sin respiración. Tenía la certeza de que la criatura apuntaba otra vez hacia la vieja sinagoga. Un instante después, desplazó el brazo en un arco de cuarenta y cinco grados, se detuvo y señaló en esa otra dirección. Volvió a girar cuarenta y cinco grados y señaló hacia allá. Y otra vez más. Señaló directo hacia el cielo. Después directo hacia el suelo. Por último, señaló a Alex. Bajó el brazo.

Ahora le tocó a Alex pestañear. Pensó en ello.

—Si le das basura, él te dará basura —farfulló.

Abajo sonaron más sirenas. El gólem se movía inquieto.

—Muy bien —dijo Alex—. Olvídate de eso. Tenemos que sacarte de aquí. Lejos de aquí. A algún sitio tranquilo.

El gólem parpadeó, señaló hacia abajo. La policía cargaba con otro reflector, más grande, que estaba sacando de una furgoneta. A Alex se le pasó por la cabeza otra imagen fugaz pero muy sangrienta.

—No. Tenemos que irnos. Ahora mismo.

El gólem parpadeó, se elevó sobre él, levantó un brazo furioso… y lo recogió del agujero. Alex tuvo la clara sensación de que se había puesto de mal humor. Se balanceó hacia el extremo opuesto de la torre y se acercó al borde.

—¿Q… qué? —tartamudeó Alex. A sus pies se abría una caída mareante—. No, no hagas…

Demasiado tarde. El gólem le hizo caso omiso y saltó. Con el estómago en la boca, Alex vio pasar la noche a su alrededor en un fogonazo borroso y letal.

La criatura aterrizó con un impacto que pulverizó los adoquines de una callejuela oscura e hizo que le retemblaran todos

los huesos del cuerpo. Lo que vino a continuación fue un recorrido veloz e insólito por la oscuridad de Praga, con el hosco
monstruo a la carrera, trepando y saltando, al acecho y escon-
diéndose en calles desiertas. De vez en cuando aplastaba algún
coche estacionado, arrancaba alguna farola del suelo. Corriendo
por los tejados y por callejones.

En los brazos del gólem, Alex veía pasar aquella ciudad desconocida en siluetas y sombras. La cabeza le daba vueltas.
Sonaban sirenas temblorosas en la noche, que a veces se acercaban, a veces se alejaban. Se le ocurrió la idea de que se estaban
moviendo en círculos. Acabó por perder toda noción del tiempo
y del espacio. Quizá se durmió, o se desmayó. Cuando recobró la
consciencia, tuvo la sensación de que la criatura se estaba cal-
mando, más plácida. No tenía ni idea de cuánto tiempo llevaban
corriendo.

Entraron sigilosos en un callejón oscuro. El viento había
amainado. La nieve caía suave. Gritos lejanos, sonidos de sirenas
en la plaza. El gólem aflojó el paso. Se desplazó cauteloso por la
calle, a oscuras, y se detuvo junto a un portal muy alto de piedra
con un arco en una pared. Las puertas de madera estaban cerradas.
Las empujó con una inusitada delicadeza. Cerradas con llave.
Sujeto en el abrazo de la criatura, Alex vio una compleja talla en la
piedra antigua que rodeaba la puerta. Había dos osos esculpidos
en la zona superior del portal, enfrentados el uno al otro. Delante
de cada oso había un hombre sentado, con armadura, que les
ofrecía una rama frondosa a aquellos animales tan grandes.

El gólem volvió a empujar las puertas. Por un momento,
Alex tuvo la terrible sensación de que las iba a abrir de un golpe,

pero el monstruo acabó bajando la mano, se dio la vuelta y se echó a caminar silencioso y entristecido.

Un rato después llegaron a una zona tranquila y silenciosa de la ciudad, otro portal con un arco. Estas puertas estaban abiertas.

La criatura entró y recorrió con pisadas suaves un pasadizo a oscuras. Salieron a un patio interior en silencio, rodeado en sus cuatro paredes por las persianas bajadas de unos edificios de viviendas altos y durmientes. Había mucha nieve acumulada. Apareció la luna entre las nubes, muy luminosa. El lugar se iluminó de un azul de plata.

En el centro había un pequeño espacio para tender la ropa, unos mástiles negros unidos con unas cuerdas vacías para la ropa, cubiertas ahora de nieve. El gólem dejó a Alex con suavidad en el suelo y se adentró en aquella zona del tendedero. Permaneció allí mirando al cielo, a la luna.

—Muy bien —dijo Alex tembloroso y mirándose en busca de algún daño—. Okey.

La criatura volteó la basta cabeza hacia él. La luz azul le había desaparecido de los ojos. Por un instante, se quedaron mirándose sin más. Caía la nieve a su alrededor, delicada, y ahondaba el silencio.

Alex se esforzó con tal de recordar cualquier otra cosa que su abuelo le hubiera contado sobre la historia del gólem.

—Bueno… Así que, te despertaron demasiado pronto, ¿no? ¿Lo ves? Fue un error. Ahora no había ningún trabajo que tuvieras que hacer. Puedes volver a dormirte. No tienes que preocuparte por la ciudad, está bien.

El monstruo pestañeó. Un tenue pensamiento le vino a Alex a la cabeza: el rostro de un anciano al que no había visto nunca.

—Te estás preguntando dónde estará el rabino. Verás, es que ahora no está por aquí. Está de viaje por trabajo. Pero me pidió que te dijera que todo está bien por aquí, que te puedes volver a dormir. Y, bueno, que ya te despertará él si te necesita.

El gólem miró para otro lado. Alargó uno de sus brazos gruesos y lo levantó para señalar a la luna. Después de unos segundos mirando al cielo, se dio la vuelta hacia Alex y parpadeó.

—Perfecto. Reconoces la luna. Te gusta la luna. Okey, fenomenal.

Sonó una sirena sorprendentemente cerca. El gólem retrocedió asustado. Con un gesto brutal en la cara, enseñando los dientes, la criatura comenzó a desaparecer ante los ojos de Alex.

—No, no —se apresuró a decir Alex con voz tranquilizadora—. No te vuelvas invisible ahora. Todo está bien.

El monstruo seguía de pie, pestañeando. Dejó de desvanecerse. La sirena se alejaba.

—Vamos, vuelve.

El gólem volvió tembloroso a ser plenamente visible.

—Bien… eh, buen chico —Alex resopló de alivio, se rascó la frente y cerró con fuerza los ojos detrás de la máscara, pensativo—. Okey. Tenemos que volver a dormirte —prosiguió con un tono tan tranquilizador como pudo. Se estrujó la memoria en busca de información—. Y la manera en que hacemos eso es… sacándote la tablilla de la boca, ¿okey?

La criatura lo miraba enmudecida. Alex no le veía la boca. Se quedó callado, sin saber qué hacer. En aquella quietud, comenzó a recordar lo fría que era la noche. Se encogió en la chamarra y metió las manos hasta el fondo de los bolsillos. Los dedos rozaron varios objetos pequeños que no le resultaban conocidos. Los sacó, despreocupado y con curiosidad.

En la palma de la mano tenía tres de aquellos caramelos de menta que su abuelo le había dado en el ático. Alex los miró fijamente bajo la luz azulada de la luna. Distraído, le quitó a uno el envoltorio, se lo metió en la boca y le dio vueltas con la lengua, pensando. Recordó otra de las frases que había utilizado su abuelo: "era tonto como él solo".

Pensó entonces en la tablilla en la boca del gólem. Hizo sonar el caramelo contra los dientes. Igual que todos los caramelos del abuelo, era excelente. Pensó en el caramelo, en la tablilla. Pensó en aquella antigua talla en la piedra, los hombres que le ofrecían las ramas frondosas a los osos salvajes.

Se le ocurrió una especie de plan. Era ridículo. Era el único que tenía.

—Oye, mira —dijo Alex, muy risueño de repente. Sujetó el caramelo entre los dientes, se lo volvió a meter en la boca, lo chupeteó encantado e hizo un ruido de satisfacción—. Mmm, mmm. ¿Cuándo fue la última vez que te comiste un caramelo? Hace siglos, seguro. Toma, yo te desenvuelvo uno, para ti.

Retiró el plástico del caramelo y se lo ofreció con la mano extendida. El gólem miró a Alex y pestañeó, después bajó los ojos hacia el bultito blanco y negro que tenía en la mano. Levantó la cabeza y volvió a pestañear.

Alex suspiró.

—Oookey —masculló—. Okey.

Pensó con más ahínco. "Ha establecido algún tipo de conexión contigo…". El gólem podía enviarle ideas y sentimientos a Alex. Él también tenía que poder enviárselas a la criatura, hacerle entender. ¿Cómo?

Cerró los ojos. Se concentró en el caramelo que tenía en la boca. Lo chupó y trató de ser consciente de su sabor exacto. Se concentró con más fuerza. Se concentró en el contacto del caramelo con la lengua. Exploró su forma precisa, cómo lo percibía, notó cómo respondían ante él los diferentes grupos de papilas gustativas.

Pasaron los minutos en aquel patio silencioso. El mundo de Alex se redujo al caramelo que tenía en la boca, cada vez más pequeño, y a nada más. Un planeta blanco y negro en un universo vacío. Todos los demás pensamientos se disolvieron. Se vio allí, casi tratando de formar una imagen con el sabor, para después adentrarse en ella. No había nada más que el sabor y lo bueno que estaba.

Transcurrido un rato de aquella manera, Alex ya casi se había olvidado de dónde estaba. Casi se había olvidado de que existía. El sabor del caramelo lo era todo. Jamás había pensado en nada de un modo tan profundo. Tanto, que había dejado de darse cuenta de que estaba pensando.

Y, justo cuando se hundió en aquella profundidad, sintió que sucedía. Y sucedió rápido, tan rápido que, cuando se percató de ello, ya se había acabado, y él no tenía ni idea de cómo había sido: sintió que el pensamiento salía de su mente. Sintió de verdad cómo se movía y cómo salía de él, hacia el gólem.

En cuanto pensó en ello, ya no estaba. Salió al instante de su trance. El gólem lo miró y pestañeó. Alex volvió a ofrecerle el caramelo.

Un momento después, vacilante, la criatura extendió un brazo. En el muñón romo del extremo de aquel brazo creció una mano basta y se formaron unos dedos. Se llevó el caramelo a la cara y parpadeó un poco más.

Apareció una boca. Puso el caramelo dentro. Se cerró la boca.

—Y bien… ¿qué te parece? —le preguntó Alex.

El gólem permaneció allí de pie e hizo unos leves movimientos con la cabeza, como si le estuviera dando vueltas al caramelo en la boca.

Miró a Alex y pestañeó.

—Ah, espera —dijo Alex—. Lo que te pasa es que no puedes saborearlo, ¿verdad? Creo que tienes algo metido ahí dentro. ¿Quieres abrir la boca y dejar que eche un vistazo?

El gólem volvió a pestañear. Dio un paso al frente, se inclinó y abrió el agujero que tenía en la cara. Alex se acercó y se asomó dentro.

La boca se abría ante él como una pequeña cueva. Llegó hasta él el olor a húmedo. Unos bultos enormes con aspecto de dientes se encrespaban, ascendían y descendían en las encías grisáceas, algunos romos como pedruscos, otros afilados como la hoja de una sierra. Pudo ver el triste caramelo, tan pequeño. Y allí estaba. Alojada en el fondo. La tablilla. La silueta brillaba con una débil luz azul blanquecina.

—Aaaajá. Sí. Tienes un trocito de barro enganchado ahí dentro. Creo que te lo podría sacar, si quieres. ¿Te parece bien?

El gólem se inclinó más y abrió la boca más todavía. Alex se remangó el brazo y metió la mano con delicadeza. Los dientes le rozaron la piel.

—Aguanta ahí quieto —gruñó al estirarse para alcanzarla—. Creo que ya la tengo. Bingo.

Sacó la mano con cuidado, pero rápido, y sostuvo la tablilla antiquísima en alto para que el gólem pudiera verla.

—Ya está.

El gólem parpadeó.

Durante un largo segundo, o dos, o quizá siete, una especie de fuerza vital permaneció en el interior de la inmensa criatura de arcilla. Le dio tiempo a cerrar la boca y a ponerse derecho. Se quedó de pie, tan alto, rodeado de las cuerdas vacías del tendedero, mirando a la luna, e hizo un ruido que sonó muy parecido al de chupar un caramelo. Por un último y efímero instante, con la consabida luz de la luna en la cara, fue como si el gólem sonriera.

Entonces se apoderó de él una quietud deshabitada. La luna se ocultó detrás de una nube.

Era de madrugada. Alex se encontraba en un patio oscuro, junto a un tendedero vacío y un viejo montón de arcilla que, más o menos, tenía la forma de un hombre.

XXV
EL RÍO

Alex se quedó mirando a la criatura sin vida.

—Lo siento —susurró.

Se sobresaltó con un ruido a su espalda. Un solo par de manos que aplaudían con suavidad.

—Muy bien hecho, Alex. Ni yo mismo lo podría haber hecho mejor.

Su abuelo estaba junto a la entrada del patio bañado por la luz de la luna, con su bombín y su máscara.

—En serio —continuó el abuelo, que hablaba en voz baja—, todo salió mucho mejor de lo que yo me esperaba. Temía que, a estas alturas, ya te hubiera arrancado la cabeza. Así que, ¿de verdad podías sentirlo? Quiero decir, ¿podías hablar con él, hacerle entender lo que querías?

—Eh, sí, claro —susurró Alex. Entonces dijo—: Bueno, no —hizo un gesto negativo con la cabeza—. En realidad no. No estoy seguro de cómo lo hice. ¿Cuánto tiempo llevas ahí?

—Apenas un minuto. Estaba aquí de pie tratando de averiguar qué había que hacer, pero entonces fue como si tú estuvieras manejando la situación bastante bien, así que pensé dejar que siguierass con ello y ver qué pasaba.

—La policía —dijo Alex presa del pánico—. ¿Qué vamos a hacer? Deben de estar en camino.

—No, no lo creo —dijo el abuelo—. A mí me costó muchísimo seguirte la pista, y eso que sabía lo que estaba buscando. No, yo diría que van a estar ocupados poniendo orden en los alrededores de la plaza durante un buen rato más. De lo que queda de la plaza, debería decir.

Se adentró en la zona de los tendederos, tomó el último caramelo de la mano de Alex y se lo metió en la boca.

—No te voy a decir que no, ya que me lo ofreces. Tuvimos suerte: con la ventisca, la nieve, el apagón y toda esa confusión tan hipnótica y generalizada, muy poca gente habrá llegado a ver de verdad al gólem, y no con claridad. Por supuesto, varias personas estaban tratando de decirle a la policía que habían visto algo en la plaza, que habían visto algo escalando por la torre de la iglesia, pero la policía no daba la impresión de darles mucho crédito. El pánico, ya sabes. Tiene unos efectos muy raros en la mente. Le hace unas cosas muy raras. Casi diría que giraron los reflectores hacia ti para seguirles la corriente.

—Pero si el gólem les tiró trozos del tejado…

—No, no fue el gólem. Fue una tormenta terrible, y se trata de un edificio muy antiguo. Eso es todo. Cosas que pasan. Las torres de las iglesias se vienen abajo con los vendavales cada dos por tres. Quizá cayera algún rayo. Y ese árbol de Navidad, bueno, qué te voy a contar… Ya se ha caído en otras ocasiones.

Una tormenta lo tumbó en Año Nuevo hace unos años; hubo montones de heridos.

—Pero la gente vio…

—Alex, la gente suele ver lo que está acostumbrada a ver, o lo que le han dicho que vea, a no ser que tengan otra cosa justo delante de la cara. Y tampoco es que se pudiera ver demasiado allá en la plaza. Así que…

El abuelo tendió la mano y arqueó las cejas expectante, por encima de la máscara. Alex se percató de que estaba mirando la tablilla de barro que él aún tenía en la mano.

Había desaparecido aquella tenue luz que vio brillar alrededor de la arcilla. Estaba fría, muerta. Mientras lo pensaba, le pareció que la tablilla pesaba mucho. De igual modo, la sentía como si fuera parte de sí. Se resistía a entregarla. Sus dedos se cerraron con más fuerza sobre ella. Notaba un picor en la mente, los restos de las imágenes que el gólem le había mostrado, ellos dos recorriendo el mundo en ruinas.

—Alex —el abuelo se irguió. Hubo un leve cambio en su tono de voz, que embargó a Alex. Las palabras iban directo al centro de su mente—. No es para ti.

Alex tragó saliva. El abuelo estaba sonriendo, pero le taladraba la mirada de sus ojos desde detrás de la máscara. Alex iba a decirle algo, pero se percató de que no podía, no sabía qué decirle. "Esto es lo único que importa: ¿confías en mí?"

Cedió y tendió la mano. Su abuelo tomó la tablilla. Alex sintió que se separaba de ella con una profunda tristeza. Al mismo tiempo, notó que se quitaba un peso de encima. Estaba muy cansado. La noche era muy fría.

—Y se acabó —dijo el abuelo al meterse rápidamente la tablilla en el bolsillo—. O casi, prácticamente.

Alex se dio la vuelta hacia lo que había sido el gólem y apoyó la mano sobre él con suavidad. Su abuelo echó un vistazo al patio.

—Espera aquí un minuto —se alejó corriendo hacia las sombras de uno de los rincones más alejados.

Alex se quedó con la mano puesta en el gran bulto de arcilla que tenía a su lado. Le dio unas palmaditas, se inclinó y apoyó la frente en él.

—¿Adónde te fuiste? —murmuró.

La noche se cernía silenciosa sobre él. Su abuelo regresó cruzando la nieve con grandes zancadas.

—Allí hay una caseta para los botes de basura. Parecen bastante vacíos, así que es probable que no les toque recoger la basura durante varios días. Despejé un poco de espacio en el fondo. Meteremos ahí a nuestro viejo amigo, por el momento, y ya volveremos después con Harry y una furgoneta, esta noche más tarde, y nos lo llevaremos de vuelta a su ático.

—¿Qué? —Alex hizo un gesto hacia el enorme bulto rocoso—. Y ¿cómo se supone que lo vamos a llevar hasta ahí?

—Ah, ahora no debe tener ningún peso; vamos, agárralo por un extremo.

Alex se encontró con que el abuelo estaba en lo cierto. El gólem no pesaba prácticamente nada, mientras lo llevaban arrastrando los pies hacia el otro extremo del patio.

El abuelo se sacudió las manos cuando salieron de la caseta y empujó las puertas para cerrarlas tras de sí.

—¿Y si alguien lo ve? —dijo Alex.

—¿Mmm? Ah, no lo verá nadie. No hay luz, y está metido en el fondo. Piénsalo bien. Si bajaras de tu casa en plena nevada, o lloviendo, para sacar la basura, no tendrías muchas ganas de quedarte por aquí husmeando. No es que huela a rosas. Y, aunque te fijaras en él, lo único que verías es un bulto enorme de arcilla vieja. Supondrías que es algo que dejó ahí alguien de otro departamento. Uno de tus vecinos caóticos, cambiando la decoración, o aprendiendo escultura. La probabilidad de que alguien piense: "Ay, Dios mío, tenemos al gólem de Praga metido en nuestros botes de basura", es bastante remota, diría yo. De todos modos, tampoco vamos a dejarlo ahí mucho tiempo. Mañana a estas horas estará de regreso en su caja.

Ya estaban en la calle. Empezó a sonar una sirena lejana y se desvaneció. Alex levantó las manos para desatarse la máscara.

—Déjatela puesta por el momento —le dijo su abuelo—. No hemos terminado aún —sacó la tablilla y la lanzó ligeramente al aire en su mano—. Es hora de llevarla al río.

Caminaron en silencio por las calles nevadas y somnolientas. Alex sacó el viejo robot de su chamarra. Todavía tenía el pecho abierto. Enrollados en el interior había cientos de hilos metálicos, finos como pelos.

—Al menos podremos quedarnos con eso —dijo el abuelo con un gesto de la barbilla hacia el juguetito—. Ahora es un objeto único.

—El gólem se detuvo ante un edificio —dijo Alex mirando el juguete antiguo—. Era como si quisiera entrar.

Le describió el extraño comportamiento de la criatura y el portal de piedra tallada.

—Ah —dijo el abuelo—. La Casa de los Dos Osos Dorados. Sí, supongo que tiene sentido. Es un lugar con una historia muy antigua e insólita, Alex. Todo tipo de magias y de rumores. Se cuenta que hay unos túneles secretos que parten del sótano, recorren toda la ciudad y...

Se calló de forma abrupta. Alex lo miró con el ceño fruncido.

—Uy —dijo su abuelo, tambaleándose—. Ay.

Alex lo observó confundido, después aterrorizado, cuando vio una línea recta y roja, de sangre, que se le abrió de un lado al otro de la frente.

El abuelo retrocedió a trompicones sacudiendo la cabeza. Agarró a su nieto del brazo y tiró de él hacia abajo con brusquedad. Esta vez, Alex lo oyó: el zumbido sanguinario del volador al pasar por encima de ellos, a escasos centímetros.

—Ratas —dijo el abuelo. Cogió un puñado de nieve, se la frotó enseguida por la cara y presionó con ella sobre el corte de la frente—. No sé qué hace falta para acabar con ellos. ¿Puedes verlos?

Alex iba a decirle que no con la cabeza, y algo le llamó la atención en ese instante. Señaló con el dedo.

—Allí.

Entre las farolas se movía una nube oscura. Un enjambre de voladores. Alex contó ocho o nueve, pero ascendió a diez al oír otro chirrido que descendía en picada por detrás. Se protegió la cabeza y recibió un corte en la muñeca. Surgió la sangre, negra bajo la luz de la farola.

Una pequeña silueta dobló la esquina allá atrás. La niña, que se dirigía enfurecida hacia ellos. El escuadrón de voladores se agrupó alrededor de su cabeza como una aureola infernal. Ahora sí se oía el zumbido ansioso.

Detrás de ella apareció una curiosa maraña, arrastrando los pies. Transcurrido un instante, Alex se percató de que era el hombre alto, sujeto en ambos lados por Beckman y Von Sudenfeld, ambos sufriendo para sostenerlo.

El abuelo tiró de Alex para ponerlo de pie y le puso la tablilla en las manos.

—Ya sabes lo que hay que hacer. Llega hasta el río. Ve hacia el puente de Carlos IV. Lo reconocerás cuando lo veas. Es peatonal, con un montón de estatuas a lo largo de ambos lados. Es otro lugar antiguo y poderoso, Alex. Te ayudaré. Vete.

El abuelo se irguió, se desabrochó el abrigo y salió a la calzada para enfrentarse al convoy que se acercaba. De repente, dio un salto y golpeó con el bastón como si fuera un bate de beisbol. Alex oyó un crujido y vio que uno de los voladores se estampó contra la pared a su lado y aterrizó aturdido en la nieve.

La niña se encogió, pero siguió avanzando. Levantó un brazo y señaló. Dos voladores más salieron disparados por el aire.

—¡No te voy a dejar aquí! —gritó Alex.

—Ve al puente —le respondió su abuelo—. Esa es la mejor manera de ayudarme. Llévala al río, y esto se acabó.

Apareció el hombre calvo superviviente, que pasó corriendo a toda velocidad junto a la niña y la dejó atrás. Conforme venía, se rodeó el cuerpo con ambos brazos, como si se abrazara a sí mismo, y los volvió a extender con una peligrosa daga en cada mano.

—¡Llévala al río, Alex! —le volvió a decir el abuelo, que se echó a correr al encuentro de su atacante, que venía a la carga.

Alex vaciló, dio unos pasos hacia su abuelo, se detuvo. Miró al hombre alto en la distancia. Estudió la tablilla de barro que tenía en la mano. Oyó el furioso choque metálico cuando se encontraron el bastón del abuelo y los cuchillos del calvo. Se dio la vuelta y se arrancó a correr.

Ya había doblado dos esquinas cuando se percató de que no sabía por dónde iba.

Volvía a sentir el peso de la tablilla. Mientras corría, le dio la vuelta. Lisa por un lado. Con unas marcas indescifrables grabadas por el otro. Sacó el robot. Pensó en los objetos que tenía en cada mano. Tomó una decisión y volvió a meter la tablilla en el juguete.

Con el sonido leve y delicado de varios tics y arrastres mecánicos, los hilos de metal del interior se desenrollaron y se dispusieron ansiosos alrededor del trozo de arcilla, en un abrazo ceñido y complejo. Notó una ligera vibración en el robot cuando se le desplegó el pecho y quedó sellado por completo, sin dejar el menor rastro de una ranura ni una bisagra. Fue como si el latón se enfriara mínimamente en sus dedos.

Corría desesperado por una ciudad desconocida para él. La luz de las farolas temblaba en la nevada, los edificios negros de las calles oscuras se inclinaban y se le echaban encima. Lo engullía un torbellino de imágenes y recuerdos. Pensamientos del gólem. Una sensación aterradora, escalofriante. Reconfortante. Sintió la presencia de unos túneles ocultos bajo sus pies, de unas ventanas minúsculas muy arriba. La luz de unas velas. Todas aquellas vidas secretas y solitarias en la noche. La ciudad estaba cambiando. La noche en negro y amarillo. Conocía la ciudad. No sabía qué ciudad era. Las cosas no estaban donde deberían estar. Había cosas donde no deberían estar.

Recordó ir de ronda mucho tiempo atrás, las largas noches de trabajo. Persiguiendo. Luchando. Perseguido. Hombres con antorchas. El titilar de la luz. Rostros que gritaban. Oyó el río. Lo sintió. Sabía dónde estaba. El puente de piedra, que entonaba un canto silencioso. El lodo del lecho del río. Sus pies avanzaban por un recorrido que le resultaba familiar, por unas calles desconocidas. Los siglos surgían y caían a su alrededor.

Alex sacudió la cabeza, jadeando. Estaba aquí y ahora, un muchacho que corría por aquella calle oscura, en aquella noche fría, con aquel robot viejo de juguete que le quemaba de frío la mano. Vio que había llegado ante un gran arco, pasó corriendo por debajo y salió a un ancho puente de piedra alfombrado de nieve, flanqueado por la tenue luz de unas farolas y por unas estatuas negras y encorvadas en un gesto infatigable.

A su izquierda, en lo alto de un monte, un castillo relucía como un adusto cuento de hadas, iluminado con los tonos dorados de una luz cálida en plena noche. Su reflejo se agitaba en las aguas veloces: el río negro discurría crecido, descontrolado, y se desbordaba en las orillas.

Se detuvo al llegar al centro del puente. Más adelante, una torre se elevaba neblinosa sobre otro arco que marcaba el extremo opuesto. Miró hacia atrás y no vio nada, a nadie. Se acercó a un lateral y se asomó. El agua no estaba muy abajo. Corría en un torrente letal y formaba una furiosa espuma blanca donde chocaba contra los arcos y los contrafuertes del puente de piedra. Observó el agua. Sopesó el robot en la mano.

Un ruido le hizo levantar la vista. Un sonido entrecortado, arrítmico, que resonaba amplificado por el arco allá adelante. Como los pasos del desfile de un ejército deslavazado.

Pom. Pom. Pom. Pom.

Se desplazó al centro del puente y miró hacia la torre. El traqueteo del desfile sonaba más fuerte. Entonces lo vio. Al principio parecía una sola figura, alta, con un abrigo negro y largo, un sombrero, pero, mientras Alex lo observaba, seis humanoides más se desplegaron por detrás del primero y formaron una hilera irregular a lo ancho del puente, de un lado al otro. La máquina del extremo derecho tenía la cabeza machacada, plana. Aun así, se movía dando tumbos con sus hermanos.

Uno por uno, los robots levantaron los brazos. Por agotados que estuvieran, seguían teniendo un aspecto lo bastante mortífero. Alex se dio la vuelta y comenzó a correr hacia el otro extremo. Desde allí, minúscula bajo el arco, venía caminando a paso ligero la silueta solitaria y hosca de la niña.

Alex se detuvo con un patinazo y se giró de nuevo.

Los robots estaban ya muy cerca.

Después de dar varias vueltas en el sitio, presa de la desesperación, Alex se dio cuenta de que estaba delante de la base de una estatua: un hombre alto, con barba y un hábito con capucha, se alzaba con gesto serio sobre él, flanqueado a izquierda y derecha por dos ángeles entristecidos con unas enormes alas de piedra. Oyó el terrible ruido del río.

Un pensamiento se apoderó de él. Rebuscó en la chamarra hasta que dio con la vieja caja del robot. Rescató su celular estropeado. Miró al robot, a la caja, al teléfono.

Cerró la tapa de la caja del robot y se subió al pretil del puente; los pies se le resbalaron de un modo muy peligroso, y continuó subiendo hasta que llegó a lo alto del pedestal, a los pies de uno de los ángeles, uno que tenía un libro enorme en las manos. Por un estúpido segundo, se sorprendió preguntándose qué libro sería. Oyó que los robots se detuvieron de repente.

—¡Alexander!

La voz sonó severa, y muy cerca. Descendió su mirada. La niña estaba justo debajo de él. El odio ardía en sus enormes ojos oscuros. Su rostro le producía una sombría fascinación. Hermana.

Alex levantó la caja. El objeto que contenía se agitó en su interior.

—¡No te acerques más! ¡Lo tiraré al agua!

—A ver, a ver, pequeño Alexander —la niña le mostró una súbita sonrisa que no lograba reflejarse en sus ojos—. No hagamos una tontería. Mira.

Giró la cabeza como si tratara de aliviar algún dolor en el cuello, levantó los brazos y los mantuvo en cruz. El abrigo le hizo un movimiento extraño, y el botón del cuello se le abrió y salió a rastras un volador, seguido de otro, otro más, ocho en total. Se elevaron en un pequeño enjambre metálico y se dividieron en dos direcciones, hasta que dos grupos de cuatro se posaron en los brazos estirados de la niña.

De forma simultánea, bajaron los ganchos y perforaron la tela gruesa del abrigo. La niña parpadeó y alzó la mirada hacia Alex. Los voladores comenzaron a batir las alas hasta que se convirtieron en una mancha difusa. Lentamente, la niña se elevó en el aire.

—Veamos, ¿no te gustaría aprender? —le dijo la niña cuando tuvo la cabeza a la altura de la de Alex.

Estaba suspendida en el aire, inmóvil, con naturalidad ante él, con el esfuerzo de aquellas máquinas tan pequeñas que sonaban como los tornos de un dentista en la distancia. Alex retrocedió hasta que se pegó la espalda contra la piedra fría y dura del ala del ángel.

—Trucos, técnicas y juguetes, y todo el tiempo del mundo para aprender —continuó la niña—. ¡Ah, qué sitios conocerías! ¡Qué ideas se te ocurrirían! Se acabaría ser el chico que no deja de huir como un conejito deprimente, jop, jop, para ser Alexander, grande como... ¡Alejandro Magno! Quédate tu juguetito y ven con nosotros, que te enseñaremos a jugar con él como es debido. Te costará creer lo fácil que es todo, conejito. Todos esos secretos. Y también secretos sobre ti mismo, quizás, ¿eh?

Ladeó la cabeza.

—¿Te gustaría que te contara un secreto ahora?

Alex tragó saliva.

La niña susurró algo que él no llegó a entender.

Dejó escapar una risita y volvió a susurrar. Él se inclinó hacia delante en un intento por oír lo que decía. Los labios de la niña se movían. Alex se estiró más y trató de captar sus palabras.

—… mis botas preferidas para dar patadas.

La niña se echó hacia atrás en una sacudida y levantó una de sus enormes botas en un golpe salvaje de ballet que impactó en el codo de Alex con una fuerza brutal. La caja se le escapó de la mano dando vueltas. Los dos se lanzaron por ella, y Alex consiguió agarrarla una fracción de segundo antes que ella. Los voladores soltaron un chirrido mecánico, y ella se volvió a agitar con violencia para lanzarle otra dura patada al costado y otra hacia el brazo.

—Punta de acero, ¿lo ves?

La bota pasó rozándole el mentón cuando Alex se agachó y retrocedió.

—¡Zia!

La niña se quedó paralizada, suspendida en el aire con el ceño fruncido. El hombre alto y Beckman se acercaban por debajo de ellos con unos movimientos dolorosos pero rápidos. El hombre alto venía prácticamente a rastras, dando tumbos sobre el bastón y apoyado con fuerza en el hombro de Beckman.

La niña giró en el aire con otra patada muy alta.

—¡Zia! —volvió a gritar el hombre alto—. Baja. Ahora mismo.

—Pero…

El hombre movió ligeramente un dedo en el bastón e hizo que la niña descendiera, mientras ella miraba a Alex con un gesto de furia en la frente contraída. El hombre le dio unas palmaditas en la cabeza cuando la niña aterrizó, y los pequeños robots se le volvieron a esconder en las profundidades del interior del abrigo.

—Ahora baja tú, Alexander.

Sonó como si hablar le estuviera costando un gran esfuerzo. A la luz de las farolas, debajo del sombrero del hombre alto, Alex pudo ver que le habían vendado la cabeza entera con un vendaje blanco, deprisa y corriendo. Un ojo rojo, cansado y aun así furioso lo miraba desde aquella máscara de momia, con rastros de la piel en carne viva a su alrededor.

Alex abrió los labios. En la garganta se le formó un nudo de emociones. Le retumbaba la cabeza.

—¿Eres…? —sólo pudo decir. A continuación le preguntó—: ¿Quién eres tú?

—Baja de ahí —dijo el hombre con su graznido exhausto—, y después hablamos.

—¡Alex!

La voz surgió por detrás de ellos. Alex miró en la distancia y pudo ver la figura gris perla de su abuelo que entraba corriendo en el puente y se dirigía hacia ellos a toda velocidad.

—¡El río!

—Escúchame, Alexander —dijeron entre dientes los labios que había detrás de los vendajes—. No lo escuches.

Alex vio que aquel ojo se cerraba en un doloroso gesto de concentración. Dos humanoides abandonaron la fila entre tambaleos y se dirigieron hacia el abuelo.

—Él ya te tuvo consigo lo suficiente —dijo el hombre alto en un jadeo de amargura, casi agotado—. Y ¿qué es lo que ha hecho por ti? ¿Qué te ha enseñado? Lo único que ha hecho ha sido ocultarte cosas, ¿eh? Cosas que yo te puedo enseñar, cosas que no puedes ni empezar a imaginarte. Pero te las imaginarás. Ahora, escúchame.

—¡Cállate! —le gritó Alex—. Deja de hablarme. No digas mi nombre.

Se dio la vuelta hacia el ángel, se agarró al libro que tenía en las manos y lo utilizó para subir más alto. Ahora estaba sentado sobre su hombro e inclinado para apoyarse en el ala de piedra nevada. Debajo de él, el agua se arremolinaba y rugía. Miró desesperado, a su alrededor, y sus ojos se quedaron clavados en otra estatua, no muy lejos: la de un hombre con un báculo y un niño sobre el hombro.

—¡Alex!

Su abuelo se estaba acercando. Se detuvo para soltar unos salvajes golpes en el aire con el bastón, ante algo que Alex no alcanzaba a ver. La niña se giró hacia él haciendo unos gestos extraños en el aire. De su abrigo salió otro volador. El abuelo levantó el bastón al encuentro del golpe que el lento y pesado humanoide estaba descargando contra él.

—Cuántas cosas podrías ver —llegó el susurro hasta él desde más abajo—. No dejes que él te lo impida. No permitas que él te impida ser quien podrías ser. Quien deberías ser. Quien eres.

—¡Cállate ya! —gritó Alex.

—No permitas que él te haga el mundo más pequeño. No lo dejes retenerte.

—¡Que te calles!

Alex oyó el rugido del agua. El nítido sonido del bastón de su abuelo al partirse en dos.

—Baja, Alexander.

—¡Déjame en paz!

Vio que el abuelo recibía un fuerte golpe, caía al suelo y retrocedía de espaldas, desesperado por la nieve, con ayuda de las manos y los pies bajo la presión de un humanoide y los picotazos del volador.

—Alexander. Tú nos conoces. Siempre nos has conocido. En tu interior.

—¡Te dije que te calles YA! ¡BASTA!

Alex lo sintió. Notó que su grito salía de él, directo hacia el robot de juguete. Percibió que lo atraía a su interior. Y sintió que el robot se movía, sólo una vez.

Tuvo la sensación de que la tablilla absorbía su grito, la arcilla se volvía más fría y más pesada y prendía en ella la luz azul, dentro de su torpe contenedor. Sintió la luz, y después sintió que su propio grito salía despedido de vuelta a la trémula penumbra del mundo, como una furia sobre el ala del ángel. Su voz, su orden, estalló sobre el puente en una onda gélida e invisible. Se expandió y penetró en todo, en todos.

Aquella fuerza dejó el mundo en un pasmo. El tiempo se ralentizó, las aguas del río se frenaron, todo se detuvo. Todo excepto él. Hasta entonces había estado tiritando, pero ahora se movía con seguridad, con pleno control; era lo único que se movía mirara donde mirara. Se agarró de la sombría cabeza del ángel, se subió y se inclinó para asomarse sobre el bullir del río. Lo observaban todas las estatuas.

Estiró el brazo con la vieja caja del robot en la mano. El río respondió. Las aguas se abrieron ante él, retrocedieron y se elevaron en forma de muros negros imponentes que dejaron al descubierto el lodo del lecho del río con sus cicatrices, plagado de siglos de desperdicios, ansioso por recuperar lo que le habían arrebatado tanto tiempo atrás.

Tenía los sentidos tremendamente aguzados. Estudió la imagen pintada en la cajita. Las calles oscuras. La silueta dentada de los edificios. El robot que desfilaba con ese enfado tan cómico en busca de una tarea que realizar. Echó entonces el brazo hacia atrás y lanzó la caja tan fuerte y tan lejos como pudo, para siempre jamás.

Todo sucedió entonces al mismo tiempo. El planeta volvió a girar, las aguas volvieron a su curso. Alex vio que la caja salía de su mano, que trazaba un arco ascendente hacia el río, a la espera. La vio dar vueltas, caer y desaparecer cuando las aguas revueltas volvieron a chocar con violencia para recibirla.

Al mismo tiempo, vio que la niña se apartaba del hombre alto. Vio que el volador caía al suelo, que la niña saltaba sobre la barandilla del puente y extendía los brazos, que las mangas del abrigo se le retiraban y en la luz se reflejaba un oscuro mapa de cicatrices. La vio lanzarse de cabeza y caer a plomo al agua. Vio que se hundía y volvía a salir, que de repente parecía desesperada, y la vio atrapada en la corriente violenta, arrastrada, la vio alejarse sin poder remediarlo.

Al mismo tiempo oyó que el hombre alto salía gritando detrás de ella con el horror más genuino: "¡Zia!". Vio que tiraba el bastón y se agachaba. Oyó el crujido metálico del mecanismo, vio los viejos y pesados resortes en funcionamiento en sus talones y lo vio salir disparado del puente en un brinco muy alto, detrás de la niña. Lo vio impactar con fuerza contra el río y nadar hacia ella.

Al mismo tiempo, Alex sintió que algo se sacudía en su interior como si se fuera a lanzar detrás de él, un nítido brote de temor y de pérdida que se infló y reventó alrededor de su corazón. Vio que la mano del hombre salía del agua cuando algo le arrancó de muy dentro la palabra contra la que él había estado combatiendo, un susurro que apenas oyó.

—¿Papá?

Pero continuó aferrado a la estatua, con la mirada puesta en el río. El hombre alto debía de haber perdido el vendaje, que se desplegó en una larga espiral blanca que serpenteaba sobre la superficie negra y agitada del agua.

Su abuelo apareció al pie de la estatua, asomado sobre el agua, viéndolos desaparecer. Beckman se puso a corretear a lo largo de la barandilla del puente; se detenía cada dos por tres para mirar hacia abajo y volvía a echarse a correr.

—No, no, no, no, no, no…

Era difícil ver en la oscuridad. Ya estaban muy lejos y se movían muy rápido. Pareció que, quizá, las dos cabezas pequeñas habían llegado a juntarse. Después desaparecieron, arrastradas al fondo, río abajo.

Alex se quedó mirado hacia el río, en la distancia, forzando la vista para captar cualquier signo, pero allí lo único que se podía ver era el Moldava, que discurría crecido, negro y muy veloz, captando los reflejos de Praga y devolviéndolos exactamente, como había hecho siempre.

Estaba tiritando otra vez. Se sintió arrasado por un torrente que le quemó en la garganta. Miró hacia abajo, a su abuelo, que seguía asomado a las aguas negras y vacías. Como si sintiera la mirada de su nieto, el anciano se dio la vuelta con un aspecto muy serio.

—Alex —sonaba cansado—. Baja.

—¿Están...? ¿Está él...? ¿Se acabó?

—Sí, bueno... —se detuvo el abuelo.

Miraba a su nieto con mucha atención, ladeando la cabeza, estudiándolo muy serio. Abrió los labios como si fuera a hacerle una pregunta, y entonces cambió de idea.

—Parece que se acabó, sí. A menos que haya algo que tú me quieras contar. O... ¿preguntarme?

Alex se aferró a la piedra fría, evaluando a su abuelo. El pensamiento se le había disparado en la cabeza con la misma velocidad del río, pero ahora se había quedado aturdido, agotado. Estaba exhausto.

—Yo... Ahora no. Quizá después. Creo que... me gustaría que tuviéramos un rato normal. Si podemos. Solos tú y yo, como antes. Aunque sólo sea un ratito, ¿no? Necesito tiempo para pensar.

Su abuelo suspiró.

—Eso me gustaría mucho —levantó el brazo y le ofreció una mano fuerte y amistosa—. Vamos, Alex, baja de ahí. Dejemos en paz a los santos y a los ángeles.

—Y ahora ¿qué? —dijo Alex al saltar débil hasta el puente.

Los humanoides sin vida se posaban allí como unas estatuas nuevas, singulares, a la espera de que las alzaran sobre unos pedestales para unirse al resto. No muy lejos de sus pies yacía un volador machacado. Bajo la torre alta del extremo opuesto, pudo ver unas figuras entre las sombras: un hombre calvo, otro bajito y otro regordete. Parecían perdidos.

—Ay, vaya —el abuelo le dio un triste puntapié a los fragmentos de su bastón roto sobre la nieve.

A continuación se inclinó para recoger el que había tirado el hombre alto cuando saltó. Lo sostuvo en alto, a la luz de una farola, lo sopesó y lo blandió sin demasiado vigor en el aire.

—Mmm. No es un mal bastón. No tiene ni punto de comparación con el mío, por supuesto, pero me servirá hasta que pueda ir a ver a mi proveedor para hacerme con otro.

Le puso un brazo a Alex por los hombros y lo hizo dar la vuelta con firmeza para que le diera la espalda a los robots y a aquellos hombres. Se echaron a caminar hacia el otro extremo del puente.

—Creo que lo primero que hay que hacer ahora —dijo el abuelo de Alex mientras se quitaba la máscara— es buscarnos un sitio para desayunar. Ah, ¿te importaría llamar a Harry por teléfono?

—Uy, creo… —Alex se dio unos golpecitos en los bolsillos de la chamarra—. Mi celular. Lo perdí. Se me debe de haber caído por ahí. De todas formas, estaba roto.

—Ajá —dijo su abuelo sin mirarlo—. Bueno, tampoco importa. Encontraremos otro en alguna parte. Creo que también deberías llamar a tu mamá. Te vendrá bien oír su voz. Aunque, ah, quizá deberíamos saber antes lo que le vamos a contar. Ponernos de acuerdo con nuestra historia.

"Supongo que tendré que comprarte un celular nuevo —prosiguió el abuelo pasado un rato—. Harry me contaba que ahora tiene uno de esos cacharros. Dice que no puede vivir sin él, aunque, si me preguntas, te diré que se las ha arreglado perfectamente durante mucho tiempo. Y ahora no deja de darme lata para que me busque uno. Y Anne, otra igual. De hecho, la mayoría de la gente que conozco.

La luz estaba cambiando. Despuntaba el alba.

—Pero yo…, no sé. Es que no me gustan. Quiero decir que… Da lo mismo. A ver, cuéntame, Alex, ¿has probado alguna vez el café turco? Tiene su chiste, pero vale la pena el esfuerzo. Verás, tomárselo tiene su truco…

Pasaron bajo el viejo arco de piedra, y el abuelo iba dándole vueltas a su nuevo bastón, despreocupado.

Se quedaron en Praga dos días más. Mantuvieron aquel extraño pacto de silencio y evitaron comentar gran parte de lo que había sucedido. En cambio, recorrieron la ciudad y se tomaron unos de esos buñuelos impresionantes en un pequeño restaurante no muy lejos de la plaza de la Ciudad Vieja.

Aun así, Alex se percataba de que a veces, cuando él entraba en un cuarto, Harry y su abuelo interrumpían su conversación. Y también era consciente de aquel clamor que iba creciendo en su cabeza y en el que había decidido no pensar. Todavía no.

Mientras tanto, su abuelo buceaba en los periódicos y escuchaba las noticias en las emisoras locales de radio, y no había información sobre ningún cadáver hallado en el río. Sí había, sin embargo, mucho sobre el accidente del tranvía, y mucho más sobre el apagón, y sobre lo que fue descrito como "el fenómeno de la tormenta local", que había arrasado el mercadillo de Navidad y que había arrancado algún chapitel de la iglesia de Nuestra Señora de Tyn. El árbol había herido a mucha gente al caer.

Los relatos de aquellos incidentes eran vagos y diversos y los detalles eran confusos. Sin embargo, todos los periódicos destacaban un detalle en particular:

La policía estaba buscando a dos hombres enmascarados para interrogarlos.

TRAS EL FINAL

Cae la nieve sobre las islas británicas.

Cae suave sobre el palacio de Westminster en Londres y sobre el círculo de piedras verticales de Wiltshire; en los estadios de futbol de la ciudad de Manchester y sobre el gran ángel de hierro de Newcastle; sobre las columnas de la Calzada del Gigante y el castillo de Edimburgo. De punta a punta, todo el país yace cubierto de blanco, por todas partes, al mismo tiempo.

Hace una tarde apagada, unos días después de Navidad. Hay muñecos de nieve en calles y jardines, silenciosos centinelas de un ejército disperso y poco definido. Sonríen perversos con labios de piedra, guiñan ojos negros como el carbón y olisquean el aire con narices de zanahoria. Nadie los contó, pero, en un momento dado, hubo exactamente setecientos setenta y siete mil setecientos setenta y siete.

En un aburrido parque de una aburrida localidad, los niños pequeños vestidos con prendas de invierno llamativas gritan felices mientras se deslizan y se tiran. Las personas mayores se quedan aquí y allá, comentando entre ellas que recuerdan que antes siempre nevaba de aquella manera.

Fuera de su vista, lejos, en un solitario rincón de aquel parque, un chico de unos quince años está tumbado boca arriba en la nieve, con la respiración alterada y la mano en la mandíbula.

Tiene encima a un círculo de otros chicos mayores que él. El chico que está en el suelo recibió un golpe, y está a punto de recibir otro. Y si alguien preguntara, ninguno de ellos podría dar una razón para aquello. Es como es, sin más.

Otro chico, más joven, de trece quizá, se encuentra de pie fuera de las vallas del parque, observando. Un momento después, se sube a la valla, se deja caer al otro lado, comienza a caminar hacia ellos y deja sus huellas en la nieve.

Al caminar, se encoge ante el frío, se pone la capucha y mete las manos bien hondas en los bolsillos de la chamarra. Se aproxima al círculo de chicos y habla con calma.

—Déjenlo en paz.

Los adolescentes se dan la vuelta. Uno de ellos da un paso hacia él.

—¿Y qué...? —comienza a decir, pero no lo concluye.

—Ustedes déjenlo en paz. Váyanse a su casa.

El chico mayor se queda cabizbajo. Mira a su alrededor con una súbita confusión. Sus amigos también parecen afectados, como si le hubiera sobrevenido una ola de tristeza. Se miran los unos a los otros, con aspecto perdido. Después, sin mediar palabra, se alejan, se separan, ansiosos por llegar a casa.

El chico del suelo se queda mirándolos perplejo y después observa al chico de la capucha.

—Gracias —le dice, y se le nubla el rostro.

—Vete a tu casa, Kenzie —le dice Alex.

Kenzie se apresura a levantarse como puede y echa a andar con paso rápido, incluso corre.

Alex lo ve marcharse y se da la vuelta. Se queda solo, observando los árboles. En estos últimos días, ha pasado mucho tiempo pensando en su padre. Ahora vuelve a pensar en él, sin saber muy bien qué es lo que piensa.

Las ramas negras y desnudas de hojas se agitan recortadas en las nubes bajas y grises. Es un cielo plomizo, como si tuviera algo detrás que lo presiona. No tardará en oscurecer.

Vuelve a cerrar los dedos de la mano alrededor del pequeño robot de juguete que lleva en el bolsillo. Pasa el pulgar con suavidad sobre la cabeza, tan pequeña e irregular.

Y es una sensación agradable.

AGRADECIMIENTOS

Este libro no existiría como tal sin la fe, la visión y la energía de Catherine Drayton, a quien tengo la fortuna de tener como agente y con quien siempre estaré en deuda. De igual forma, este libro no sería lo que es de no ser por la confianza, los ánimos, el duro trabajo y esa alegría que parece imperturbable de Alex Ulyett, de Viking, un editor con ojo de halcón y la indefectible capacidad de hacer las preguntas apropiadas de una manera que resulta agradable.

Gracias a Ken Wright y a todo el extraordinario equipo de Viking que participó en la producción de *Pequeños robots malvados*, en particular a Janet Pascal y a Jody Corbett en la fase de edición y corrección. Estoy en deuda especialmente con Sam LeDoyen, quién nos facilitó una de esas cubiertas que te hacen soñar y una ilustración con un aire de pesadilla, y con Jim Hoover, cuyo precioso diseño hace que quieras pasar las horas entre estas páginas. Mi agradecimiento, también, a los compañeros de Catherine en Inkwell Management por todo su trabajo, y a Mary Pender de UTA.

Son muchos los amigos y familiares que me han dado su apoyo, su aliento y, en general, su compañerismo a lo largo de este recorrido: gracias. Y gracias en particular a Peter y a James Ross, quienes fueron de los primeros lectores, y de los mejores. Alison, de nuevo. Toda esta gente no hizo sino mejorar lo que había. Los errores son sólo míos.

DAMIEN LOVE

Damien Love nació en Escocia y vive en la ciudad de Glasgow, donde estará lloviendo mientras tú lees estas líneas. Ha trabajado como periodista durante muchos años y ha escrito sobre películas, música, televisión y otros temas para diversas publicaciones. Tiene la capacidad de hablar con los gatos, pero no hay pruebas de que ellos le entiendan. *Pequeños robots malvados* es su primera novela.

Descubre más en damienlove.com.

Pequeños robots malvados de Damien Love
se terminó de imprimir en septiembre de 2019
en los talleres de
Impresora Tauro, S.A. de C.V.
Av. Año de Juárez 343, col. Granjas San Antonio,
Ciudad de México